La Élite

La Élite

Kiera Cass

Traducción de Jorge Rizzo

rocabolsillo

Título original: *The Elite*

© Kiera Cass, 2013

Primera edición en este formato: noviembre de 2016
Primera reimpresión: enero de 2017

© de la traducción: Jorge Rizzo
© de esta edición: Roca Editorial de Libros, S. L.
Av. Marquès de l'Argentera 17, pral.
08003 Barcelona
actualidad@rocaeditorial.com
www.rocabolsillo.com

© del diseño de portada: HarperCollins
© de la imagen de cubierta: Gustavo Marx

Impreso por LIBERDÚPLEX
Sant Llorenç d'Hortons (Barcelona)

ISBN: 978-84-16240-61-6
Depósito legal: B-20.071-2016
Código IBIC: YFB

RB40616

¡Llamen al servicio! ¡La reina está despierta!
(para mamá)

Capítulo 1

$\mathcal{N}$o soplaba el aire en Angeles, y me quedé un rato allí tendida, inmóvil, escuchando el sonido de la respiración de Maxon. Cada vez era más difícil pasar con él un momento realmente tranquilo y plácido. Intentaba aprovechar al máximo esos ratos, y me alegraba comprobar que cuando él parecía estar más a gusto era cuando nos encontrábamos a solas.

Desde que el número de chicas de la Selección se había reducido a seis, se mostraba más ansioso que al principio, cuando éramos treinta y cinco. Me imaginé que pensaría que tendría más tiempo para hacer su elección. Y aunque me sentía culpable al pensarlo, sabía que yo era el motivo por el que deseaba ese tiempo de más.

Al príncipe Maxon, heredero al trono de Illéa, le gustaba. Una semana atrás me había confesado que, si yo admitía que sentía lo mismo, sin reservas, acabaría con el concurso. Y a veces yo acariciaba la idea, preguntándome cómo sería estar con Maxon, sin nadie más, solo nosotros dos.

Sin embargo, el caso era que no era solo mío. Había otras cinco chicas allí, chicas con las que salía y a las que susurraba al oído, y yo no sabía cómo tomarme aquello. Y además estaba el hecho de que aceptar al príncipe implicaba asumir también una corona, idea que solía pasar por alto, aunque solo fuera porque no estaba segura de qué podía significar para mí.

Y luego, por supuesto, estaba Aspen.

Técnicamente ya no era mi novio —había roto conmigo antes incluso de que escogieran mi nombre para la Selección—, pero cuando se presentó en el palacio como soldado de la guardia, todos los sentimientos que había intentado borrar invadieron de nuevo mi corazón. Aspen había sido mi primer amor; cuando le miraba… era suya.

Maxon no sabía que Aspen estaba en el palacio, pero sí sabía que había dejado atrás una historia con alguien, algo que intentaba superar, y había accedido a darme tiempo para pasar página mientras él intentaba encontrar a otra persona con quien pudiera ser feliz, si es que yo no me decidía.

Mientras movía la cabeza, tomando aire justo por encima de mi cabello, me lo planteé: ¿cómo sería querer a Maxon, sin más?

—¿Sabes cuánto tiempo hace que no miraba las estrellas? —preguntó.

Me acerqué un poco más sobre la manta para protegerme del frío: la noche era fresca.

—Ni idea.

—Hace unos años un tutor me hizo estudiar astronomía. Si te fijas, verás que las estrellas, en realidad, tienen colores diferentes.

—Espera. ¿Quieres decir que la última vez que miraste las estrellas fue para estudiarlas? ¿Y por diversión?

Chasqueó la lengua.

—Por diversión… Tendré que hacerle un hueco a eso entre las consultas presupuestarias y las reuniones del Comité de Infraestructuras. Oh, y las de estrategia para la guerra, que, por cierto, se me da fatal.

—¿Qué más se te da fatal? —pregunté, pasándole la mano por la camisa almidonada. Animado por el contacto, Maxon trazó círculos sobre mi hombro con la mano con la que me rodeaba la espalda.

—¿Por qué quieres saber eso? —respondió, fingiéndose importunado.

—Porque aún sé poquísimo de ti. Y da la impresión de que eres perfecto en todo. Resulta agradable comprobar que no es así.

Él se apoyó en un codo y se quedó mirándome.

—Tú sabes que no lo soy.

—Te acercas bastante —repliqué. Sentía los pequeños puntos de contacto entre nosotros. Rodillas, brazos, dedos.

Él sacudió la cabeza y esbozó una sonrisa.

—De acuerdo. No sé planear guerras. Se me da fatal. Y supongo que sería un cocinero terrible. Nunca he intentado cocinar, así que…

—¿Nunca?

—Quizás hayas observado el montón de gente que te atiborra de pastelillos a diario, ¿no? Pues resulta que a mí también me dan de comer.

Se me escapó una risita tonta. En mi casa yo ayudaba a preparar casi todas las comidas.

—Más —exigí—. ¿Qué más se te da mal?

Él me agarró y se colocó muy cerca, con un brillo en sus ojos marrones que indicaba que escondían un secreto.

—Hace poco he descubierto otra cosa…

—Cuéntame.

—Resulta que se me da terriblemente mal estar lejos de ti. Es un problema muy grave.

Sonreí.

—¿Lo has intentado?

Él fingió que se lo pensaba.

—Bueno…, no. Y no esperes que empiece a hacerlo ahora.

Nos reímos sin levantar la voz, agarrados el uno al otro. En aquellos momentos, me resultaba facilísimo imaginarme que el resto de mi vida podía ser así.

El ruido de pisadas sobre la hierba y las hojas secas anunciaba que alguien se acercaba. Aunque nuestra cita era algo completamente aceptable, me sentí algo violenta, y erguí la espalda de inmediato, para quedarme sentada sobre la manta. Maxon también lo hizo. Un guardia se acercaba a nosotros rodeando el seto.

—Alteza —dijo, con una reverencia—. Siento importunarle, señor, pero no es conveniente permanecer aquí fuera tanto tiempo. Los rebeldes podrían…

—Comprendido —replicó Maxon, con un suspiro—. Entraremos ahora mismo.

El guardia nos dejó solos.

Maxon se volvió hacia mí:

—Otra cosa que se me da mal: estoy perdiendo la paciencia con los rebeldes. Estoy cansado de enfrentarme a ellos.

Se puso en pie y me tendió la mano. Se la cogí y observé la frustración en sus ojos. Los rebeldes nos habían atacado dos veces desde el inicio de la Selección: una vez los norteños (simples perturbadores), y otra vez los sureños (cuyos ataques eran más letales). Y no tenía mucha experiencia al respecto, pero entendía muy bien que estuviera agotado.

Maxon estaba recogiendo la manta y sacudiéndola, descontento por que nos hubieran interrumpido de aquel modo.

—Eh —dije, llamando su atención—. Ha sido divertido.

Él asintió.

—No, de verdad —insistí, dando un paso adelante. Él cogió la manta con una mano para tener el otro brazo libre y rodearme con él—. Deberíamos repetirlo algún otro día. Puedes contarme de qué color es cada estrella, porque la verdad es que yo no lo veo.

—Ojalá las cosas fueran más fáciles, más normales —repuso él, con una sonrisa triste.

Me acerqué para poder rodearlo con los brazos. Maxon dejó caer la manta para abrazarme.

—Siento ser yo quien desvele el secreto, alteza, pero, incluso sin guardias, no tiene usted nada de normal.

Relajó algo el gesto, pero seguía serio.

—Te gustaría más si lo fuera.

—Sé que te resultará difícil de creer, pero a mí me gustas tal como eres. Lo único que necesito es más…

—Tiempo. Ya sé. Y estoy dispuesto a dártelo. Lo que me gustaría saber es si al final querrás quedarte conmigo, cuando pase ese tiempo.

Aparté la mirada. Eso no podía prometérselo. Había sopesado lo que significaban Maxon y Aspen para mí, de corazón, una y otra vez, pero no estaba segura… Salvo, quizá, cuando estaba a solas con uno de los dos. En ese momento, estaba tentada de prometerle a Maxon que seguiría a su lado para siempre.

Pero no podía.

—Maxon —susurré, viendo lo desanimado que parecía al no obtener una respuesta—. Aún no te puedo decir eso. Pero lo que sí puedo decirte es que quiero estar aquí. Quiero saber si tenemos… —dije, y me quedé cortada, sin saber cómo plantearlo.

—¿Posibilidades?

Sonreí, contenta al ver lo bien que me entendía.

—Sí. Quiero saber si tenemos posibilidades de que lo nuestro funcione.

Él me apartó un mechón de pelo y me lo puso detrás del hombro.

—Creo que sí, que hay muchas posibilidades —contestó, con toda naturalidad.

—Estoy de acuerdo, pero, solo… dame tiempo, ¿vale?

Asintió. Parecía más contento. Así era como yo quería que acabara nuestra noche juntos, con cierta esperanza. Bueno, y quizás algo más. Me mordí el labio y me acerqué a Maxon, diciéndolo todo con la mirada.

Sin dudarlo un segundo, se inclinó y me besó. Fue un beso cálido y suave. Hizo que me sintiera deseada. De hecho, quise más. Podría haberme quedado allí horas, pidiendo más. Sin embargo, Maxon enseguida se echó atrás.

—Vámonos —dijo, sonriente, tirando de mí en dirección al palacio—. Más vale que entremos antes de que lleguen los guardias a caballo, con las lanzas en ristre.

Cuando me dejó en las escaleras, sentí el cansancio de golpe, como si me cayera un muro encima. Prácticamente me arrastré hasta la segunda planta, pero, al rodear la esquina para llegar a mi habitación, de pronto me desperté de nuevo.

—¡Oh! —exclamó Aspen, sorprendido él también al verme—. Debo de ser el peor guardia del mundo; todo este rato he supuesto que estarías dentro de tu habitación.

Solté una risita. Se suponía que las chicas de la Élite teníamos que dormir al menos con una doncella en la habitación, para que velara nuestro sueño. Pero a mí eso no me gustaba nada, de modo que Maxon había insistido en ponerme un soldado de guardia en la puerta, por si surgía una emergencia. El caso es que, la mayoría de las veces, el soldado de guardia era Aspen. Saber que se pasaba las noches al otro lado de mi puerta me producía una extraña mezcla de alegría y horror.

El aire desenfadado de nuestra charla cambió de pronto cuando él cayó en la cuenta de lo que significaba que no estuviera acostada en mi cama. Se aclaró la garganta, incómodo.

—¿Te lo has pasado bien?

—Aspen —susurré, mirando para asegurarme de que no hubiera nadie por allí—. No te enfades. Formo parte de la Selección. Así son las cosas.

—¿Cómo voy a tener alguna posibilidad, Mer? ¿Cómo voy a competir cuando tú solo hablas con uno de los dos?

Tenía razón, pero ¿qué podía hacerle?

—Por favor, no te enfades conmigo, Aspen. Estoy intentando aclararme.

—No, Mer —dijo, de nuevo con un tono amable en la voz—. No estoy enfadado contigo. Te echo de menos —añadió. Y no se atrevió a decirlo en voz alta, pero articuló las palabras «Te quiero».

Sentí que me iba a fundir allí mismo.

—Lo sé —respondí, poniéndole una mano en el pecho, olvidando por un momento todo lo que arriesgábamos—. Pero eso no cambia la situación en la que estamos, ni el hecho de que ahora sea de la Élite. Necesito tiempo, Aspen.

Levantó la mano para coger la mía y asintió.

—Eso te lo puedo dar. Pero… intenta encontrar tiempo para mí también.

No quería ni pensar en lo complicado que sería eso, así que esbocé una mínima sonrisa y aparté la mano.

—Tengo que irme.

Él se me quedó mirando mientras entraba en la habitación y cerraba la puerta tras de mí.

Tiempo. Últimamente no hacía más que pedirlo. Y, precisamente, esperaba que, con el tiempo suficiente, todo acabaría encajando.

Capítulo 2

—*N*o, no —respondió la reina Amberly, entre risas—. Solo tuve tres damas de honor, aunque la madre de Clarkson sugirió que debería tener más. Yo solo quería a mis dos hermanas y a mi mejor amiga, que, casualmente, había conocido durante la Selección.

Eché un vistazo a Marlee, y me alegré al ver que ella también me estaba mirando. Antes de llegar al palacio, suponía que aquello sería una competición tan dura que no habría ocasión para trabar amistades. Sin embargo, ella se me abrió desde el primer momento, y desde entonces nos habíamos apoyado mutuamente en todo. Salvo en una única ocasión, no habíamos discutido por nada.

Unas semanas atrás, Marlee había mencionado que le parecía que en el fondo no deseaba quedarse con Maxon. Y al presionarla para que me lo explicara, se había cerrado en banda. No estaba enfadada conmigo, yo lo sabía, pero aquellos días de silencio, hasta que dejamos el asunto, me había sentido muy sola.

—Yo quiero siete damas de honor —dijo Kriss—. O sea, en el caso de que Maxon me escoja y pueda celebrar una gran boda.

—Pues yo no. No quiero damas de honor —apuntó Celeste, por su parte—. No hacen más que distraer la atención. Y como la ceremonia va a ser televisada, quiero que todas las miradas se centren en mí.

Yo estaba que echaba humo. No teníamos muchas ocasiones de sentarnos a hablar con la reina Amberly, y ahí estaba Celeste, comportándose como una niña malcriada y arruinando el momento.

—A mí me gustaría incorporar alguna de las tradiciones de mi cultura en mi boda —añadió Elise, en voz baja—. Las chicas de Nueva Asia usan mucho el rojo en sus ceremonias, y el novio tiene que hacer regalos a las amigas de la novia para darles las gracias por permitir que se case con él.

Kriss reaccionó al momento:

—Cuenta conmigo para tu boda. ¡Me encantan los regalos!

—¡Y a mí también! —exclamó Marlee.

—Lady America, has estado muy callada todo el rato —intervino la reina Amberly—. ¿Cómo te gustaría que fuera tu boda?

Me ruboricé, porque aquello me pilló completamente a contrapié.

Solo me había imaginado un tipo de boda, e iba a tener lugar en la Oficina Provincial de Servicios de Carolina, tras rellenar una ingente cantidad de agotador papeleo.

—Bueno, una de las cosas que he pensado es que sea mi padre quien me entregue al novio. Ya sabéis, cuando te lleva del brazo y te pone la mano en la de tu futuro marido. Eso es lo único que he deseado siempre —confesé. Y por incómodo que resultara decirlo, era cierto.

—Pero eso lo hace todo el mundo —protestó Celeste—. No es ni siquiera original.

Aquel comentario debería haberme molestado, pero me limité a encogerme de hombros.

—Quiero estar segura de que mi padre está de acuerdo con mi decisión el día más importante de todos.

—Eso es muy bonito —observó Natalie, dando un sorbo al té y mirando por la ventana.

La reina Amberly soltó una risa desenfadada.

—Desde luego, yo también espero que esté de acuerdo. Él o quienquiera que sea el padre de la novia elegida —rectificó, al darse cuenta de que podía parecer que era yo quien estaba eligiendo a Maxon, y no al revés.

Me pregunté si lo pensaba de verdad, si su hijo le había hablado de lo nuestro.

Poco después pusimos fin a la charla sobre la boda y la reina se fue a trabajar a su despacho. Celeste se situó frente al gran televisor empotrado en la pared, y las otras comenzaron a jugar a las cartas.

—Ha sido divertido —apuntó Marlee cuando nos sentamos juntas en una de las mesas—. Diría que nunca había oído hablar tanto a la reina.

—Supongo que estará cada vez más ilusionada con la idea —repliqué aparte. No le había mencionado a nadie lo que me había dicho la hermana de la reina Amberly sobre las veces que había intentado tener otro hijo, sin conseguirlo. Adele había predicho que su hermana se abriría más a nosotras cuando el grupo se redujera, y tenía razón.

—Bueno, tienes que contármelo: ¿de verdad no tienes otros planes para tu boda, o es que no has querido contárselo a las demás?

—La verdad es que no. Me cuesta mucho imaginarme una gran boda, ¿sabes? Soy una Cinco.

Marlee meneó la cabeza.

—Eras una Cinco. Ahora eres una Tres.

—Es verdad —dije, recordando mi nueva categoría.

Yo había nacido en una familia de Cincos —artistas y músicos, generalmente mal pagados— y, aunque odiaba el sistema de castas, me gustaba cómo me ganaba la vida. Me resultaba extraño pensar en mí misma como una Tres, plantearme dar clases o escribir.

—Tampoco le des muchas vueltas —repuso Marlee, leyendo la expresión de mi rostro—. Aún es pronto para preocuparse por nada de eso.

Estaba a punto de protestar, pero nos interrumpió un grito de Celeste.

—¡Venga ya! —gritó, golpeando el mando a distancia contra el sofá y volviendo a enfocarlo hacia el televisor—. ¡Agh!

—¿Es una impresión mía o está cada vez peor? —le susurré a Marlee, viendo como Celeste golpeaba el mando a distancia una y otra vez hasta que se rindió y se decidió a cambiar el canal manualmente. Me pregunté si eso sería algo innato en una Dos, algo que corregir.

—Es la tensión, supongo —dijo Marlee—. ¿Has observado que Natalie está como, no sé…, más distante?

Asentí, y nos quedamos mirando al trío de chicas que jugaban a las cartas. Kriss sonreía mientras barajaba, pero Natalie estaba examinándose las puntas del cabello; de vez en cuando, se arrancaba alguno que no le gustaba.

Parecía distraída.

—Creo que todas empezamos a notarlo —confesé—. Cuesta más relajarse y disfrutar del palacio ahora que el grupo es tan pequeño.

Celeste soltó un gruñido; nosotras la miramos un momento, pero enseguida apartamos la mirada cuando se dio cuenta.

—Perdona un momento —dijo Marlee, levantándose—. Creo que tengo que ir al baño.

—Yo estaba pensando exactamente lo mismo. ¿Quieres que vayamos juntas?

Ella sonrió y meneó la cabeza.

—Ve tú primero. Yo me acabaré el té antes.

—Vale. Vuelvo enseguida.

Salí de la Sala de las Mujeres y recorrí el espléndido pasillo tomándome mi tiempo. Aún no me hacía a la idea de lo espectacular que era todo aquello. Estaba tan distraída que fui a darme de bruces contra un guardia al girar la esquina.

—¡Oh! —exclamé.

—Perdóneme, señorita. Espero no haberla asustado —se disculpó. Me cogió de los codos y me ayudó a recuperar el equilibrio.

—No —dije yo, soltando una risita—. No pasa nada. Debería haber mirado por dónde iba. Gracias por sujetarme, soldado…

—Woodwork —respondió, con una rápida reverencia.

—Yo soy America.

—Lo sé.

Él sonrió. Levanté la mirada al techo; claro que lo sabía.

—Bueno, espero no atropellarle la próxima vez que nos encontremos —bromeé.

Volvió a sonreír.

—De acuerdo. Que tenga un buen día, señorita.

—Usted también.

Cuando volví le conté a Marlee mi incómodo topetazo contra el soldado Woodwork y le advertí de que mirara por dónde iba. Ella se rio de mí y meneó la cabeza.

Pasamos el resto de la tarde sentadas junto a las ventanas, charlando sobre nuestros lugares de origen y acerca de las otras chicas mientras disfrutábamos del sol.

Se me hacía triste pensar en el futuro. Un día u otro la Selección acabaría, y aunque sabía que Marlee y yo seguiríamos siendo amigas, echaría de menos hablar con ella a diario. Era mi primera amiga de verdad y me habría gustado tenerla a mi lado para siempre.

Intenté disfrutar del momento, mientras ella miraba por la ventana con la mente en otra parte. Me pregunté qué estaría pensando, pero el momento era tan plácido que preferí no romper el silencio.

Capítulo 3

*L*as anchas puertas de mi balcón estaban abiertas, al igual que las que daban al pasillo, y la habitación se llenó del cálido y dulce aire procedente de los jardines. Esperaba que la suave brisa me animara, ante la gran cantidad de trabajo que tenía por delante. Pero solo me sirvió para distraerme y hacerme desear estar en cualquier otro sitio que no fuera allí, anclada a mi escritorio.

Suspiré y me apoyé en el respaldo de la silla, dejando caer la cabeza hacia atrás.

—Anne.

—¿Sí, señorita? —respondió mi primera doncella, desde el rincón donde estaba cosiendo. Sin mirar, supe que Mary y Lucy, mis otras dos doncellas, habían levantado la vista, esperando la ocasión de poder atenderme.

—Te ordeno que me digas qué te parece que puede significar este informe —dije, señalando con desgana un listado detallado de datos estadísticos militares que tenía delante. Era una tarea pensada como prueba para todas las chicas de la Élite, pero yo no podía concentrarme.

Mis tres sirvientas se rieron, probablemente por lo ridículo de mi orden, y por el simple hecho de que accediera a darles órdenes por fin. Desde luego, las dotes de mando no eran uno de mis puntos fuertes.

—Lo siento, señorita, pero creo que eso se escapa a mis competencias —respondió Anne.

Aunque yo lo había dicho a modo de broma y su respuesta tenía el mismo tono jocoso, pude detectar un matiz de disculpa en su voz por no poder ayudarme.

—Está bien —dije, resignada, irguiendo la espalda—. Tendré que hacerlo yo sola. Sois un puñado de inútiles —bromeé—. Mañana pediré nuevas sirvientas. Y esta vez va en serio.

Todas soltaron unas risitas de nuevo, y me concentré de nuevo en los números. Tenía la impresión de que era un mal informe, pero no podía estar segura. Releí párrafos y gráficas, frunciendo el ceño y mordiendo el lápiz mientras intentaba concentrarme.

Oí que Lucy se reía disimuladamente, y levanté la cabeza para ver qué era lo que tanto le divertía. Seguí sus ojos hasta la puerta y, allí, apoyado contra el marco, estaba Maxon.

—¡Me has delatado! —se quejó, dirigiéndose a Lucy, que seguía con su risita traviesa.

Eché la silla atrás y me lancé a sus brazos.

—¡Me has leído la mente!

—¿Ah, sí?

—Por favor, dime que podemos salir. Aunque solo sea un ratito.

Él sonrió.

—Tengo veinte minutos. Luego debo volver.

Tiré de él hacia el pasillo, entre el parloteo excitado de mis doncellas. Estaba claro que los jardines se habían convertido en nuestro lugar de encuentro preferido. Prácticamente cada vez que teníamos ocasión de estar solos, íbamos allí. Era todo lo contrario a mis encuentros con Aspen, escondidos en la minúscula casita del árbol de mi patio trasero, el único lugar donde podíamos estar juntos sin que nos vieran. De pronto me pregunté si estaría por ahí, oculto entre los numerosos guardias del palacio, observando mientras Maxon me cogía de la mano.

—¿Qué es esto? —preguntó él, acariciándome la punta de los dedos al caminar.

—Callos. Son de presionar las cuerdas del violín durante cuatro horas al día.

—No me había dado cuenta hasta ahora.

—¿Te molestan? —De las seis chicas que quedaban yo era la de la casta más baja, y dudaba que ninguna de ellas tuviera unas manos como las mías.

Maxon se detuvo y se llevó mi mano a la boca, besándome las puntas de los dedos.

—Al contrario. Me parecen hasta bonitos —dijo. Sentí que me ruborizaba—. He visto el mundo (es cierto, en su mayor parte a través de un cristal antibalas, o desde la torre de algún castillo antiguo), pero lo he visto. Y tengo acceso a las respuestas de mil preguntas. Pero esta manita… —Me miró a los ojos—. Esta manita crea sonidos que no se pueden comparar con nada de lo que haya oído antes. A veces creo que el día que tocaste el violín no fue más que un sueño; fue precioso. Estos callos son la prueba de que fue de verdad.

En ocasiones me hablaba de un modo tan romántico, tan conmovedor, que resultaba difícil de creer. Pero aunque aquellas palabras me llegaban al corazón, nunca estaba completamente segura de poder confiar en ellas. ¿Cómo podía saber que no les decía esas cosas tan dulces también a las otras chicas? Tuve que cambiar de tema.

—¿De verdad tienes la respuesta a mil preguntas?

—Por supuesto. Pregúntame lo que quieras. Si no sé la respuesta, sabré dónde encontrarla.

—¿Cualquier cosa?

—Cualquier cosa.

Era difícil pensar en alguna pregunta allí mismo, y mucho más en algo que le pillara desprevenido, que era lo que yo pretendía. Tardé un momento en pensar en las cosas que más curiosidad me suscitaban cuando era niña. En cómo volaban los aviones. En cómo era Estados Unidos. En cómo funcionaban los pequeños reproductores de música que usaban las castas más altas.

Y entonces se me ocurrió.

—¿Qué es Halloween?

—¿Halloween?

Era evidente que nunca había oído hablar de ello. No me sorprendía. Yo solo había visto aquella palabra en un viejo libro de historia de mis padres. El libro estaba desgastado hasta el punto de que tenía partes ilegibles, páginas arrancadas o destruidas. Aun así, siempre me había fascinado que mencionara una fiesta de la que no sabíamos nada.

—Ya no estás tan seguro, ¿eh, su «listeza real»? —le pinché.

Puso una cara que dejaba claro que su malhumor era fingido. Miró el reloj y tomó aliento.

—Ven conmigo. Tenemos que darnos prisa —dijo, agarrándome de la mano y echando a correr.

Trastabillé un poco con mis zapatos, que eran de tacón bajo, pero conseguí seguirle. Me llevaba a la parte trasera del palacio. Sonreía con ganas. Me encantaba ver aquella versión despreocupada de Maxon; con demasiada frecuencia se ponía muy serio.

—Caballeros —saludó, cuando pasamos corriendo junto a los guardias de la puerta.

Conseguí llegar a mitad del pasillo, pero ya no podía más con aquellos zapatos.

—¡Maxon, para! —dije, jadeando—. ¡No puedo seguirte!

—Venga, venga, esto te va a encantar —insistió, tirándome del brazo mientras yo bajaba el ritmo. Por fin paró él también, pero estaba claro que deseaba ir más rápido.

Nos dirigimos hacia el pasillo norte, cerca de la zona donde se grababa el *Report* de cada semana, pero antes de llegar allí nos metimos en una escalera. Subimos y subimos. No podía contener más mi curiosidad.

—¿Dónde vamos?

Se giró y me miró, poniéndose serio de pronto.

—Tienes que jurarme que nunca revelarás la existencia de esta salita. Solo unos cuantos miembros de la familia y un puñado de guardias saben que existe.

—Por supuesto —prometí, más que intrigada.

Llegamos al final de las escaleras. Maxon me abrió la puerta. Volvió a cogerme de la mano y me llevó por el pasillo. Se detuvo frente a una pared que estaba cubierta en su mayor parte por un cuadro imponente. Miró hacia atrás para asegurarse de que no había nadie y luego metió la mano tras el marco, por el extremo más alejado. Oí un ruidito y la pintura giró hacia nosotros.

Me quedé sin aliento. Maxon sonrió.

Tras la pintura había una puerta que no llegaba al suelo y que tenía un pequeño teclado, como el de un teléfono. Maxon marcó unos números y se oyó un leve pitido. Giró la manilla y se volvió hacia mí.

—Déjame que te ayude. El escalón es bastante alto —dijo. Me dio la mano y me hizo pasar delante.

Me quedé de piedra.

La sala, sin ventanas, estaba cubierta de estanterías llenas de lo que parecían ser libros antiguos. Dos de los estantes contenían libros con curiosas líneas diagonales rojas en los lomos, y vi un enorme atlas apoyado en una pared, abierto por una página que mostraba el contorno de un país desconocido para mí. En el centro había una mesa con unos cuantos libros que parecían haberse usado recientemente, y que habían dejado allí para tenerlos más a mano. Y por fin, empotrada en una de las paredes, había una gran pantalla que parecía un televisor.

—¿Qué significan las bandas diagonales? —pregunté, intrigada.

—Son libros prohibidos. Por lo que yo sé, deben de ser los únicos ejemplares que quedan en Illéa.

Me giré hacia él, preguntando con la mirada lo que no me atrevía a decir en voz alta.

—Sí, puedes mirarlos —dijo, con un tono que dejaba claro que no le gustaba la idea, pero que tenía claro que se lo iba a pedir.

Cogí uno de los libros con cuidado, aterrada ante la posibilidad de que pudiera destruir sin querer un tesoro único. Hojeé las páginas, pero acabé dejándolo en su sitio inmediatamente. Estaba demasiado impresionada.

Me giré y me encontré a Maxon tecleando en algo que parecía una máquina de escribir plana unida a una pantalla.

—¿Qué es eso? —pregunté

—Un ordenador. ¿Nunca has visto uno?

Sacudí al cabeza. Maxon no se mostró demasiado sorprendido.

—Ya no queda mucha gente que los tenga. Este está programado específicamente para la información contenida en esta sala. Si hay algo sobre Halloween, nos dirá dónde está.

No estaba muy segura de entender lo que me decía, pero no le pedí explicaciones. Al cabo de unos segundos, su búsqueda produjo una lista de tres puntos en la pantalla.

—Oh, excelente —exclamó—. Espera aquí.

Me quedé junto a la mesa, mientras Maxon buscaba los tres libros que nos revelarían lo que era Halloween. Esperaba que no fuera alguna estupidez y que el esfuerzo no fuera en balde.

El primer libro definía Halloween como una fiesta celta que marcaba el final del verano. Para no demorar más la búsqueda, no quise mencionar que no tenía ni idea de lo que significaba «celta». Decía que creían que en Halloween los espíritus entraban y salían de este mundo, y que la gente se disfrazaba para ahuyentar a los malos. Más tarde se convirtió en una fiesta secular, sobre todo para niños, que se disfrazaban e iban por sus pueblos cantando canciones y recibiendo dulces como recompensa, lo que dio pie a la frase «truco o trato», ya que hacían un truco para conseguir el trato y llevarse los dulces.

El segundo libro lo definía como algo similar, solo que mencionaba las calabazas y el cristianismo.

—Este será el más interesante —afirmó Maxon, hojeando un libro mucho más fino que los otros y escrito a mano.

—¿Y eso? —pregunté, acercándome para ver mejor.

—Este, Lady America, es uno de los volúmenes de los diarios personales de Gregory Illéa.

—¿Qué? —exclamé—. ¿Puedo tocarlo?

—Primero déjame que encuentre la página que estamos buscando. ¡Mira, incluso hay una foto!

Y allí, como un espejismo, vi una imagen de un pasado desconocido que mostraba a Gregory Illéa con expresión seria, un traje impecable y una postura rígida. Era curioso, pero su pose me recordaba mucho al rey y a Maxon. A su lado, una mujer esbozaba una sonrisa a la cámara. Había algo en su rostro que daba a entender que en otro tiempo debía de haber sido preciosa, pero sus ojos habían perdido el brillo. Parecía cansada. A los lados de la pareja había tres personas más. La primera era una chica adolescente, guapa y llena de vida, que sonreía con ganas, con un vestido ampuloso y una corona. ¡Qué gracia! Iba disfrazada de princesa. Y luego había dos chicos, uno algo más alto que el otro, y ambos vestidos de personajes que no reconocí. Parecían estar a punto de hacer alguna travesura. Bajo la imagen había un comentario sorprendente, escrito de puño y letra del propio Gregory Illéa:

Este año los niños han celebrado Halloween con una fiesta. Supongo que es una forma de olvidar lo que pasa a su alrededor, pero a mí me parece frívolo. Somos una de las pocas familias que quedan que tienen dinero para hacer algo festivo, pero este juego de niños me parece tirar el dinero.

—¿Crees que ese es el motivo de que ya no lo celebremos? ¿Porque es tirar el dinero? —le pregunté.

—Podría ser. Por la fecha, esto fue justo después de que los Estados Americanos de China empezaran a contraatacar, justo antes de la Cuarta Guerra Mundial. En aquella época, la mayoría de la gente no tenía nada. Imagínate todo un país de Sietes y un puñado de Doses.

—Vaya —dije, intentando imaginar cómo sería un país así, destrozado por la guerra, intentando recomponerse. Era increíble.

—¿Cuántos diarios como ese hay?

Maxon señaló en dirección a un estante con una serie de volúmenes similares al que teníamos en las manos.

—Una docena, más o menos.

No podía creérmelo. ¡Toda esa historia en una sola sala!

—Gracias —dije—. Es algo que nunca habría soñado ver. No me puedo creer que exista todo esto.

Él estaba pletórico.

—¿Te gustaría leer el resto? —ofreció, indicando el diario.

—¡Sí, claro! —exclamé, casi gritando de la emoción—. Pero no me puedo quedar; tengo que acabar de repasar ese rollo de informe. Y tú tienes que volver al trabajo.

—Es verdad. Bueno, a ver qué te parece esto: te llevas el libro y me lo devuelves dentro de unos días.

—¿Eso se puede hacer? —pregunté, anonadada.

—No —respondió él, sonriendo.

Vacilé, asustada al pensar en el valor de lo que tenía en las manos. ¿Y si lo perdía? ¿Y si lo estropeaba? Seguro que él estaba pensando lo mismo. Pero nunca más tendría una oportunidad como aquella. Podía hacer un esfuerzo especial por ser cuidadosa. Aquello lo merecía.

—Vale. Solo un día o dos, y luego te lo devuelvo.

—Escóndelo bien.

Y eso hice. Era más que un libro lo que me jugaba; era la confianza de Maxon. Lo metí en el hueco del taburete de mi piano, bajo un montón de partituras. Era un sitio donde mis doncellas no limpiaban nunca. Las únicas manos que lo tocarían serían las mías.

Capítulo 4

—¡*S*oy un caso perdido! —se lamentó Marlee.

—No, no, lo estás haciendo muy bien —mentí.

Llevaba más de una semana dándole clases de piano a diario, y lo cierto es que daba la impresión de que lo hacía cada vez peor. ¡Por Dios, si aún estábamos practicando escalas! Falló una nota más, y yo no pude evitar hacer una mueca.

—¡Pero si no hay más que verme! —exclamó—. Lo hago fatal. Lo mismo daría que tocara con los codos.

—Deberíamos probarlo. A lo mejor con los codos funciona mejor.

—Me rindo —dijo con un suspiro—. Lo siento, America, has tenido mucha paciencia conmigo, pero odio oírme tocar así. Suena como si el piano estuviera enfermo.

—De hecho, suena más bien como si estuviera agonizando.

Marlee se echó a reír, y yo con ella. Cuando me había pedido que le diera clases, poco podía imaginarme que supondría aquella tortura para los oídos. Dolorosa, pero, eso sí, divertida.

—¿No se te dará mejor el violín? El violín tiene un sonido precioso —sugerí.

—No lo creo. Con la suerte que tengo, lo destrozaría —dijo. Se puso en pie y se dirigió hacia mi escritorio, donde estaban los papeles que se suponía que teníamos que leer, apartados en un extremo. Mis doncellas, siempre tan detallistas, nos habían traído té y galletitas.

—Bueno, tampoco pasaría nada. Ese violín es de palacio. Podrías tirárselo a Celeste a la cabeza, si quisieras.

—No me tientes —repuso ella, sirviendo el té—. Voy a echarte de menos, America; no sé lo que haré cuando no podamos vernos cada día.

—Bueno, Maxon está muy indeciso, así que de momento no tienes que preocuparte por eso.

—No lo sé —contestó, poniéndose seria de pronto—. No es que lo haya dicho directamente, pero yo sé que estoy aquí porque le gusto al público. Ahora que la mayoría de las chicas se han ido, la opinión pública no tardará mucho en cambiar, y cuando tengan otra favorita, me mandará a casa.

Tenía que medir mis palabras, aunque esperaba que me explicara el motivo de la distancia que había puesto entre ellos dos, pero no quería que se cerrara de nuevo en banda.

—¿Y tú lo llevas bien? Lo de renunciar a Maxon, quiero decir.

Ella se encogió de hombros.

—No estamos hechos el uno para el otro. No me importa quedarme fuera del concurso, pero la verdad es que no quiero marcharme. Además, no querría acabar con un hombre que está enamorado de otra persona.

Me puse tensa de pronto.

—¿Y de quién…?

La mirada que tenía Marlee en los ojos era de triunfo, y la sonrisa que ocultaba tras su taza de té decía: «¡Te pillé!».

Y me había pillado.

De pronto me di cuenta de que la idea de que Maxon pudiera estar enamorado de otra me ponía tan celosa que no podía soportarlo. Y al momento, al comprender que Marlee estaba hablando de mí, me sentí infinitamente más tranquila.

Había levantado un muro tras otro, burlándome de Maxon y alabando los méritos de las otras chicas, pero era evidente que Marlee había sabido leer entre líneas.

—¿Por qué no has acabado ya con esto, America? —me preguntó, con dulzura—. Sabes que te quiere.

—Eso nunca lo ha dicho —le aseguré, y era cierto.

—Claro que no —constató, como si fuera tan obvio—. Está intentando conquistarte con todas sus fuerzas, y cada vez que se te acerca tú te lo quitas de encima. ¿Por qué?

¿Cómo iba a decírselo? ¿Cómo iba a confesarle que, aunque mis sentimientos por Maxon iban volviéndose cada vez más profundos (más de lo que yo pensaba, parecía), había alguien más a quien no podía quitarme de la cabeza?

—Supongo… que no estoy segura —dije. Confiaba en Marlee; de verdad. Pero era más seguro para las dos que no lo supiera.

Ella asintió. Daba la impresión de que se daba cuenta de que había algo más, pero no me presionó. Fue casi reconfortante, esa aceptación mutua de nuestros secretos.

—Encuentra el modo de decidirte. El hecho de que no esté hecho para mí no quiere decir que Maxon no sea un tipo estupendo. Odiaría que lo perdieras por puro miedo.

Una vez más tenía razón. Tenía miedo. Miedo de que los sentimientos de Maxon no fueran todo lo genuinos que parecían, miedo de lo que significaría para mí ser princesa, miedo de perder a Aspen.

—Hablando de algo más banal —dijo Marlee por fin, dejando la taza de té en el plato—, toda esa charla de ayer sobre bodas me hizo pensar en algo.

—¿Sí?

—¿Querrías ser…, bueno, ya sabes…, mi dama de honor? Quiero decir, si me caso algún día.

—Oh, Marlee, claro, me encantaría. ¿Y tú serías la mía? —le pregunté, tendiéndole las manos, que ella me cogió, feliz.

—Pero tú tienes hermanas. ¿No les sentaría mal?

—Lo entenderán. ¿Lo harás? ¡Por favor!

—¡Claro que sí! No me perdería tu boda por nada del mundo —dijo, dando por sentado que mi boda sería el acontecimiento del siglo.

—Prométeme que, aunque me case con un Ocho miserable en un callejón perdido, estarás ahí.

Ella me miró con incredulidad, como si estuviera segura de que eso no pasaría nunca.

—Aunque sea así. Lo prometo.

No me pidió que le hiciera una promesa del mismo estilo, por lo que, una vez más, me pregunté si no habría otro Cuatro esperándola en su casa. Pero no quería presionarla. Estaba claro que las dos guardábamos secretos; pero Marlee era mi mejor amiga, y habría hecho cualquier cosa por ella.

Aquella noche esperaba pasar un rato con Maxon. Marlee había hecho que me cuestionara muchas de mis acciones. Y de mis pensamientos. Y de mis sentimientos.

Tras la cena, cuando nos pusimos en pie para salir del comedor, crucé una mirada con Maxon y me tiré de la oreja. Era nuestra señal secreta para indicar que queríamos vernos, y raramente nos negábamos. Pero esa noche él respondió con un gesto de disculpa y articuló la palabra «trabajo». Puse mi cara de decepción y me despedí con un mínimo movimiento de la mano.

Quizá fuera lo mejor. La verdad era que necesitaba pensar unas cuantas cosas con respecto a él.

Cuando giré la esquina y llegué a mi habitación, Aspen estaba allí de nuevo, de guardia. Me miró de arriba abajo, admirando el ceñido vestido verde que resaltaba de un modo asombroso mis pocas curvas. Sin decir palabra, pasé por delante de él. Antes de que pudiera poner la mano en el pomo de la puerta, me rozó suavemente la piel del brazo.

Fue un contacto breve, y sentí aquella necesidad, el anhelo que Aspen solía despertar en mí. Solo con mirar sus ojos, color esmeralda, ansiosos y profundos, las rodillas empezaron a temblarme.

Entré en mi habitación lo más rápido que pude, torturada por aquella sensación. Afortunadamente, apenas tuve tiempo de pensar en los sentimientos que me despertaba, porque en el momento en que se cerró la puerta aparecieron mis doncellas, dispuestas a prepararme para ir a dormir. Mientras parloteaban y me cepillaban el pelo, intenté vaciar la mente de cualquier pensamiento.

Era imposible. Tenía que escoger. Aspen o Maxon.

Pero ¡¿cómo iba a decidirme entre las dos posibilidades?! ¿Cómo iba a tomar una decisión que, en cualquier caso, en parte me destrozaría? Me consolé pensando que aún tenía tiempo. Aún tenía tiempo.

Capítulo 5

—*B*ueno, Lady Celeste, ¿dice usted que la tropa no basta, y que debería aumentarse el número de reclutamientos? —preguntó Gavril Fadaye, moderador de los debates que se organizaban en el *Illéa Capital Report* y la única persona que entrevistaba a la familia real.

Nuestros debates del *Report* eran pruebas, y nosotras lo sabíamos. Aunque Maxon no tenía un plazo límite, el público no veía la hora de que el grupo fuera reduciéndose, y yo notaba que también el rey, la reina y sus asesores sentían lo mismo. Si queríamos quedarnos, teníamos que cumplir con nuestro papel, cuando y dondequiera que nos lo pidieran. Yo estaba encantada de haberme quitado de encima aquel informe tan pesado sobre la tropa. Recordaba parte de las estadísticas, así que tenía buenas posibilidades de dar una buena impresión aquella noche.

—Exactamente, Gavril. La guerra en Nueva Asia dura ya años. Creo que si en un par de reemplazos aumentáramos la cantidad de soldados reclutados, contaríamos con el número suficiente para ponerle fin.

No soportaba a Celeste. Había conseguido que echaran a una de las chicas, había arruinado el cumpleaños de Kriss el mes anterior y en una ocasión me había intentado destrozar el vestido, literalmente. Como era una Dos, se consideraba superior al resto de nosotras. La verdad es que yo no sabía cuántos soldados había en Illéa, pero ahora que sabía qué opinaba Celeste, tenía claro que mi postura era la contraria.

—No estoy de acuerdo —dije, con la máxima elegancia que pude.

Celeste se giró hacia mí, agitando su larga melena sobre los hombros. De espaldas a la cámara no tenía ningún problema en soltarme aquella mirada desafiante.

—Ah, Lady America, ¿cree usted que aumentar el número de soldados es mala idea? —preguntó Gavril.

Sentí que me sonrojaba y el calor en las mejillas.

—Los Doses se pueden permitir pagar para evitar el reclutamiento, así que estoy segura de que Lady Celeste nunca ha visto lo que supone para algunas familias perder a sus únicos hijos varones. Reclutar a más de esos chicos podría ser desastroso, especialmente para las castas más bajas, que suelen tener familias más numerosas y que, para sobrevivir, necesitan a todos los miembros que puedan trabajar.

Marlee, a mi lado, me hizo un gesto cómplice. Celeste contraatacó.

—Bueno, entonces, ¿qué vamos a hacer? No estarás sugiriendo que nos sentemos a esperar mientras estas guerras se alargan interminablemente.

—No, no. Por supuesto que quiero que la guerra acabe en Illéa —respondí. Hice una pausa para ordenar las ideas y miré a Maxon en busca de apoyo. El rey, a su lado, parecía molesto. Necesitaba cambiar de argumento, así que solté lo primero que me vino a la mente—. ¿Y si fuera voluntario?

—¿Voluntario? —preguntó Gavril.

Celeste y Natalie hicieron un ruidito despreciativo con la boca, lo que empeoró aún más las cosas. Pero entonces me lo pensé mejor. ¿Tan mala idea era?

—Sí, claro que habría que exigir ciertos requisitos, pero quizá le sacaríamos más partido a un ejército de hombres que deseen realmente ser soldados que a un grupo de chicos que solo hacen lo que pueden para sobrevivir y poder volver a la vida que han dejado atrás.

En el estudio se hizo el silencio mientras la gente se planteaba lo que acababa de decir. Aparentemente no era ninguna tontería.

—Eso es buena idea —intervino Elise—. Y podríamos ir enviando nuevos soldados cada mes o cada dos meses, según se fueran alistando. Eso animaría a los hombres que llevan sirviendo un tiempo.

—Estoy de acuerdo —añadió Marlee, que no solía extenderse mucho más en sus comentarios. Estaba claro que el debate no le resultaba cómodo.

—Bueno, ya sé que quizás esto suene un poco moderno, pero ¿y si el reclutamiento también estuviera abierto a las mujeres? —comentó Kriss.

Celeste se rio en voz alta.

—¿Quién crees que se apuntaría? ¿Querrías ir tú al campo de batalla? —replicó, con un tono que dejaba patente su incredulidad.

Pero Kriss no se vino abajo:

—No, yo no tengo madera de militar. Pero si he aprendido algo en la Selección —prosiguió, dirigiéndose a Gavril—, es que algunas chicas tienen un tremendo instinto asesino. Que los vestidos de gala no engañen a nadie —apostilló, con una sonrisa.

Ya en mi habitación, dejé que mis doncellas se quedaran conmigo un poco más de lo habitual para que me ayudaran a quitarme aquel montón de horquillas del pelo.

—Me gustó su idea de que el reclutamiento fuera voluntario —dijo Mary, mientras sus hábiles dedos trabajaban sin parar.

—A mí también —añadió Lucy—. Recuerdo lo mal que lo pasaban mis vecinos cuando se llevaban a sus hijos mayores. Y ver que había tantos que no volvían era una pesadilla —dijo, y estaba claro que los recuerdos volvían a hacérsele presentes.

Yo también tenía los míos.

Miriam Carrier era una joven viuda; pero ella y su hijo, Aiden, se defendían, los dos juntos. Cuando los soldados se presentaron a su puerta con una carta y una bandera para darle un pésame que no significaba nada para ellos, la mujer se hundió. No podía seguir adelante. Y aunque hubiera podido, no tenía fuerzas para intentarlo siquiera.

Era una Ocho, y a veces la vi pidiendo limosna en la misma plaza donde yo me despedí de Carolina. Pero yo no tenía nada para darle.

—Lo sé —dije, para consolar a Lucy.

—Creo que Kriss se ha pasado un poco —comentó Anne—. A mí eso de enviar mujeres al frente me parece una idea terrible.

Sonreí al ver su gesto remilgado mientras ella se concentraba en mi cabello.

—Según mi padre, antes las mujeres…

Un repiqueteo en la puerta nos hizo dar un respingo a las cuatro.

—Se me ha ocurrido una cosa —anunció Maxon, entrando sin esperar respuesta. Daba la impresión de que los viernes por la noche tuviéramos una cita fija, tras el *Report*.

—Alteza —saludaron las doncellas, todas a la vez. A Mary se le cayeron las horquillas, al inclinarse para hacer una reverencia.

—Déjame que te ayude —se ofreció Maxon, acudiendo en ayuda de Mary.

—No hace falta —insistió ella, que se sonrojó y se retiró enseguida. Con menos discreción de la que deseaba, seguramente, miró a Lucy y a Anne con los ojos bien abiertos, indicándoles que salieran de la habitación con ella.

—Ah, eh, buenas noches, señorita —dijo Lucy, tirando del borde del uniforme de Anne para que esta la siguiera.

Una vez solos, Maxon y yo nos echamos a reír. Me giré hacia el espejo y seguí quitándome horquillas del pelo.

—Son muy graciosas —comentó Maxon.

—Es que te admiran mucho.

Él quitó importancia al comentario con un gesto de modestia.

—Siento haberos interrumpido —dijo, dirigiéndose a mi reflejo en el espejo.

—No pasa nada —respondí, tirando de la última horquilla. Me pasé los dedos por la melena y me la coloqué sobre los hombros—. ¿Estoy bien?

Maxon asintió, haciendo una pausa algo más larga de lo necesario. Luego recuperó la concentración y prosiguió:

—Lo que te decía de esa idea…

—Dime.

—¿Te acuerdas de eso del Halloween?

—Sí. Oh, aún no he leído el diario. Pero está bien escondido —prometí.

—Está bien. Nadie lo echa de menos. Lo que estaba pensando es que… Todos esos libros decían que caía en octubre, ¿no?

—Sí —respondí, sin pensar.

—Pues estamos en octubre. ¿Por qué no celebramos una fiesta de Halloween?

Yo me di media vuelta.

—¿De verdad? Oh, Maxon… ¿Podríamos?

—¿Te gustaría?

—¡Me encantaría!

—He pensado que podríamos encargar que os confeccionaran disfraces a todas las chicas de la Selección. Los guardias que no estén de servicio podrían hacer de bailarines, ya que yo soy uno solo, y no sería justo teneros a todas esperando vuestro turno para bailar. Y podríamos organizar clases de baile la próxima semana, o durante un par de semanas. Tú misma has dicho que a veces no tenéis mucho que hacer durante el día. ¡Y golosinas! Tendremos las mejores golosinas, hechas para la ocasión e importadas. Cuando acabe la noche, querida mía, estarás hinchada como un pavo. Tendremos que sacarte de la pista rodando.

Estaba fascinada.

—Y lo anunciaremos, le diremos a todo el país que lo celebre. Que los niños se disfracen y vayan de puerta en puerta pidiendo golosinas, como antes. A tu hermana eso le encantará, ¿no?

—¡Claro que sí! ¡A todo el mundo!

Él se quedó pensando un momento, frunciendo los labios.

—¿Tú crees que le gustaría venir a celebrarlo aquí, al palacio?
No me lo podía creer.

—¿Qué?

—En algún momento del concurso se supone que tengo que conocer a los padres de las chicas de la Élite. También podría hacer que vinieran los hermanos y hermanas, coincidiendo con una fiesta como esta, en lugar de esperar...

Aquellas palabras hicieron que me lanzara a sus brazos. Estaba tan contenta con la posibilidad de ver a May y a mis padres que no podía contener mi entusiasmo. Él me rodeó la cintura con los brazos y se me quedó mirando fijamente a los ojos, entusiasmado. ¿Cómo podía ser que esa persona, alguien que siempre había considerado absolutamente opuesto a mí, diera siempre con todo lo que más ilusión me podía hacer?

—¿Lo dices de verdad? ¿Pueden venir?

—Claro —respondió—. Hace tiempo que tengo ganas de conocerlos, y forma parte del concurso. En cualquier caso, creo que a todas os irá bien ver a vuestras familias.

Cuando estuve segura de que no iba a echarme a llorar, respondí:

—Gracias.

—No hay de qué... Sé que los quieres mucho.

—Es verdad.

Maxon chasqueó la lengua.

—Y está claro que harías prácticamente cualquier cosa por ellos. Al fin y al cabo, participaste en la Selección por ellos.

Di un paso atrás, para dejar un espacio entre nosotros, para verle bien los ojos. No analizó mi reacción; parecía confundido por aquel gesto inconsciente. Yo no podía dejarlo así. Tenía que ser absolutamente clara.

—Maxon, ellos son uno de los motivos por los que me quedé al principio, pero no son la razón por la que sigo aquí ahora. Eso lo sabes, ¿verdad? Estoy aquí porque...

—Porque...

Me lo quedé mirando, con su expresión esperanzada. «Díselo, America. Díselo ya.»

—Porque... —insistió, esta vez con una sonrisa traviesa en los labios, que me hizo ablandarme aún más.

Pensé en la conversación que había tenido con Marlee y en cómo me había sentido el otro día, cuando hablamos de la Selección. Me costaba imaginarme a Maxon como mi novio cuando estaba saliendo con otras chicas, pero era algo más que un amigo. Volvió a invadirme aquella sensación ilusionada, aquella esperanza ante la posibilidad de que pudiéramos ser algo especial. Maxon para mí era más de lo que yo me permitía creer. Esbocé una sonrisa pícara y me dirigí hacia la puerta.

—America Singer, vuelve aquí —dijo, y echó a correr hasta ponerse delante de mí, rodeándome la cintura con el brazo, de pie, uno frente al otro—. Dímelo —susurró.

Apreté los labios en un mohín.

—Bueno, pues tendré que recurrir a otro medio de comunicación.

Sin previo aviso, me besó. Me dejé caer un poco hacia atrás sin darme cuenta, apoyando todo el peso en sus brazos. Coloqué las manos sobre su cuello, deseando abrazarlo... y de pronto algo cambió en mi mente.

En general, cuando estábamos juntos, todo lo demás desaparecía de mi mente. Pero aquella noche pensé en la posibilidad de que pudiera haber otra persona en mi lugar. Solo de imaginarlo, otra chica en los brazos de Maxon, haciéndole reír, casándose con él... se me rompía el corazón. No pude evitarlo: me eché a llorar.

—Cariño, ¿qué pasa?

«¿Cariño?» Aquella palabra, tan dulce y personal, me llegó al alma. En aquel momento, todas mis resistencias cedieron. Quería ser su novia, su «cariño». Deseaba ser solo de Maxon.

Aquello podía significar abrir las puertas a un futuro que nunca me había planteado y decir adiós a cosas que nunca había pensado dejar, pero en aquel momento la idea de separarme de él me parecía insufrible. También era cierto que yo no era la mejor candidata a la corona, pero tampoco sería merecedora de estar en el concurso si no era ni capaz de confesar mis sentimientos.

Suspiré, intentando mantener la compostura.

—No quiero dejar todo esto.

—Si mal no recuerdo, la primera vez que nos vimos dijiste que era como una jaula. —Sonrió—. Uno se va acostumbrando, ¿eh?

Meneé la cabeza.

—A veces te pones de lo más tonto —dije, y solté una risita ahogada.

Maxon dejó que me echara atrás, lo mínimo para que pudiera mirarle a los ojos.

—No es el palacio, Maxon. No me importan lo más mínimo los vestidos, la cama ni, aunque no te lo creas, la comida.

Maxon se rio. No era ningún secreto que los elaborados manjares que preparaban en el palacio me volvían loca.

—Eres tú —dije—. No quiero dejarte a ti.

—¿A mí?

Asentí.

—¿Me quieres a mí?

Solté una risita nerviosa al ver su expresión de asombro.

—Eso es lo que estoy diciendo.

Por un momento no reaccionó.

—¿Cómo…? Pero… ¿Qué es lo que he hecho?

—No lo sé —repuse, encogiéndome de hombros—. Solo creo que podría funcionar.

Él sonrió gradualmente.

—Funcionaría de maravilla.

Maxon tiró de mí, más bruscamente de lo que era habitual en él, y volvió a besarme.

—¿Estás segura? —me preguntó, separándome de nuevo para verme mejor y mirándome con ganas—. ¿Estás segura?

—Si tú estás seguro, yo estoy segura.

Por una fracción de segundo, algo cambió en su expresión. Pero pasó tan rápido que incluso me pregunté si, fuera lo que fuera, había sido real o no.

Un instante después me llevó hasta la cama y los dos nos sentamos en el borde, cogiéndonos de las manos mientras yo apoyaba la cabeza en su hombro. Esperaba que dijera algo. Al fin y al cabo, ¿no era eso lo que él esperaba? Pero no hubo palabras. De vez en cuando soltaba un largo suspiro, y solo con ese suspiro yo ya notaba lo feliz que era. Aquello me ayudó a relajarme un poco.

Al cabo de un rato —quizá porque ninguno de los dos sabía qué decir— levantó la cabeza y se decidió:

—Quizá debería irme. Si vamos a incluir a todas las familias en la fiesta, tendré que hacer planes.

Me separé y sonreí, aún aturdida ante la idea de poder abrazar a mi madre, a mi padre y a May.

—Gracias otra vez.

Nos pusimos en pie y nos dirigimos a la puerta. Yo no le soltaba la mano. Por algún motivo, me asustaba dejarle marchar. Tenía la sensación de que toda aquella situación era muy frágil, de que si me movía demasiado bruscamente podía romperse.

—Te veré mañana —prometió, en un susurro, con la nariz solo a unos milímetros de la mía. Me miró con tal entrega que me sentí tonta por preocuparme—. Eres increíble.

Cuando se fue, cerré los ojos y me puse a recordar cada momento de nuestro breve encuentro: el modo en que me miraba, las sonrisas traviesas, los dulces besos. Pensé en todo ello una y otra vez mientras me preparaba para meterme en la cama, preguntándome si Maxon estaría haciendo lo mismo.

Capítulo 6

—*E*stupendo, señorita. Siga señalando los diseños, y el resto de ustedes intenten no mirarme —dijo el fotógrafo.

Era sábado, y todas las chicas de la Élite habíamos sido excusadas de pasar el día en la Sala de las Mujeres. A la hora de desayunar, Maxon había hecho su anuncio sobre la fiesta de Halloween; y por la tarde nuestras doncellas habían empezado a trabajar en el diseño de los disfraces, y habían venido fotógrafos para documentar todo el proceso.

Yo intentaba estar natural mientras repasaba los dibujos de Anne, y mis otras doncellas esperaban al otro lado de la mesa con trozos de tela, cajitas de alfileres y una cantidad absurda de plumas.

El flash de la cámara nos iluminó mientras intentábamos dar diferentes opiniones. Justo mientras yo posaba sosteniendo un tejido dorado junto a la cara, llegó una visita.

—Buenos días, señoritas —dijo Maxon, atravesando el umbral.

No pude evitar levantar la cabeza un poco, y sentí que una sonrisa afloraba en mi rostro. El fotógrafo captó ese momento justo antes de girarse hacia Maxon.

—Alteza, siempre es un honor. ¿Le importaría posar con la señorita?

—Será un placer.

Mis doncellas se echaron atrás, Maxon cogió unos bocetos y se situó detrás de mí, con los papeles en una mano, por delante de los dos, y la otra rodeando mi cintura. Aquel contacto significaba mucho para mí. Parecía decir: «¿Lo ves? Muy pronto podré tocarte así delante de todo el mundo. No tienes que preocuparte por nada».

El fotógrafo tomó unas cuantas fotos y luego pasó a la siguiente chica de su lista. Entonces me di cuenta de que mis doncellas se habían retirado sigilosamente y ya no estaban allí.

—Tus doncellas tienen talento —observó Maxon—. Estos diseños son estupendos.

Intenté actuar como siempre hacía con Maxon, pero ahora las cosas eran diferentes, mejores y peores a la vez.

—Lo sé. No podría estar en mejores manos.

—¿Ya te has decidido por alguno? —preguntó, extendiendo los papeles sobre la mesa.

—A todas nos gusta la idea del pájaro. Supongo que es una referencia a mi collar —dije, tocándome la fina cadena de plata. El colgante en forma de ruiseñor era un regalo de mi padre, y yo lo prefería a las ostentosas joyas que nos ofrecían en palacio.

—Siento tener que decírtelo, pero creo que Celeste también ha escogido algo que tiene que ver con pájaros. Parecía muy decidida.

—No pasa nada —respondí, encogiéndome de hombros—. Las plumas tampoco me vuelven loca. —De pronto la sonrisa desapareció de mi rostro—. Espera. ¿Has ido a ver a Celeste?

Él asintió.

—Sí, he pasado un momento a charlar. Y me temo que tampoco me puedo quedar mucho rato aquí. A mi padre no le hace mucha gracia todo esto, pero entiende que mientras dure la Selección hay que organizar fiestas así, para que sea más agradable. Y ha estado de acuerdo en que será un modo mucho mejor de conocer a las familias, teniendo en cuenta las circunstancias.

—¿Qué circunstancias?

—Está deseando que haya alguna eliminación más, y se supone que tendré que descartar a una de las chicas después de conocer a los padres de todas. Por eso a él le parece que, cuanto antes vengan, mejor.

Hasta ese momento no había caído en que parte del plan de la fiesta de Halloween era enviar a alguien a casa. Pensaba que simplemente era una fiesta.

Aquello me puso nerviosa, aunque en mi interior sabía que no había motivo para estarlo. Al menos después de nuestra conversación de la noche anterior. De todos los momentos que había compartido con Maxon, ninguno me había parecido tan auténtico como aquel.

Sin dejar de repasar los bocetos, añadió:

—Bueno, supongo que tendré que acabar la ronda.

—¿Ya te vas?

—No te preocupes, cariño. Te veré en la cena.

«Sí, pero en la cena nos verás a todas», pensé.

—¿Va todo bien? —pregunté.

—Claro —respondió, acercándose para darme un beso rápido. En la mejilla—. Tengo que irme corriendo. Nos vemos pronto.

Y con la misma rapidez que había aparecido, desapareció.

El domingo, cuando apenas faltaba una semana para la fiesta de Halloween, el palacio era un torbellino de actividad.

Las chicas de la Élite pasamos la mañana del lunes con la reina Amberly, probando platos y decidiendo el menú para la fiesta de Halloween. Desde luego, aquella era la tarea más agradable que había tenido que hacer hasta el momento. No obstante, después del almuerzo, Celeste se ausentó unas horas de la Sala de las Mujeres. Cuando volvió, hacia las cuatro, nos anunció a todas:

—Maxon os envía recuerdos.

El martes por la tarde dimos la bienvenida a los parientes de la familia real que acudían a la ciudad para las fiestas. Pero la mañana la habíamos pasado mirando por la ventana, mientras Maxon le daba clases de tiro con arco a Kriss en los jardines.

En las comidas había muchos invitados que habían acudido con antelación, pero muchas veces Maxon faltaba, al igual que Marlee y Natalie.

Me sentí cada vez más incómoda. Había cometido un error confesándole mis sentimientos. Por mucho que dijera, no podía estar tan interesado en mí si su primer instinto era pasar el rato con todas las demás.

El viernes ya había perdido toda esperanza. Tras el *Report* me encontré sentada ante el piano, en mi habitación, deseando que Maxon apareciera.

No vino.

El sábado intenté no pensar en ello. Por la mañana todas las chicas de la Élite teníamos que salir a recibir a las señoras que iban llegando a palacio, y entretenerlas en la Sala de las Mujeres, y después del almuerzo teníamos práctica de baile.

Yo daba gracias de que en mi familia nos hubiéramos dedicado a la música y al arte en lugar de al baile, porque, a pesar de ser una Cinco, se me daba fatal bailar. La única que lo hacía peor que yo en toda la sala era Natalie. Curiosamente, Celeste era un modelo de gracia y elegancia. Más de una vez los instructores le habían pedido que ayudara a alguna otra chica, lo que había provocado que Natalie casi se torciera el tobillo, gracias a un descuido intencionado de Celeste.

Ella, taimada como una víbora, achacó los problemas de Natalie a su descoordinación. Los profesores la creyeron, y Natalie se lo tomó a broma. Me pareció admirable no dejarse afectar por lo que hiciera Celeste.

Aspen había estado allí durante todas las clases. Las primeras veces le había evitado, al no estar muy segura de que quisiera verme con él. Había oído rumores de que los guardias habían estado cambiándose los horarios con tanta premura que resultaba mareante. Algunos deseaban con desesperación ir a la fiesta, mientras que otros, que tenían novias esperándolos en casa, se encontrarían en una situación muy difícil si se los veía bailando con otras chicas, especialmente porque cinco de nosotras volveríamos a estar libres de compromiso muy pronto y seríamos un muy buen partido.

Pero aquello para mí no era más que un ensayo final, así que cuando Aspen se acercó y me ofreció bailar no me negué.

—¿Estás bien? —me preguntó—. Últimamente parece que estás en baja forma.

—Solo estaba cansada —mentí. No podía hablar con él de mis asuntos con Maxon.

—¿De verdad? —preguntó, escéptico—. Estaba convencido de que eso significaba que se avecinaban malas noticias.

—¿Qué quieres decir? —respondí. ¿Sabría él algo que yo no sabía?

Él suspiró.

—Si te estás preparando para decirme que deje de luchar por ti, es algo de lo que no querría ni hablar.

Lo cierto es que no había pensado siquiera en Aspen en la última semana. Estaba tan preocupada por mis comentarios fuera de lugar y mis presuposiciones que no había tenido tiempo de pensar en nada más. Y resultaba que, mientras yo me preocupaba de que Maxon se alejara de mí, Aspen estaba preocupado porque yo le hiciera lo mismo a él.

—No es eso —respondí, ambigua; me sentí culpable.

Él asintió, satisfecho de momento con aquella respuesta.

—¡Ay!

—¡Ups! —dije yo. Le había pisado sin querer. Tenía que concentrarme un poco más en el baile.

—Lo siento, Mer, pero esto se te da fatal —bromeó, aunque el pisotón que le había dado con el tacón del zapato tenía que haberle dolido.

—Lo sé, lo sé —dije, casi sin aliento—. Hago lo que puedo, te lo prometo.

Fui revoloteando por la sala como un alce ciego, pero lo que me faltaba en elegancia lo compensaba con esfuerzo. Aspen hacía lo que podía por ayudarme a dar buena impresión, retrasándose un poco en el paso para sincronizarse conmigo. Era algo típico en él, se pasaba la vida intentando ser mi héroe.

Cuando acabó la última clase al menos ya conocía todos los pasos. No podía prometer que no le diera una enérgica patada a algún diplomático de visita, pero había hecho todo lo que podía. Cuando me lo imaginé, me di cuenta de que era lógico que Maxon se lo pensara. Sería todo un engorro para él llevarme a otro país, y mucho más recibir a un invitado. Sencillamente, no tenía madera de princesa.

Suspiré y me fui a buscar un vaso de agua. El resto de las chicas se marcharon, pero Aspen me siguió.

—Bueno —dijo. Rastreé toda la sala con los ojos para asegurarme de que no había nadie mirando—. Si no estás preocupada por mí, debo suponer que estarás preocupada por él.

Bajé la vista y me sonrojé. Me conocía muy bien.

—No es que quiera darle ánimos, ni nada por el estilo, pero, si no se da cuenta de lo increíble que eres, es que es un idiota.

Sonreí, sin apartar la vista del suelo.

—Y si no consigues ser la princesa, ¿qué? Eso no te hace menos increíble. Y ya sabes…, ya sabes…

No conseguía decir lo que quería decir, así que me arriesgué a mirarle a la cara.

En los ojos de Aspen encontré mil finales diferentes para aquella frase, y en todos ellos estábamos los dos: que aún me estaba esperando; que me conocía mejor que nadie; que éramos una sola cosa; que unos meses en aquel palacio no podían borrar dos años. Pasara lo que pasara, Aspen siempre estaría ahí, a mi lado.

—Lo sé, Aspen. Lo sé.

Capítulo 7

Todas las chicas estábamos en línea, en el enorme vestíbulo del palacio, y yo no paraba de dar botecitos sobre las puntas de los pies.

—Lady America —susurró Silvia, y no hizo falta más para que me diera cuenta de que mi comportamiento era inaceptable. Como tutora principal de la Selección, ella se tomaba todas nuestras acciones muy personalmente.

Intenté controlarme. Envidiaba a Silvia y al personal de palacio, incluido el puñado de guardias que se movían por aquel espacio, aunque solo fuera porque a ellos se les permitía caminar. Si hubiera podido hacerlo yo también, estaría mucho más tranquila.

A lo mejor si Maxon estuviera allí la situación sería más soportable. O quizá me habría puesto aún más nerviosa. Seguía sin poder entender por qué; después de todo, no había podido encontrar tiempo para pasarlo conmigo últimamente.

—¡Aquí están! —dijo alguien al otro lado de las puertas de palacio. Yo no era la única que no podía contener mi alegría.

—Muy bien, señoritas —anunció Silvia—, ¡quiero un comportamiento exquisito! Criados y doncellas contra la pared, por favor.

Intentábamos ser las jovencitas encantadoras y graciosas que Silvia quería que fuéramos, pero en el momento en que entraron los padres de Kriss y Marlee por la puerta, todo se vino abajo. Sabía que ambas eran todavía unas niñas, y era evidente que sus padres las echaban demasiado de menos como para mantener las formas. Entraron corriendo y gritando, y Marlee abandonó la formación sin pensárselo un momento.

Los padres de Celeste mantenían mejor la compostura, aunque resultaba evidente que estaban encantados de ver a su hija. Ella también rompió filas, pero de un modo mucho más civilizado que Marlee. A los padres de Natalie y de Elise ni siquiera los vi, porque de pronto apareció como un rayo una figura bajita con una melena pelirroja y mirada ansiosa.

—¡May!

Ella me oyó, vio que agitaba el brazo y vino corriendo a mi encuentro, con papá y mamá tras ella. Me arrodillé en el suelo y la abracé.

—¡Ames! ¡No me lo puedo creer! —exclamó, con un tono entre la admiración y la envidia—. ¡Estás preciosa!

Yo no podía ni hablar. Casi no podía ni verla, por la cantidad de lágrimas que me cubrían los ojos.

Un momento más tarde sentí el abrazo firme de mi padre envolviéndonos a las dos. Luego mamá, abandonando su habitual recato, se unió a nosotros, y nos cerramos en una piña sobre el suelo de palacio.

Oí un suspiro. Seguro que era de Silvia, pero en aquel momento no me importaba.

—Estoy tan contenta de que hayáis venido… —dije por fin cuando recobré el aliento.

—Nosotros también, pequeña. No te imaginas lo mucho que te hemos echado de menos —dijo papá, y sentí el beso que me dio en la cabeza.

Me giré para poder abrazarlo mejor. Hasta aquel momento no me había dado cuenta de lo mucho que necesitaba verlos. Abracé a mi madre. Me sorprendía que estuviera tan callada. No me podía creer que aún no me hubiera pedido un informe detallado de mis progresos con Maxon. Pero cuando la solté, vi las lágrimas en sus ojos.

—Estás preciosa, cariño. Pareces una princesa.

Sonreí. Era un alivio que por una vez no me cuestionara ni me diera instrucciones. En aquel momento, simplemente estaba contenta, y eso me llenaba de felicidad. Porque yo también lo estaba.

Observé que los ojos de May se posaban en algo a mis espaldas.

—Ahí está —dijo ella, en un susurro.

—¿Eh? —pregunté, mirándola. Me giré y vi a Maxon, que nos observaba desde detrás de la gran escalera. Sonreía, divertido, mientras se acercaba a nosotros, aún apiñados en el suelo.

Mi padre se puso en pie inmediatamente.

—Alteza —le saludó, con un tono de admiración en la voz.

Maxon se le acercó con la mano tendida.

—Señor Singer, es un honor. He oído hablar mucho de usted. Y de usted también, señora Singer —dijo, acercándose a mi madre, que también se había puesto en pie y se había alisado el pelo.

—Alteza —reaccionó ella, algo azorada—. Discúlpenos por la escena —añadió, señalando al suelo, donde aún estábamos May y yo, abrazándonos con fuerza.

Maxon chasqueó la lengua y sonrió.

—No tienen que disculparse. No esperaba menos entusiasmo, teniendo en cuenta que son la familia de Lady America —dijo. Yo estaba segura de que mamá me exigiría que le explicara aquello más tarde—. Y tú debes de ser May.

May se sonrojó y le tendió la mano, esperando que él se la estrechara, pero Maxon se la besó.

—Al final no tuve ocasión de darte las gracias por no llorar.

—¿Cómo? —preguntó mi hermana, ruborizándose aún más de vergüenza.

—¿No te lo dijeron? —respondió Maxon, con tono desenfadado—. Gracias a ti conseguí mi primera cita con tu encantadora hermana. Siempre estaré en deuda contigo.

May soltó una risita nerviosa.

—Bueno, pues… de nada, supongo.

Maxon puso las manos tras la espalda y recuperó la compostura.

—Me temo que debo dejarles para ir a ver a los demás, pero, por favor, quédense aquí un momento. Voy a hacer un breve anuncio al grupo. Y espero tener ocasión de hablar un poco más con ustedes muy pronto. Estoy encantado de que hayan venido.

—¡Es aún más guapo en persona! —susurró May en voz alta, y por el ligero movimiento que hizo con la cabeza Maxon, estaba claro que lo había oído.

Él se fue a saludar a la familia de Elise, que sin duda era la más refinada de todas. Sus hermanos mayores estaban rígidos como los guardias, y sus padres le hicieron una reverencia cuando lo vieron acercarse. Me pregunté si Elise les habría dicho que lo hicieran o si simplemente eran así. Todos tenían una complexión fina, estaban impecables e iban vestidos perfectamente. Hasta el cabello de todos ellos, negro azabache, parecía ir conjuntado.

A su lado, Natalie y su hermana menor, que era guapísima, hablaban entre susurros con Kriss, mientras los padres de ambas se saludaban. Una energía cálida invadía toda la estancia.

—¿Qué quiere decir con eso de que esperaba entusiasmo por nuestra parte? —me preguntó mamá en voz baja—. ¿Es porque le gritaste la primera vez que le viste? Eso no lo has vuelto a hacer, ¿verdad?

Suspiré.

—En realidad, mamá, discutimos bastante a menudo.

—¿Qué? —replicó, y se quedó con la boca abierta—. ¡Bueno, pues deja de hacerlo!

—Ah, y una vez le di un rodillazo en la entrepierna.

Tras un instante de silencio, May soltó una carcajada. Se tapó la boca e intentó contenerse, pero la risa se abría paso en una serie de ruidos raros e incontenibles. Papá apretaba los labios, pero era evidente que también estaba a punto de escapársele la risa.

Mamá estaba más pálida que la nieve.

—America, dime que es una broma. Dime que no agrediste al príncipe.

No podría decir por qué, pero la palabra «agredir» fue la gota que colmó el vaso, y May, papá y yo estallamos hasta quedar doblados de la risa.

—Lo siento, mamá —fue todo lo que pude decir.

—Por Dios bendito… —soltó ella. De pronto parecía que tenía mucho interés en conocer a los padres de Marlee, y yo no la detuve.

—Así que le gustan las chicas que le plantan cara —apuntó papá una vez recuperada la calma—. Ahora me gusta más.

Pasó la mirada por la sala, observando el palacio, y yo me quedé allí, intentando asimilar todo lo que decía. ¿Cuántas veces, en los años en que habíamos salido en secreto Aspen y yo, habían coincidido mi padre y él en la misma estancia? Al menos una docena. Quizá más. Y nunca me había preocupado que Aspen le gustara o no. Sabía que le costaría darme su consentimiento para que me casara con alguien de una casta inferior, pero siempre supuse que al final me daría permiso.

Por algún motivo, esto resultaba mil veces más tenso. Aunque Maxon fuera un Uno, aunque pudiera mantenernos a todos, de pronto caí en la cuenta de que cabía la posibilidad de que a mi padre no le gustara.

Papá no era un rebelde, de los que van por ahí quemando casas, ni nada por el estilo. Pero yo sabía que no le gustaba cómo llevaban el país. ¿Y si hacía extensiva sus objeciones políticas a Maxon? ¿Y si decidía que no era la persona ideal para mí?

Antes de que pudiera seguir dándole vueltas a la cabeza, Maxon subió unos escalones para tenernos a todos a la vista.

—Quiero darles las gracias a todos de nuevo por haber venido. Estamos encantados de que estén en palacio, no solo para celebrar el primer Halloween de Illéa desde hace décadas, sino también para que les podamos conocer a todos. Lamento que mis padres no hayan podido venir a recibirles, pero los conocerán muy pronto.

»Las madres, las hermanas y las señoritas de la Élite están invitadas a tomar el té con mi madre esta tarde en la Sala de las Mujeres. Sus hijas las llevarán hasta allí. Y los caballeros pueden venir a fumarse un puro con mi padre y conmigo. Un mayordomo irá a buscarles, así que no teman; no se perderán.

»Las doncellas les acompañarán a las habitaciones que ocuparán durante su visita, y les proporcionarán todo lo que necesiten para su estancia, así como para la celebración de esta noche.

Nos saludó a todos con la mano y se fue. Casi inmediatamente apareció una doncella a nuestro lado.

—¿Señor y señora Singer? He venido a acompañarles a usted y a su hija a sus aposentos.

—¡Pero yo quiero quedarme con America! —protestó May.

—Cariño, estoy segura de que el rey nos habrá asignado una habitación tan bonita como la de America. ¿No quieres verla? —la animó mi madre.

May se giró hacia mí.

—Yo quiero vivir exactamente igual que tú. Aunque solo sea unos días. ¿No me puedo quedar contigo?

Suspiré. De modo que tendría que renunciar a un poco de intimidad durante unos días. Bueno, ¿qué le iba a hacer? Con aquella carita delante, no podía decir que no.

—Está bien. A lo mejor así, con las dos en la habitación, mis doncellas tendrán por fin algo que hacer —accedí.

Ella me abrazó tan fuerte que al momento me alegré de haber cedido.

—¿Qué más has aprendido? —preguntó papá.

Le cogí del brazo; no me acostumbraba a verlo con traje. Si no lo hubiera visto mil veces con su bata sucia de pintor, habría dicho que había nacido para ser un Uno. Con aquel traje estaba guapísimo, y parecía más joven. Incluso parecía más alto.

—Creo que ya te dije todo lo que nos enseñaron sobre nuestra historia, que el presidente Wallis fue el último líder de lo que era Estados Unidos, y que luego presidió los Estados Americanos de China. Yo no sabía nada de él. ¿Tú sí?

Papá asintió.

—Tu abuelo me habló de él. Creo que era un buen tipo, pero no pudo hacer gran cosa cuando la situación se puso mal.

Yo no había podido conocer la verdad sobre la historia de Illéa hasta que llegué al palacio. Por algún motivo, la historia del origen de nuestro país era algo que se transmitía oralmente. Había oído versiones diferentes, y ninguna era tan completa como la que me habían explicado en los últimos meses.

Estados Unidos fue invadido a principios de la Tercera Guerra Mundial, después de que no pudiera pagar la enorme deuda contraída con China. Como Estados Unidos no tenía el dinero necesario, China instauró un Gobierno en el país, y creó los Estados Americanos de China, y usó a los estadounidenses como mano de obra. Al final estos se rebelaron (no solo contra China, sino también contra Rusia, que intentaba hacerse con la mano de obra creada por China) y se unió a Canadá, México y muchos otros países latinoamericanos para formar un país. Eso dio pie a la Cuarta Guerra Mundial y, aunque sobrevivimos a ella y fue el origen de un nuevo estado, las consecuencias económicas fueron devastadoras.

—Maxon me dijo que justo antes de la Cuarta Guerra Mundial la gente prácticamente no tenía de nada.

—Así es. En parte, por eso es tan injusto el sistema de castas. La mayoría no tenía gran cosa que ofrecer, y eso hizo que muchos acabaran en las castas más bajas.

En realidad no quería seguir hablando de eso con papá, porque sabía que podía acabar de muy mal humor. No es que no tuviera razón —el sistema de castas era injusto—, pero aquella visita era un motivo de alegría, y no quería estropearlo hablando de cosas que no podíamos cambiar.

—Aparte de alguna clase de historia, la mayoría son clases de etiqueta. Ahora nos están introduciendo un poco en la diplomacia. Creo que dentro de poco tendremos que aplicar esos conocimientos, por eso nos están apretando tanto. Bueno, las chicas que se queden tendrán que hacerlo.

—¿Las que se queden?

—Parece que una de nosotras se volverá a casa con su familia. Maxon tiene que eliminar a una después de conoceros a todos.

—No pareces muy contenta. ¿Crees que te mandará a casa?

Me encogí de hombros.

—Venga… A estas alturas ya debes de saber si le gustas o no. Si le gustas, no tienes que preocuparte. Si no, ¿por qué ibas a querer quedarte?

—Supongo que tienes razón.

Papá se detuvo.

—¿Y cuál de las dos cosas es?

Hablar de aquello con mi padre resultaba incómodo, pero tampoco me habría gustado hacerlo con mi madre. Y May seguro que entendía aún menos a Maxon que yo misma.

—Creo que le gusto. Eso dice.

Papá se rio.

—Bueno, entonces estoy seguro de que irá bien.

—Pero la última semana ha estado un poco... distante.

—America, cariño, es el príncipe. Habrá estado ocupado aprobando leyes, o cosas así.

No sabía cómo explicarle que me daba la impresión de que Maxon buscaba tiempo para estar con las demás. Era demasiado humillante.

—Supongo.

—Y hablando de leyes, ¿ya has aprendido todo lo que hay que saber de eso? ¿Ya sabes redactar proposiciones de ley?

Aquel tema tampoco me parecía fascinante, pero al menos no suponía hablar de chicos.

—No, aún no. Pero hemos estado leyendo muchas. A veces me cuesta entenderlas. Silvia, la mujer de abajo, es una especie de guía, de tutora. Intenta explicarnos las cosas. Y Maxon se muestra muy amable si le hago preguntas.

—¿Ah, sí? —dijo papá, aparentemente contento de oír aquello.

—Oh, sí. Creo que para él es importante que todas sintamos que podemos ser personas de éxito, ¿sabes? Así que nos lo explica todo muy bien. Incluso... —Me quedé pensando. Se suponía que no tenía que hablar de la sala de los libros. Pero se trataba de mi padre—. Escucha, tienes que prometerme que no dirás nada de lo que te voy a contar.

Él chasqueó la lengua.

—La única persona con la que hablo es con tu madre, y los dos sabemos que no sabe guardar secretos, así que te prometo que no se lo diré.

Solté una risita. Me resultaba imposible imaginarme a mi madre guardándose algo para sí misma.

—Puedes confiar en mí, pequeña —dijo, rodeándome con un brazo.

—¡Hay una habitación, una sala secreta, y está llena de libros, papá! —le confesé en voz baja, comprobando que no hubiera nadie alrededor—. Están los libros prohibidos y esos mapas del mundo, los viejos, con todos los países como eran antes. ¡Papá, yo no sabía que antes había tantos! Y también hay un ordenador. ¿Alguna vez has visto uno de verdad?

Él meneó la cabeza, impresionado.

—Es asombroso. Escribes lo que quieres, y el ordenador busca por todos los libros de la sala y lo encuentra.

—¿Cómo?

—No lo sé, pero así es como Maxon descubrió lo que era Halloween. Incluso… —Volví a levantar la mirada y a escrutar toda la sala. Estaba segura de que papá no hablaría a nadie de la biblioteca, pero me pareció que decirle que tenía uno de esos libros secretos en mi habitación era demasiado.

—¿Incluso qué?

—Una vez me dejó sacar uno, solo para mirarlo.

—¡Vaya, qué interesante! ¿Y qué leíste? ¿Me lo puedes contar?

Me mordí el labio.

—Era uno de los diarios personales de Gregory Illéa.

Papá se quedó con la boca abierta y tardó un momento en recuperarse.

—America, eso es increíble. ¿Qué decía?

—Bueno, no lo he acabado. Sobre todo me interesaba descubrir qué era lo de Halloween.

Él se quedó pensando un momento en mis palabras y luego meneó la cabeza.

—¿Por qué estás tan preocupada, America? Es evidente que Maxon confía en ti.

Suspiré; me sentía como una tonta.

—Supongo que tienes razón.

—Sorprendente —murmuró—. ¿Así que hay una sala secreta por aquí, en algún lugar? —dijo, mirando las paredes de un modo completamente diferente.

—Papá, este lugar es una locura. Hay puertas y paneles por todas partes. No me extrañaría que, si giráramos ese jarrón, se abriera una trampilla bajo nuestros pies.

—Hmmm —respondió, divertido—. Entonces iré con mucho cuidado al volver a mi habitación.

—Pues, hablando de eso, creo que no deberías tardar. Tengo que llevarme a May para que se prepare para el té con la reina.

—Ah, sí, tú siempre con tus tés y tu reina… —bromeó—. Muy bien, cariño. Te veré en la cena. Bueno…, ¿por donde tendré que ir para no acabar en alguna guarida secreta? —se preguntó en voz alta, extendiendo los brazos a modo de escudo protector mientras se alejaba. Cuando llegó a la escalera, tanteó primero la barandilla—. Es para asegurarme, ya sabes.

—Gracias, papá —dije, sacudiendo la cabeza, y me volví a mi habitación.

Me costaba no ir corriendo por los pasillos. Estaba tan contenta de que mi familia hubiera venido que casi no podía contenerme. Si

Maxon no me expulsaba, iba a ser más duro que nunca separarme de ellos.

Giré la esquina de mi habitación y vi que la puerta estaba abierta.

—¿Cómo era? —oí que preguntaba May, al acercarme.

—Muy guapo. Al menos a mí me lo parecía. Tenía el cabello un poco ondulado, y siempre se le descontrolaba —dijo Lucy. Las dos soltaron una risita—. Unas cuantas veces pude pasarle incluso los dedos entre su cabello. A veces pienso en eso. Aunque ahora no tanto como antes.

Me acerqué de puntillas. No quería molestarlas.

—¿Aún le echas de menos? —preguntó May, con su habitual curiosidad por los chicos.

—Cada vez menos —admitió Lucy, con una pequeña chispa de esperanza en la voz—. Cuando llegué aquí, pensé que me moriría del dolor. No dejaba de pensar en cómo huir del palacio y volver con él, pero eso no iba a ocurrir. Yo no podía dejar a mi padre, y aunque consiguiera rebasar los muros, no tenía modo de encontrar el camino.

Sabía algo del pasado de Lucy, que su familia se había ofrecido como servicio a una familia de Treses a cambio del dinero que necesitaban para pagar una operación que debían hacerle a la madre de Lucy, que acabó muriendo. Cuando la señora de la casa descubrió que su hijo estaba enamorado de Lucy, la vendió a ella y a su padre a la casa real.

Eché un vistazo por la rendija de la puerta y vi a May y a Lucy sobre la cama. Las puertas del balcón estaban abiertas, y el delicioso aire de Angeles entraba por ellas. Mi hermanita encajaba en el palacio a la perfección, con aquel vestido de día que le sentaba estupendamente, mientras estaba ahí, haciéndole trencitas a Lucy, que llevaba la melena suelta. Era la primera vez que la veía sin su moño de siempre. Así estaba preciosa, joven y desenfadada.

—¿Cómo es estar enamorada? —preguntó May.

Eso me dolió. ¿Por qué no me lo había preguntado nunca a mí? Luego recordé que nunca le había contado que estuviera enamorada.

Lucy esbozó una sonrisa triste.

—Es lo más maravilloso y lo más terrible que te puede suceder —dijo, simplemente—. Sabes que has encontrado algo sorprendente, y quieres que te dure toda la vida; y a partir de entonces, te pasas cada segundo temiendo el momento en que puedas llegar a perderlo.

Suspiré en silencio. Tenía toda la razón.

El amor es un miedo precioso.

Yo no quería dejarme llevar y pensar demasiado en pérdidas, así que entré.

—¡Lucy! ¡Qué cambio!

—¿Le gusta? —preguntó, tocándose las finas trenzas.

—Es estupendo. May también me solía hacer trenzas. Se le da muy bien.

—¿Qué otra cosa podía hacer? —objetó mi hermana, encogiéndose de hombros—. No podíamos permitirnos tener muñecas, así que tenía que usar a Ames.

—Bueno —dijo Lucy, girándose hacia ella—, mientras estés aquí, tú serás nuestra muñequita. Anne, Mary yo te vamos a poner más guapa que la reina.

May ladeó la cabeza.

—Nadie es más guapa que la reina —replicó. Luego se giró rápidamente hacia mí—. No le digas a mamá que he dicho eso.

—No lo haré —respondí, con una risita—. Pero ahora tenemos que prepararnos. Es casi la hora del té.

May se puso a dar palmas de la emoción y se colocó delante del espejo. Lucy se recogió el pelo en su moño habitual, pero sin deshacer las trenzas, y se puso la cofia encima, para taparlo. Seguro que le habría gustado dejarse el pelo como estaba un ratito más.

—Oh, ha llegado una carta para usted, señorita —dijo Lucy, entregándome un sobre con toda delicadeza.

—Gracias —respondí, sin poder disimular la sorpresa. Casi todas las personas de las que podía esperar noticias estaban ya conmigo. Abrí el sobre y leí la breve nota, escrita con una caligrafía que me era muy familiar.

America:

Aunque tarde, me ha llegado la noticia de que las familias de la Élite han sido invitadas al palacio, y de que papá, mamá y May han ido a verte. Sé que Kenna está en una fase demasiado avanzada del embarazo como para viajar, y que Gerard es demasiado pequeño, pero no consigo entender por qué no se me ha hecho extensiva la invitación. Soy tu hermano, America.

Lo único que se me ocurre es que papá haya decidido excluirme. Desde luego, espero que no fueras tú. Tú y yo podemos conseguir grandes cosas. Nuestras posiciones pueden resultarnos muy útiles mutuamente. Si alguna vez vuelven a ofrecerte algún otro privilegio especial para la familia, no te olvides de mí, America. Podemos ayudarnos el uno al otro. ¿No le habrás hablado de mí al príncipe? Es simple curiosidad.

Espero tus noticias,

KOTA

Me planteé hacer una bola con la carta y tirarla a la papelera. Pensaba que Kota ya habría superado su obsesión por ascender de casta y que se conformaría con el éxito que tenía. Pero parecía que no. Metí la carta en el fondo de un cajón y decidí olvidarme de ella por completo. Sus celos no iban a estropearme la visita familiar.

Lucy llamó a Anne y a Mary, y todas nos lo pasamos estupendamente bien con los preparativos. La vitalidad de May nos ponía de buen humor, y hasta me sorprendí a mí misma cantando mientras nos cambiábamos. Poco después apareció mamá para preguntarnos qué tal estaba.

Pues estupenda, por supuesto. Era más bajita y tenía más curvas que la reina, pero así vestida estaba igual de elegante. Cuando bajamos, May me agarró del brazo. Parecía triste.

—¿Qué te pasa? ¿No te hace ilusión ir a ver a la reina?

—Sí. Es solo que…

—¿Qué?

Soltó un suspiro.

—¿Cómo se supone que voy a volver a ponerme pantalones de trabajo después de esto?

El ambiente estaba muy animado, y todas las chicas irradiaban energía. La hermana de Natalie, Lacey, tenía más o menos la edad de May, y ambas se sentaron a charlar en un rincón. La verdad es que Lacey se parecía mucho a su hermana. Físicamente, ambas eran delgadas, rubias y preciosas. Pero mientras que May y yo éramos polos opuestos, Natalie y Lacey también se parecían en el carácter. Aunque diría que esta era un poquito menos voluble que su hermana, menos alocada.

La reina fue pasando ante todas, hablando con las madres, haciendo preguntas con su habitual dulzura. Como si la vida de alguna de nosotras pudiera ser tan interesante como la suya. Yo estaba en un grupito, escuchando como la madre de Elise hablaba de su familia, en Nueva Asia; entonces May reclamó mi atención tirándome del vestido.

—¡May! —le susurré—. ¿Qué estás haciendo? ¡No puedes hacer eso, especialmente con la reina delante!

—¡Tienes que ver esto! —insistió.

Gracias a Dios, Silvia no estaba allí. Tendría toda la razón de censurar a May un comportamiento como aquel, aunque ella no tenía por qué saberlo.

Me llevó hasta la ventana y señaló al exterior.

—¡Mira!

Miré más allá de los arbustos y las fuentes, y vi dos siluetas. La primera era la de mi padre, que explicaba o preguntaba algo, moviendo las manos para expresarse mejor. La segunda era la de Maxon, que se detenía a pensar antes de responder. Caminaban lentamente, y a veces mi padre se metía las manos en los bolsillos, o Maxon se llevaba las manos a la espalda. Hablaran de lo que hablaran, la conversación parecía importante.

Me giré. Las mujeres aún seguían enfrascadas en su charla con la reina, y no parecía que nadie nos hubiera visto.

Maxon se detuvo, se situó frente a mi padre y le habló con decisión. No parecía que lo hiciera en un tono agresivo o rabioso, pero sí decidido. Papá hizo una pausa y le tendió la mano. Maxon sonrió y se la estrechó con ganas. Un momento después ambos parecían aliviados, y papá le dio una palmadita en el hombro. Aquello hizo que el chico se pusiera algo rígido. No estaba acostumbrado a que le tocaran. Pero luego papá le rodeó los hombros con el brazo, como solía hacer conmigo y con Kota, con todos sus hijos. Y me dio la impresión de que a Maxon aquello le gustó mucho.

—¿De qué iba eso? —pregunté en voz alta.

May se encogió de hombros.

—No sé, pero parecía importante.

—Pues sí.

Esperamos a ver si Maxon mantenía una conversación similar con el padre de alguna otra de las chicas; pero, si lo hizo, no fue en los jardines.

Capítulo 8

La fiesta de Halloween fue tan maravillosa como había prometido Maxon. Cuando entré en el Gran Salón con May al lado, me quedé impresionada ante la belleza de lo que tenía delante. Todo era dorado. Los elementos decorativos de las paredes, los brillantes cristales de las lámparas de araña, las copas, los platos y hasta la comida. Era imponente.

Por el equipo de música sonaban melodías populares, pero en un rincón había una pequeña banda esperando el momento de tocar las canciones con las que bailaríamos las danzas tradicionales que habíamos aprendido. Por toda la sala había cámaras (fotográficas y de vídeo). Sin duda aquello centraría la programación de todos los canales de Illéa al día siguiente. Aquella fiesta no tenía parangón. Por un momento me pregunté cómo sería en Navidad, si es que yo aún seguía en palacio para entonces.

Todo el mundo llevaba unos disfraces espléndidos. Marlee iba vestida de ángel y bailaba con el soldado Woodwork. Incluso lucía unas alas que flotaban a su espalda; parecían hechas de papel iridiscente. Celeste llevaba un vestido corto hecho de plumas, con un gran penacho en la cabeza que dejaba claro que era un pavo real.

Kriss estaba junto a Natalie, y parecía que se habían puesto de acuerdo. El cuerpo del vestido de Natalie estaba cubierto de flores, y la falda era vaporosa, de tul azul. El vestido de Kriss era dorado, como la sala, y estaba cubierto de hojas, formando una cascada. Supuse que representaban la primavera y el otoño. La idea era original.

Elise había recurrido a la tradición asiática de su tierra. Su vestido de seda era una versión aumentada de los modelos que solía llevar, más sobrios. Las mangas, drapeadas, creaban un efecto muy llamativo, y me impresionó lo bien que caminaba con el elaborado tocado que llevaba. Elise no solía destacar, pero esa noche tenía un aspecto magnífico, casi regio.

Por toda la sala había familiares y amigos, también disfrazados, al igual que los guardias. Vi un jugador de béisbol, un vaquero, uno con traje y una placa que decía GAVRIL FADAYE, y uno que hasta se había atrevido a vestirse de mujer. Unas cuantas chicas lo rodearon, sin poder contener la risa. Pero muchos de los guardias llevaban simplemente su uniforme de gala, que consistía en unos pantalones blancos impecables y una chaqueta azul. Llevaban guantes pero no gorro, detalle que permitía distinguirlos de los guardias que estaban de servicio, y que permanecían distribuidos por todo el perímetro de la sala.

—Bueno, ¿qué te parece? —le dije a May, pero cuando me giré vi que ya se había ido a explorar entre la multitud.

Me reí para mis adentros mientras escrutaba la sala, intentando descubrir su vaporoso vestido. Cuando me dijo que quería ir a la fiesta disfrazada de novia («como las que vemos en la tele»), yo había pensado que sería una broma. Pero estaba absolutamente adorable con su velo y todo.

—Hola, Lady America —me susurró alguien al oído.

Di un respingo y me giré, y vi a Aspen vestido de uniforme, a mi lado.

—¡Me has asustado! —exclamé, llevándome la mano al corazón, como si así pudiera hacer que fuera más lento.

Aspen chasqueó la lengua.

—Me gusta tu disfraz —dijo, sonriente.

—Gracias. A mí también. —Anne me había convertido en una mariposa. Mi vestido iba ceñido por delante, y por atrás se abría en un tejido vaporoso negro que flotaba a mi alrededor. Un antifaz en forma de alas me tapaba los ojos, lo que me otorgaba un aire misterioso.

—¿Por qué no te has disfrazado? —le pregunté—. ¿No podías haber pensado en algo?

—Prefiero el uniforme —dijo él, encogiéndose de hombros.

—Oh.

Me parecía un desperdicio no aprovechar aquella ocasión tan buena para hacer una extravagancia. Aspen tenía aún menos ocasiones que yo para eso. ¿Por qué no sacarles partido?

—Solo quería saludarte y ver cómo estabas.

—Estoy bien —me apresuré a responder. Me sentía muy incómoda.

—Ah —contestó él, aunque no parecía satisfecho—. Pues entonces estupendo.

Quizá tras el pequeño discurso que me había soltado el otro día esperaba otro tipo de respuesta, pero aún no estaba preparada para decir nada. Me saludó con una reverencia y se fue junto a otro guardia, que lo abrazó como a un hermano. Me pregunté si entre los guardias se crearían los vínculos de familiaridad que yo había trabado con las chicas de la Selección.

Un momento más tarde, Marlee y Elise vinieron a mi encuentro y me arrastraron hasta la pista de baile. Mientras bailaba, intentando no golpear a nadie, vi que Aspen estaba al borde de la pista, hablando con mamá y con May. Mamá le pasaba la mano sobre la manga, como si quisiera alisársela, y May estaba radiante. Me imaginaba que le estarían diciendo lo guapo que estaba con el uniforme, lo orgullosa que estaría su madre si hubiera podido verle. Él sonrió; era evidente que también estaba encantado. Aspen y yo éramos una rareza: una Cinco y un Seis que habían abandonado sus monótonas vidas por la vida de palacio. La Selección me había cambiado tanto la vida que a veces se me olvidaba la suerte que tenía.

Bailé en un corro con algunas de las otras chicas y con los guardias hasta que la música se apagó. Entonces el DJ dijo:

—¡Señoritas de la Selección, caballeros de la guardia, amigos y familiares de la familia real, den la bienvenida al rey Clarkson, a la reina Amberly y al príncipe Maxon Schreave!

La banda se puso a tocar enérgicamente, y todos recibimos a los reyes y al príncipe con una reverencia. El rey iba vestido de rey, solo que de otro país. Yo no entendía muy bien el significado del disfraz. La reina lucía un vestido de un azul tan profundo que casi parecía negro, cubierto con pedrería que brillaba intensamente. Parecía un cielo nocturno. Y Maxon llevaba un disfraz de pirata casi cómico: jirones en los pantalones, una camisa amplia y un pañuelo atado sobre la cabeza. Para crear un mayor efecto, no se había afeitado desde hacía uno o dos días, y una sombra de vello rubio le cubría la parte inferior del rostro, como una sonrisa.

El DJ nos pidió que hiciéramos sitio en la pista, y el rey y la reina inauguraron el baile. Maxon se quedó a un lado, junto a Kriss y Natalie, susurrándoles algo a una y luego a la otra, y haciéndolas reír. Por fin vi que recorría la sala con la mirada. Yo no podía saber si me buscaba con la vista o no, pero tampoco quería que me pillara mirándolo. Me coloqué bien la falda del vestido y dirigí la vista a mis padres. Parecían encantados.

Pensé en la Selección: parecía una locura, pero desde luego su éxito era indiscutible; el rey Clarkson y la reina Amberly estaban hechos el uno para el otro. Él parecía enérgico, y ella lo compensaba con aquella personalidad suya, tan calmada. Era de esa clase de personas que escuchan, y daba la impresión de que él siempre tenía algo que decir. Aunque todo aquel montaje pudiera parecer arcaico y falso, funcionaba.

¿Se habrían distanciado alguna vez durante la Selección del mismo modo que yo sentía que Maxon se estaba separando de mí? ¿Por qué no había hecho ni un intento de verme entre tantas citas con el resto de las chicas? Quizá por eso había estado hablando con papá, para explicarle por qué había tenido que olvidarse de mí. Maxon era una persona educada, así que eso sería algo muy propio de él.

Escruté con la mirada a los presentes, buscando a Aspen. Mientras tanto, vi que papá había llegado, por fin, y que mamá y él estaban cogidos del brazo, en el otro extremo de la sala. May estaba junto a Marlee, justo delante de ella. Marlee le pasaba los brazos por encima del pecho desde atrás, en un gesto fraternal, y los vestidos blancos de ambas brillaban a la luz de las lámparas. No me sorprendió en absoluto que las dos hubieran congeniado tan bien en un solo día. Suspiré. ¿Dónde estaba Aspen?

Como último recurso, miré hacia atrás. Ahí estaba, justo detrás de mi hombro, a la espera de mi reacción, como siempre. Cuando nuestras miradas se cruzaron, me lanzó un guiño rápido, y aquello me puso de pronto de mejor humor.

Cuando el rey y la reina acabaron su baile, todos ocupamos la pista. Los guardias se entremezclaron con las chicas y enseguida se formaron parejas de baile. Maxon aún seguía a un lado de la pista, con Kriss y Natalie. Yo aún albergaba la esperanza de que viniera a pedirme un baile. Desde luego, yo no quería pedírselo.

Haciendo un esfuerzo por mantener la compostura, me alisé el vestido y me acerqué a él. Decidí que al menos le daría la ocasión de pedírmelo. Crucé la pista para integrarme en su conversación. Cuando por fin estuve lo suficientemente cerca como para hacerlo, Maxon se giró hacia Natalie.

—¿Querrías bailar conmigo? —le preguntó.

Ella soltó una risita y se echó la rubia melena hacia un lado como si aquello fuera lo más obvio del mundo, y yo pasé a su lado sin detenerme, con la mirada fija en una mesa cubierta de bombones, como si aquel hubiera sido mi destino en todo momento. Me quedé de espaldas a la sala mientras probaba el delicioso chocolate, esperando que nadie se fijara en el rojo intenso que cubría mis mejillas.

Media docena de canciones más tarde, el soldado Woodwork apareció a mi lado. Al igual que Aspen, había optado por vestirse de uniforme.

KIERA CASS

—Lady America —me dijo, con una reverencia—, ¿me concedería esta baile?

Tenía una voz cálida y enérgica, y su entusiasmo me pilló desprevenida. Cogí su mano casi sin pensarlo.

—Por supuesto, soldado —respondí—. Aunque debo advertirle que no se me da muy bien.

—No pasa nada. Iremos con calma —respondió, con una sonrisa tan sincera que de pronto dejé de preocuparme por mi falta de destreza y le seguí a la pista encantada.

La pieza que nos tocó era animada, en consonancia con su estado de ánimo. Él no dejó de hablar, y me costó seguirle el paso. Y eso que íbamos a tomárnoslo con calma.

—Parece que ya se ha recuperado del susto después de que la atropellara de ese modo —bromeó.

—Lástima que el atropello no me dejara ninguna lesión —le contesté—. Con una pierna entablillada al menos no tendría que bailar.

Él se rio.

—Me alegro de que sea tan divertida como dicen. He oído que también es una de las favoritas del príncipe —dijo, como si aquello fuera de dominio público.

—Eso no lo sé —me defendí. En parte me fastidiaba que la gente dijera esas cosas. Aunque, por otro lado, estaba deseando que fuera cierto.

Por encima del hombro del soldado Woodwork vi que Aspen bailaba con Celeste; se me hizo un nudo en el estómago.

—Parece que tiene buena relación con casi todo el mundo. Me han dicho incluso que durante el último ataque se llevó a sus doncellas al refugio de la familia real. ¿Es eso cierto? —Parecía atónito. En aquel momento a mí me había parecido absolutamente lógico proteger a las chicas a las que tanto quería, pero los demás lo vieron como una excentricidad, incluso como un gesto irresponsable.

—No podía abandonarlas —me justifiqué.

Él meneó la cabeza, admirado.

—Desde luego es usted una verdadera dama, señorita.

—Gracias —dije, ruborizándome.

Al acabar la canción estaba sin aliento, así que me senté a una de las muchas mesas que había repartidas por la sala. Bebí un poco de ponche de naranja y me di aire con una servilleta, mirando cómo bailaban los demás. Encontré a Maxon con Elise. Iban trazando círculos y parecían muy contentos. Ya había bailado con Elise dos veces, y a mí aún no me había venido a buscar.

Tardé un rato en encontrar a Aspen en la pista, entre tantos hombres de uniforme, pero por fin lo localicé en una esquina, hablando con Celeste, y vi cómo ella se despedía con un guiño y una sonrisa pícara.

¿Quién se pensaba que era? Me puse en pie, dispuesta a pararle los pies, pero entonces me di cuenta de lo que eso significaría para Aspen y para mí, así que volví a sentarme y seguí dando sorbitos al ponche. No obstante, cuando acabó aquella canción, me puse en marcha y me situé lo bastante cerca de Aspen como para que pudiera sacarme a bailar.

Y lo hizo, lo cual estuvo bien, porque la verdad es que no habría podido esperar mucho más.

—¿Y eso a qué venía? —le pregunté, sin levantar la voz pero con un tono que dejaba claro mi enfado.

—¿A qué venía el qué?

—¡Celeste te ha sobado de arriba abajo!

—Alguien está celosa… —dijo, canturreándome al oído.

—¡Venga ya! Se supone que eso no puede hacerlo: ¡va contra las normas!

Miré alrededor para asegurarme de que nadie detectara la confianza con la que estábamos hablando, en especial mis padres. Vi a mamá sentada, charlando con la madre de Natalie. Papá había desaparecido.

—Tiene gracia que lo digas tú —me respondió, alzando la mirada al techo—. Si no estamos juntos, no puedes decirme con quién puedo hablar y con quién no.

Hice una mueca.

—Tú sabes que eso no es así.

—¿Y cómo es? —susurró él—. No sé si se supone que tengo que esperar a que te decidas o si debo dejarte. —Sacudió la cabeza—. Yo no quiero rendirme, pero si no hay motivo para la esperanza, dímelo.

Era evidente el esfuerzo que hacía para mantener la calma, y la tristeza que reflejaba su voz. A mí también me dolía. Hablar de poner fin a lo nuestro me provocaba un dolor lacerante en el pecho.

Suspiré y confesé:

—Me está evitando. Sí, me saluda, pero últimamente se dedica mucho a quedar con las otras chicas. A lo mejor ni le gustaba; debo de habérmelo imaginado.

Él paró de bailar un momento, asombrado ante lo que estaba oyendo. Enseguida volvió a coger el paso y me escrutó el rostro un momento.

—No me había dado cuenta de lo que estaba pasando —dijo en voz baja—. Quiero decir… que tú sabes que quiero estar contigo, pero no quiero que lo pases mal.

—Gracias —respondí, y me encogí de hombros—. Más que nada, me siento tonta.

Aspen tiró un poco de mí, manteniendo, de todos modos, una distancia respetuosa, aunque fuera contra su voluntad.

—Créeme, Mer, cualquier hombre que deje pasar la ocasión de estar contigo es un estúpido.

—Tú querías dejarme —le recordé.

—Por eso lo sé —respondió, con una sonrisa. Era todo un alivio que pudiéramos bromear sobre aquello.

Miré por encima del hombro de Aspen y vi a Maxon bailando con Kriss. Otra vez. ¿Es que no iba a sacarme a bailar ni una sola vez?

—¿Sabes qué me recuerda este baile? —dijo Aspen de pronto.

—No. Dime.

—El decimosexto cumpleaños de Fern Tally.

Lo miré como si estuviera loco. Recordaba muy bien aquel aniversario de Fern. Era una Seis, y a veces nos ayudaba cuando la madre de Aspen estaba demasiado ocupada para hacernos un hueco. Aquel cumpleaños fue unos siete meses después de que Aspen y yo hubiéramos empezado a salir.

Los dos estábamos invitados, y en realidad no fue una fiesta. Pastel y agua, con la radio encendida porque no tenía discos, y unas luces tenues en el sótano donde vivía precariamente. Pero lo importante es que se trataba de la primera fiesta a la que asistía que no fuera una celebración «familiar». Éramos un grupo de chicos del barrio, metidos en una habitación, y era emocionante. No obstante, no se podía comparar con el esplendor del ambiente en el que nos encontrábamos en aquel momento.

—¿En qué iba a parecerse esta fiesta a aquella? —pregunté, incrédula.

Aspen tragó saliva y contestó:

—Bailamos. ¿Te acuerdas? Yo estaba orgullosísimo de tenerte allí, entre mis brazos, delante de otras personas. Aunque parecía como si te hubiera dado una parálisis —dijo, y me guiñó el ojo.

Aquellas palabras me llegaron al alma. Me acordaba de aquello. La emoción de aquel momento me había durado semanas.

En un instante, mil secretos invadieron mi mente; mil secretos que Aspen y yo habíamos creado y protegido todo aquel tiempo: los nombres que habíamos escogido para nuestros hijos imaginarios, nuestra casa en el árbol, aquel punto donde solía hacerle cosquillas, en la nuca, las notas que nos escribíamos y escondíamos, mis infructuosos intentos por hacer jabón casero, las partidas de tres en raya que jugábamos con los dedos sobre su vientre…, partidas en las que al final no nos acordábamos de nuestros movimientos invisibles…, partidas en las que siempre me dejaba ganar.

—Dime que me esperarás. Si me esperas, Mer, lo demás se puede arreglar —dijo, susurrándome al oído.

La música cambió, y sonó una canción tradicional. Un soldado que estaba allí cerca me pidió que bailara con él. Y me dejé llevar, y Aspen y yo nos quedamos sin respuestas.

La noche fue pasando, y no podía evitar lanzar miradas a Aspen de vez en cuando. Aunque intentaba que no pareciera algo intencionado, estaba segura de que si alguien se hubiera fijado lo habría descubierto, en particular mi padre, si es que seguía en la sala. Pero me daba la impresión de que le interesaba más visitar el palacio que bailar.

Intenté distraerme con la fiesta; es probable que hubiera bailado ya con todo el mundo salvo con Maxon. Estaba sentada, dando un respiro a mis agotados pies, cuando oí su voz a mi lado.

—¿Milady? —dijo. Yo me giré—. ¿Me concede este baile?

Aquella sensación, aquella sensación indescriptible, me atravesó. Pese a sentirme abandonada, pese a lo mal que lo había pasado, cuando me lo ofreció tuve que decir que sí.

—Claro.

Me cogió de la mano y me sacó a la pista. La banda empezaba a tocar una lenta. De pronto me sentí eufórica. Él no parecía disgustado ni incómodo. Al contrario, Maxon me abrazó situándose tan cerca de mí que hasta podía oler su colonia y sentir el roce de su barba corta contra la mejilla.

—Ya me estaba preguntando si íbamos a bailar o no —le solté, adoptando un tono desenfadado.

—Estaba esperando esta canción —dijo Maxon, acercándose aún más a mí—. He estado dedicándome a las otras chicas para cumplir, así que ya he acabado con mis obligaciones y puedo disfrutar del resto de la velada contigo.

Me ruboricé, como cada vez que me decía algo así. A veces sus palabras eran como versos de una poesía. Después de lo que había pasado la semana anterior, no pensé que volviera a hablarme así. El pulso se me aceleró.

—Estás preciosa, America. Demasiado guapa para ir del brazo de un pirata desaliñado.

Solté una risita tonta.

—¿Y de qué ibas a vestirte tú para que hiciera juego con mi disfraz? ¿De árbol?

—Por lo menos, de alguna clase de arbusto.

Volví a reírme.

—¡Pagaría por verte disfrazado de arbusto!

—El año que viene —prometió.

—¿El año que viene? —dije, mirándole a los ojos.

—¿Te gustaría? ¿Que celebráramos otra fiesta de Halloween el año que viene?

—¿Y yo estaré aquí el año que viene?

Maxon dejó de bailar.

—¿Por qué no ibas a estar?

Me encogí de hombros.

—Llevas evitándome toda la semana, quedando con las otras chicas. Y… te he visto hablar con mi padre. Pensé que le estarías exponiendo las razones por las que tendrías que expulsar a su hija. —Tragué saliva. No estaba dispuesta a llorar en medio de la pista.

—America.

—Ya lo pillo. Alguna tiene que irse, yo soy una Cinco, y Marlee es la favorita del público…

—America, para —dijo él, con suavidad—. He sido un idiota. No tenía ni idea de que te lo tomarías así. Pensé que te sentías segura en tu posición.

¿Me estaba perdiendo algo? Maxon suspiró.

—La verdad es que estaba intentando darles una oportunidad a las otras chicas, para ser justo. Desde el principio solo he tenido ojos para ti, te quería a ti —afirmó. Yo me ruboricé—. Cuando me dijiste lo que sentías, me invadió tal alivio que no acababa de creérmelo. Aún me cuesta aceptar que fue real. Te sorprenderías de las pocas veces que consigo lo que quiero de verdad. —Sus ojos ocultaban algo, una tristeza que no estaba dispuesto a compartir. Pero se la quitó de encima y siguió explicándose, moviéndose de nuevo al ritmo de la música—. Tenía miedo de haberme equivocado, de que pudieras cambiar de opinión en cualquier momento. He estado buscando alguna alternativa aceptable, pero lo cierto es que… —Maxon me miró a los ojos, sin titubear—. Lo cierto es que eres la única que me interesa. A lo mejor es que no estoy prestando la atención necesaria, o quizás es que no son las chicas indicadas para mí. Eso no importa. Solo sé que te quiero a ti. Y eso me aterra. He estado esperando que tú te echaras atrás, que solicitaras dejar el concurso.

Tardé un rato en recuperar el aliento. De pronto, veía todo lo ocurrido los últimos días de otro color. Comprendía la sensación que tenía Maxon: la de que todo aquello era demasiado bueno como para ser verdad, como para poder confiar en ello. Era la misma que tenía yo a diario con él.

—Maxon, eso no va a suceder —le susurré, con los labios pegados a su cuello—. En todo caso, puede ser que tú te des cuenta de que no soy lo suficientemente buena para ti.

Él tenía los labios pegados a mi oreja.

—Cariño, eres perfecta.

Con el brazo que tenía detrás de su espalda le empujé hacia mí, y él hizo lo mismo, hasta que estuvimos más cerca el uno del otro de lo que habíamos estado nunca. En el fondo me daba cuenta de que estábamos en una sala llena de gente, que en algún rincón estaría mi madre, probablemente a punto de desmayarse ante aquella imagen, pero no me importaba. En aquel momento, me sentía como si fuéramos las dos únicas personas en el mundo.

Eché la cabeza atrás para mirar a Maxon, y me di cuenta de que tendría que limpiarme los ojos, ya que los tenía cubiertos de lágrimas. Pero eran unas lágrimas que me gustaban.

Maxon me lo explicó todo:

—Quiero que nos tomemos nuestro tiempo. Cuando anuncie la expulsión, mañana, el público y mi padre se quedarán más tranquilos, pero no quiero presionarte en absoluto. Quiero que veas la suite de la princesa. De hecho, está al lado de la mía —dijo, bajando la voz. Por algún extraño motivo, la idea de tenerlo tan cerca me hizo sentir cierta debilidad—. Creo que deberías empezar por decidir qué es lo que quieres meter en ella. Quiero que te sientas perfectamente cómoda. También tendrás que escoger algunas doncellas más, y si querrás que tu familia se instale en el palacio, o en algún sitio próximo.

De pronto, de lo más profundo de mi corazón me llegó un susurro: «¿Y Aspen, qué?». Pero estaba tan absorta por lo que decía Maxon que apenas lo oí.

—Muy pronto, cuando convenga poner fin a la Selección, cuando te proponga matrimonio, quiero que no te suponga ningún problema decir «sí». Te prometo que haré todo lo que esté en mi mano desde hoy y hasta ese momento para que así sea. Todo lo que necesites, todo lo que quieras… Tú solo tienes que decirlo, y yo haré todo lo que pueda por ti.

Estaba sobrecogida. Me entendía perfectamente, lo nerviosa que me ponía aquel compromiso, lo mucho que me asustaba convertirme en princesa. Iba a concederme todo el tiempo que pudiera y, mientras tanto, me iba a agasajar en todo lo posible. Otra vez no podía creer que aquello me estuviera sucediendo justo a mí.

—Eso no es justo, Maxon —murmuré—. ¿Y yo? ¿Qué se supone que voy a darte a cambio?

Él sonrió.

—Lo único que quiero es que me prometas que te quedarás conmigo, que serás mía. A veces me da la impresión de que no puedes ser de verdad. Prométeme que no me dejarás.

—Claro. Te lo prometo.

Apoyé la cabeza en su hombro y seguimos bailando, lentamente, canción tras canción. En un momento dado, mis ojos se cruzaron con los de May, y daba la impresión de que se fuera a morir de felicidad al vernos juntos. Mamá y papá no dejaron de mirarnos. Él meneó la cabeza, como diciendo: «Y tú que te pensabas que te iba a echar…».

De pronto se me ocurrió algo.

—¿Maxon? —dije, girándome hacia él.

—¿Sí, cariño?

Sonreí al oír eso de «cariño».

—¿Por qué estabas hablando con mi padre?

Maxon sonrió.

—Le he comunicado mis intenciones. Y deberías saber que lo aprueba plenamente, siempre que tú seas feliz. Al parecer, esa era su única preocupación. Le he asegurado que haré todo lo que pueda para que lo seas, y le he dicho que me parecía que ya eras feliz.

—Y lo soy.

Sentí que Maxon hinchaba el pecho.

—Entonces, tanto tu padre como yo tenemos todo lo que necesitamos.

Desplazó la mano ligeramente y la apoyó sobre la parte baja de mi espalda, para que no me separara. Aquel contacto me hizo comprender muchas cosas. Sabía que aquello era de verdad, que estaba sucediendo, que podía creérmelo. Sabía que podía perder las amistades que tenía en palacio, aunque estaba segura de que a Marlee no le importaría lo más mínimo no ganar el concurso. Y sabía que tendría que dejar que el fuego que mantenía vivo por Aspen se apagara. Sería un proceso lento, y tendría que contárselo a Maxon.

Porque ahora era suya. Lo sabía. Nunca había estado tan segura.

Por primera vez lo veía claro. Vi el pasillo, los invitados esperando, y Maxon de pie, al final. Con aquel contacto, todo de pronto adquiría sentido.

La fiesta siguió hasta entrada la noche, cuando Maxon nos llevó a las seis al balcón del palacio para que viéramos mejor los fuegos artificiales. Celeste subió los escalones de mármol tambaleándose. Natalie llevaba puesta la gorra de algún pobre guardia. El champán corría por todas partes, y Maxon estaba celebrando nuestro compromiso de forma prematura con una botella que había cogido para su uso personal.

Cuando los fuegos artificiales iluminaron el cielo, levantó su botella al aire.

—¡Un brindis!

Todas levantamos nuestras copas y esperamos, expectantes. Observé que la copa de Elise estaba manchada del pintalabios oscuro que llevaba, e incluso Marlee tenía una copa en la mano, aunque ella solo le daba sorbitos, sin beber apenas.

—Por todas estas bellas damas. ¡Y por mi futura esposa! —exclamó Maxon.

Las chicas brindaron sonoramente, pensando cada una que aquel brindis sería para ella, pero yo sabía que no era así. Cuando todas retiraron sus copas, me quedé mirando a Maxon —mi casi prometido—, y él me guiñó un ojo antes de tomar otro sorbo de champán. La emoción y la alegría de la velada eran sobrecogedoras, como si me engullera una llamarada feliz.

No podía imaginar que hubiera nada en el mundo que pudiera arrancarme aquella felicidad.

Capítulo 9

Apenas dormí. Entre que me había ido a la cama tan tarde y toda la emoción de lo que se avecinaba, era imposible. Me acurruqué junto a May, y su calidez me reconfortó. La echaría muchísimo de menos cuando se fuera, pero al menos la perspectiva de que en un futuro viniera a vivir allí, conmigo, me hacía sentir ilusionada.

Me pregunté quién se iría aquel mismo día. No me parecía de buena educación preguntarlo, así que no lo hice, pero yo habría dicho que sería Natalie. Marlee y Kriss eran muy populares entre el público —más que yo— y Celeste y Elise tenían contactos. Yo contaba con el afecto de Maxon, y eso dejaba a Natalie en clara desventaja.

Me sentí mal, porque en realidad no tenía nada en contra de ella. En cualquier caso, si tuviera que decidir yo, sería Celeste la expulsada. Maxon me había dicho que deseaba que me sintiera cómoda, así que tal vez la echara, sabiendo lo poco que me gustaba.

Suspiré, pensando en todo lo que había dicho la noche anterior. Nunca me habría imaginado que aquello fuera posible. ¿Cómo podía ser que yo, America Singer —una Cinco, una chica del montón—, me convirtiera en la pareja de Maxon Schreave, un Uno, el Uno? ¿Cómo había podido llegar a tal situación, después de dos años resignada a vivir convertida en una Seis?

Sentí una sacudida en el fondo de mi corazón. ¿Cómo se lo explicaría a Aspen? ¿Cómo le iba a decir que Maxon me había escogido y que quería quedarme con él? ¿Me odiaría? Solo de pensarlo me entraban ganas de llorar. Pasara lo que pasara, no quería perder su amistad. No podía.

Mis doncellas no llamaron a la puerta para entrar, lo cual era algo habitual. Siempre intentaban que descansara todo lo posible, y después de la fiesta lo necesitaba. Pero en lugar de ponerse a arreglar mis cosas, Mary rodeó la cama, fue hacia May y la despertó con una suave caricia en el hombro.

Me di la vuelta y vi que Anne y Lucy llevaban algo colgado de una percha, con una funda por encima. ¿Un vestido nuevo?

—Señorita May —susurró Mary—, es hora de levantarse.

May se despertó poco a poco.

—¿No puedo seguir durmiendo?

—No —respondió Mary, con tono de disculpa—. Esta mañana hay un asunto importante. Tiene que ir enseguida con sus padres.

—¿Un asunto importante? —pregunté—. ¿Qué pasa?

Mary miró a Anne, y yo seguí su mirada con los ojos. Anne sacudió la cabeza, poniendo fin a la conversación.

Confusa pero esperanzada, me levanté de la cama y animé a May a que también se levantara. Antes de que se fuera a la habitación de papá y mamá le di un gran abrazo.

Cuando se hubo ido, me giré hacia mis doncellas.

—¿Me lo podéis explicar, ahora que se ha ido? —le pregunté a Anne. Ella meneó la cabeza. Frustrada, solté un bufido—. ¿Y si os ordeno que me lo contéis?

Ella me miró con aire solemne.

—Nuestras órdenes proceden de mucho más arriba. Tendrá que esperar.

Me quedé allí de pie, junto a la puerta del baño, observándolas mientras se movían. A Lucy le temblaban las manos mientras echaba puñados de pétalos de rosa en la bañera. Mary tenía el ceño fruncido mientras iba colocando las cosas para maquillarme y las horquillas para el pelo sobre la mesa. Lucy a veces temblaba sin motivo, y Mary solía hacer aquella mueca cuando estaba concentrada. Fue la mirada de Anne la que me asustó.

Ella siempre mantenía la compostura, incluso en las situaciones más duras o temibles, pero esta vez tenía la mirada perdida y los hombros caídos, como si estuviera realmente preocupada. De vez en cuando se paraba y se frotaba la frente, como si así pudiera aliviar la tensión de su rostro.

La miré mientras sacaba mi vestido de la bolsa. Era sobrio, sencillo… y negro. Me quedé mirando el vestido y supe que solo podía significar una cosa. Me puse a llorar antes incluso de saber por quién era el luto.

—¿Señorita? —Mary se acercó a ayudarme.

—¿Quién ha muerto? —pregunté—. ¿Quién ha muerto?

Anne, inalterable como siempre, me puso en pie y me limpió las lágrimas de debajo de los ojos.

—No ha muerto nadie —dijo. Pero su tono de voz no era reconfortante, sino imperioso—. Dé gracias cuando todo esto haya acabado. Hoy no ha muerto nadie.

No me dio más explicaciones y me envió directamente al baño. Lucy procuraba mantener el control, pero, cuando por fin se echó a llorar, Anne le pidió que se fuera a buscarme un desayuno ligero. Ella obedeció sin chistar. Ni siquiera hizo una reverencia antes de salir.

Lucy volvió al cabo de un rato con unos cruasanes y unas rodajas de manzana. Yo quería sentarme a comer con calma, tomándome mi tiempo, pero al primer bocado me di cuenta de que no me iba a sentar bien nada que comiera.

Por fin Anne me colocó el broche con mi nombre en el pecho; el color plateado brillaba en contraste con el negro de mi vestido. No me quedaba nada más que hacer que afrontar aquel destino inimaginable.

Abrí la puerta, pero de pronto me quedé paralizada. Me giré hacia mis doncellas y les expuse mis temores:

—Tengo miedo.

Anne me puso las manos sobre los hombros:

—Ahora es usted una dama, señorita. Debe afrontar esto como tal.

Asentí y ella me soltó, levanté la mano del pomo de la puerta y me puse en marcha. Ojalá pudiera decir que iba con la cabeza alta, pero lo cierto es que, por muy dama que fuera, estaba aterrada.

Cuando llegué al vestíbulo me sorprendió enormemente encontrar al resto de las chicas esperando, todas con vestidos y expresiones similares a los míos. Aquello me alivió. No era cosa mía. En cualquier caso, lo era de todas, así que al menos no tendría que afrontar lo que fuera a solas.

—Ahí está la quinta —dijo un guardia a su colega—. Síganos, señoritas.

¿Quinta? No, aquello no estaba bien. Éramos seis. Cuando bajamos las escaleras, escruté a las chicas con la mirada. El guardia tenía razón. Solo éramos cinco. Marlee no estaba allí.

Lo primero que pensé era que Maxon había enviado a Marlee a casa, pero en ese caso…, ¿no habría venido a despedirse a mi habitación? Intenté pensar en qué tendría que ver todo aquel secretismo con la ausencia de Marlee, pero no se me ocurrió nada que tuviera sentido.

Al pie de las escaleras nos esperaba un grupo de guardias, junto a nuestras familias. Mamá, papá y May parecían nerviosos, como todos los demás. Los miré en busca de alguna pista, pero mamá meneó la cabeza, y papá se encogió de hombros. Busqué entre los guardias, a ver si veía a Aspen. No estaba allí.

Vi a un par de guardias escoltando a los padres de Marlee, que se acercaban por detrás. Su madre estaba cabizbaja, con aspecto preocupado, y se apoyaba en su marido, que mantenía una expresión adusta, como si hubiera envejecido varios años en una sola noche.

Un momento. Si Marlee se había ido, ¿qué hacían ellos allí?

De pronto la luz entró a raudales en el vestíbulo y me giré. Por primera vez desde mi llegada al palacio habían abierto las puertas principales de par en par, y salimos todos al exterior en perfecta formación. Cruzamos la vía de acceso circular y nos dirigimos al gran muro que daba paso al recinto exterior. Al abrirse las puertas, el ruido ensordecedor de una multitud nos dio la bienvenida.

Habían montado una gran tarima en la calle. Cientos de personas, o quizá miles, se apretujaban; algunos padres llevaban a sus hijos sobre los hombros. Había cámaras alrededor de la tarima, y operadores corriendo por delante de la multitud, grabando la escena. Nos llevaron a una pequeña grada, y la gente nos vitoreó a medida que íbamos saliendo. Vi como las chicas que tenía delante iban relajando los hombros a medida que la gente de la calle nos llamaba por nuestro nombre y nos tiraba flores.

Levanté la mano para saludar cuando oí mi nombre, y me sentí tonta por haberme preocupado tanto. Si la gente estaba así de contenta, no podía ser que hubiera pasado nada malo. El personal del palacio debía replantearse el modo en que trataban a la Élite. Todos aquellos nervios para nada…

May soltó una risita nerviosa, contenta de formar parte de aquella escena tan emocionante, y para mí fue un alivio comprobar que volvía a ser ella. Intenté animarme con todas aquellas muestras de cariño, pero me llamaron la atención dos estructuras extrañas colocadas sobre la plataforma. La primera era una especie de escalera en forma de A; la segunda era un gran bloque de madera con aros en ambos extremos. Acompañada por un guardia, subí y ocupé mi asiento en el centro de la primera fila, sin saber muy bien qué estaba pasando allí.

La multitud volvió a emocionarse cuando aparecieron el rey, la reina y Maxon. Ellos también iban vestidos con ropas oscuras y parecían muy serios. Yo estaba cerca de Maxon, así que me giré en su dirección. Fuera lo que fuera lo que estaba pasando, si se giraba hacia mí y me sonreía, sabría que todo iba bien. No dejaba de mirarle, a la espera de que se volviera, de que me tranquilizara. Pero permanecía impasible.

Un momento más tarde, los vítores de la gente se convirtieron en abucheos, y cuando me giré pude ver qué era lo que les molestaba tanto.

Cuando vi aquello, el estómago me dio un vuelco y el mundo se me vino abajo.

El soldado Woodwork avanzaba, encadenado, con el labio sangrando y la ropa tan sucia que parecía que se hubiera pasado la noche revolcándose en el fango. Tras él, Marlee —con su bonito disfraz de ángel cubierto de suciedad y sin las alas— también estaba encadenada. Una guerrera le cubría los hombros, y fruncía los ojos para protegerse de la luz. Se quedó mirando a la multitud, y luego cruzamos nuestras miradas por una fracción de segundo, pero enseguida tiraron de ella y tuvo que seguir adelante. Seguía buscando con la mirada, y yo sabía a quién. A mi izquierda, vi a sus padres, agarrados el uno al otro con fuerza. Estaban devastados, idos, como si les hubieran arrancado el corazón.

Volví a mirar a Marlee y al soldado Woodwork. La angustia era patente en sus miradas, pero aun así caminaban con cierto orgullo. Solo una vez, cuando ella se pisó el borde del vestido y tropezó, se resquebrajó aquella pátina de orgullo, y por debajo asomó el miedo.

No. No, no, no, no, no.

Les hicieron subir a la plataforma y un hombre enmascarado se puso a hablar. La multitud fue guardando silencio. Aparentemente, aquello —fuera lo que fuera— ya había ocurrido antes, y la gente sabía cómo responder. Pero yo no; el estómago se me revolvió y sentí náuseas. Gracias a Dios, no había comido nada.

—Marlee Tames —dijo el hombre—, miembro de la Selección, hija de Illéa, fue hallada anoche en un momento íntimo con este hombre, Carter Woodwork, miembro de confianza de la Guardia Real.

Aquel hombre hablaba con una prepotencia fuera de lugar, como si estuviera anunciando la cura de alguna enfermedad mortal. Al oír la acusación, la gente volvió a abuchear.

—¡La señorita Tames ha roto su juramento de lealtad a nuestro príncipe Maxon! ¡Y el señor Woodwork ha robado una propiedad de la familia real al tener relaciones con la señorita Tames! ¡Estos actos suponen una traición contra la familia real!

El voceador pronunciaba aquellas acusaciones a voz en grito, a la espera de la aprobación por parte de los asistentes, y desde luego la obtuvo. Pero ¿cómo podían? ¿No se daban cuenta de que se trataba de Marlee? ¿La dulce, bella, fiel y generosa Marlee? Quizás hubiera cometido un error, pero nada que mereciera todo aquel odio.

Un hombre enmascarado ató a Carter a la estructura en forma de A; le abrieron las piernas y le colocaron los brazos en una posición que se adaptaba a la estructura. Le fijaron las cadenas alrededor de la cintura, y las piernas con candados, tan fuerte que resultaba incómodo hasta mirar. A Marlee la obligaron a arrodillarse frente al gran bloque negro de madera, y el hombre le quitó la guerrera que llevaba sobre los hombros de un manotazo. Le ataron las muñecas a los aros que había a los lados, con las palmas hacia arriba.

Estaba llorando.

—¡Este delito se castiga con la muerte! Pero el príncipe Maxon ha tenido piedad y va a perdonarles la vida a estos dos traidores. ¡Larga vida al príncipe Maxon!

La multitud vitoreó al príncipe. De haber tenido la cabeza clara, yo también habría gritado, o al menos se suponía que tenía que aplaudir. Las otras chicas lo hicieron, y también nuestros padres, aunque aún parecían impresionados. Pero yo no podía prestar atención a esas cosas. Lo único que veía eran los rostros de Marlee y de Carter.

Nos habían dado un asiento de primera fila por un motivo bien claro: para que viéramos qué nos pasaría si cometíamos un error estúpido. Pero desde allí, a apenas seis metros de la plataforma, yo podía ver y oír todo lo que pasaba.

Marlee miraba fijamente a Carter, y él la miraba a ella, estirando el cuello. Era innegable que tenían miedo, pero en la mirada de ella también había una expresión que parecía querer tranquilizar a Carter; dejarle claro que pese a todo no se arrepentía.

—Te quiero, Marlee —gritó él. Con el ruido de la multitud apenas se oyó, pero lo dijo—. Superaremos esto. Todo se arreglará, te lo prometo.

Marlee tenía tanto miedo que no podía hablar, pero asintió. En aquel momento, yo solo podía pensar en lo guapa que estaba. Tenía la dorada melena enmarañada y su vestido estaba hecho un desastre, y por el camino había perdido los zapatos, pero desde luego estaba radiante.

—Marlee Tames y Carter Woodwork, quedáis despojados de vuestras castas. Sois lo más bajo de lo más bajo. ¡Sois Ochos!

La multitud gritó y aplaudió. No podía creérmelo. ¿No había entre ellos ningún Ocho que se sintiera ofendido por que se hablara así de ellos?

—Y para corresponderos con la misma vergüenza y dolor que habéis hecho pasar a su alteza real, recibiréis quince golpes de vara en público. ¡Que vuestras cicatrices os recuerden vuestros pecados!

¿Vara? ¿Qué era eso de la vara?

La respuesta me llegó un segundo más tarde. Los dos hombres enmascarados que habían atado a Carter y a Marlee sacaron unos palos largos de un cubo de agua. Los agitaron varias veces, probando su flexibilidad; oí cómo silbaban al cortar el aire. La multitud aplaudió aquel ejercicio de calentamiento con la misma pasión y devoción que había mostrado poco antes frente a las chicas de la Selección.

Carter recibiría unos humillantes azotes en la espalda, y las preciosas manos de Marlee...

—¡No! —grité—. ¡No!

—Creo que voy a vomitar —susurró Natalie, mientras Elise soltaba un gritito apagado resguardándose en el hombro del guardia que tenía al lado. Pero aquello no se detuvo.

Me puse en pie y me lancé hacia la posición de Maxon, pero caí sobre el regazo de mi padre.

—¡Maxon! ¡Maxon, para esto!

—Tiene que sentarse, señorita —dijo mi guardia, intentando hacerme sentar de nuevo.

—¡Maxon, te lo ruego, por favor!

—¡Señorita, puede hacerse daño, por favor!

—¡Déjame! —le grité a mi guardia, golpeándole con todas mis fuerzas. Pero por mucho que lo intentara, no me soltaba.

—¡America, por favor, siéntate! —me exhortó mi madre.

—¡Uno! —gritó el hombre sobre la tarima, y vi cómo la vara caía sobre las manos de Marlee.

Ella soltó un gemido de dolor, como un perro que hubiera recibido una patada. Carter no emitió sonido alguno.

—¡Maxon! ¡Maxon! —grité—. ¡Para, para, por favor!

Me oyó; sabía que me había oído. Vi que cerraba lentamente los ojos y tragaba saliva, como si así pudiera borrar aquel sonido de sus oídos.

—¡Dos!

El grito de Marlee era angustioso. No podía ni imaginarme el dolor que estaba sufriendo, y aún quedaban trece golpes.

—¡America, siéntate! —insistió mi madre.

May estaba entre ella y papá, con el rostro girado, y soltaba unos gritos casi tan angustiosos como los de Marlee.

—¡Tres!

Miré a los padres de Marlee. Su madre tenía la cabeza hundida entre las manos, y su padre la rodeaba con el brazo, como si así pudiera protegerla de todo lo que estaban perdiendo en aquel momento.

—¡Suéltame! —le grité a mi guardia, pero en vano—. ¡¡¡Maxon!!! —grité. Las lágrimas me nublaban la vista, pero lo veía con la suficiente claridad como para saber que me había oído.

Miré a las otras chicas. ¿No íbamos a hacer nada? Algunas parecían estar llorando. Elise estaba doblada en dos, con una mano en la frente, y daba la impresión de estar a punto de desmayarse. Pero ninguna parecía enfadada. ¿Es que no había motivo para estarlo?

—¡Cinco!

Estaba segura de que el sonido de los gemidos de Marlee me perseguiría el resto de mi vida. Nunca había oído nada igual. Por no hablar de la algarabía de la multitud, que animaba el espectáculo, como si no fuera más que un entretenimiento. Por no hablar del silencio de Maxon, que permitía que sucediera todo aquello. Por no hablar de los lloros de las chicas a mi lado, que lo aceptaban.

Lo único que me daba alguna esperanza era Carter. Aunque estaba sudando de la tensión y temblaba de dolor, no dejaba de animar a Marlee entre jadeos.

—Se acabará… enseguida —consiguió decir.

—¡Seis!

—Te… quiero —balbució.

Yo no podía soportarlo. Intenté clavarle las uñas a mi guardia, pero las gruesas mangas de su guerrera le protegían. Me agarró con más fuerza y yo grité.

—¡Quite las manos de encima a mi hija! —exclamó mi padre, tirando del brazo del guardia.

Aproveché el hueco que quedó para zafarme y ponerme delante de él, y le solté un rodillazo con todas mis fuerzas.

Él soltó un grito ahogado y cayó de espaldas, agarrado por mi padre. Salté la valla con dificultades; el vestido y los zapatos de tacón me impedían moverme con agilidad.

—¡Marlee! —grité, corriendo todo lo rápido que pude. Casi llegué hasta los escalones, pero dos guardias salieron a mi paso, y aquella era una lucha que no podía ganar.

Desde la esquina, por detrás de la tarima, vi que la espalda de Carter estaba a la vista, y que tenía la piel abierta, con trozos que caían creando una imagen escalofriante. La sangre bajaba a goterones, manchándole los pantalones de gala. No podía imaginarme cómo estarían las manos de Marlee.

Pensar en aquello hizo que se apoderara de mí una histeria aún mayor. Grité y pataleé, revolviéndome ante los guardias, pero lo único que conseguí fue perder un zapato.

Se me llevaron a rastras en dirección al palacio mientras el hombre anunciaba el siguiente azote, y no sabía si sentirme agradecida o avergonzada. Por una parte, no tendría que ver aquello; por otra, era como si estuviera abandonando a Marlee en el peor momento de su vida.

Si hubiera sido una amiga de verdad, ¿no habría hecho algo más?

—¡Marlee! —grité—. ¡Marlee, lo siento!

Pero la multitud estaba tan enloquecida y gritaba de tal manera que no creo que me oyera.

Capítulo 10

Me revolví y grité durante todo el trayecto de vuelta. Los guardias tuvieron que agarrarme con tal fuerza que sabía que quedaría cubierta de cardenales, pero no me importaba. Tenía que luchar.

—¿Dónde está su habitación? —oí que preguntaba uno, y al girarme vi una doncella que caminaba por el pasillo.

No la reconocí, pero era evidente que ella a mí sí. Indicó a los guardias el camino a mi cuarto. Oí que mis doncellas protestaban todo el rato por cómo me estaban tratando.

—Cálmese, señorita; esos no son modos para una dama —protestó un guardia mientras me tiraban sobre la cama.

—¡Salid de mi habitación ahora mismo! —grité.

Mis doncellas, todas ellas con los ojos llenos de lágrimas, acudieron corriendo.

Mary intentó limpiarme el vestido, que se había llenado de tierra al caerme, pero yo me la quité de encima de un manotazo. Ellas lo sabían. Lo sabían, y no me habían advertido.

—¡Vosotras también! —les grité—. ¡Quiero que salgáis de aquí! ¡Ahora mismo!

Ellas se echaron atrás al oír aquello, y los temblores que agitaban a Lucy de la cabeza a los pies me hicieron lamentar haber sido tan brusca. Pero necesitaba estar sola.

—Lo sentimos, señorita —dijo Anne, al tiempo que se llevaba a las otras dos. Ellas sabían lo mucho que me importaba Marlee.

Marlee…

—Marchaos —murmuré, dándome media vuelta y hundiendo la cara en la almohada.

Cuando oí que se cerraba la puerta, me quité el zapato que me quedaba y me acomodé en la cama. Por fin tenían sentido tantas y tantas cosas. De modo que aquel era el secreto que tanto le costaba compartir conmigo. No quería quedarse porque no estaba enamorada de Maxon, pero no quería irse y alejarse de Carter.

Todo encajaba: por qué había decidido situarse en determinados lugares o por qué se quedaba mirando hacia las puertas. Era por Carter, que estaba allí. El día en que vinieron el rey y la reina de Swendway, y ella se había negado a apartarse del sol... Carter. Era a Marlee a la que esperaba cuando me topé con él al salir del baño. Siempre él, manteniéndose cerca en silencio, quizá buscando un beso furtivo aquí y allá, esperando la ocasión de estar juntos.

¿Hasta qué punto debía de quererle ella, para dejarse llevar así, para arriesgarse tanto?

¿Cómo podía ser que pasara algo así? Parecía imposible. Sabía que debía ser castigado, pero que le ocurriera a Marlee..., quedarme sin ella de esa manera... No podía entenderlo.

Sentí un nudo en el estómago. Podría haberme pasado a mí. Si Aspen y yo no hubiéramos tenido cuidado, si alguien hubiera oído nuestra conversación en la pista de baile la noche anterior, aquello podría estar pasándonos a nosotros.

¿Volvería a ver a Marlee? ¿Adónde la enviarían? ¿Podrían seguir viéndola sus padres? No sabía de qué casta era Carter antes de convertirse en un Dos al ingresar en la guardia, pero supuse que sería un Siete. La vida de un Siete era dura, pero desde luego la de un Ocho era mucho peor.

No podía creerme que ahora Marlee fuera una Ocho. Aquello no podía ser.

¿Podría volver a usar las manos? ¿Cuánto tardarían en curarse las heridas? ¿Y Carter? ¿Podría incluso volver a caminar después de aquello?

Podría haber sido Aspen.

Podría haber sido yo.

Me sentía fatal. Por una parte, me embargaba una cruel sensación de alivio por no ser yo la afectada; sin embargo, por otra, aquello me hacía sentir tan culpable que me costaba respirar. Era una persona odiosa, una amiga terrible. Estaba avergonzada.

Lo único que podía hacer era llorar.

Me pasé la mañana y gran parte de la tarde hecha un ovillo en mi cama. Mis doncellas me trajeron el almuerzo, pero yo no podía ni tocarlo. Afortunadamente no insistieron en quedarse, y me dejaron sola con mi tristeza.

No encontraba consuelo. Cuanto más pensaba en lo sucedido,

peor me sentía. No podía sacarme de la cabeza el sonido de los gritos de Marlee. Me pregunté si conseguiría olvidarlo algún día.

Unos golpecitos vacilantes resonaron en la puerta. Mis doncellas no estaban para abrir, y yo no me sentía con ánimo para ir hasta allí, así que tampoco lo hice. No obstante, al cabo de un momento, el visitante entró.

—¿América? —dijo Maxon en voz baja.

No respondí.

Cerró la puerta y cruzó la habitación, situándose junto a mi cama.

—Lo siento. No podía hacer nada.

Me quedé inmóvil, qué iba a decirle.

—Era o eso, o matarlos. Las cámaras los pillaron anoche, y la filmación circuló sin que nosotros nos enteráramos —insistió.

Se pasó un rato sin hablar, quizá pensando que si se quedaba allí lo suficiente, yo encontraría algo que decirle. Al final se arrodilló a mi lado.

—¿America? Mírame, cariño.

Aquella palabra hizo que se me revolvieran las tripas. Pero le miré.

—Tenía que hacerlo. Tenía que hacerlo.

—¿Y cómo te has podido quedar ahí, impasible? —le pregunté, con un tono extraño en la voz.

—Ya te he dicho alguna vez que parte de este trabajo consiste en mantener una imagen de calma, aunque no sea así como te sientes. Es algo que he tenido que aprender a hacer. Tú también lo harás.

Fruncí el ceño. ¡No seguiría pensando que yo seguía interesada! Daba la impresión de que sí. Pero poco a poco fue interpretando mi expresión y la sorpresa se reflejó en su rostro.

—America, sé que estás disgustada, pero… ¿No pensarás…? Ya te lo dije; tú eres la única. Por favor, no me hagas esto.

—Maxon —dije, lentamente—, lo siento, pero no creo que pueda hacer esto. Nunca podría soportar tener que ver cómo le hacen daño de esa manera a alguien, sabiendo que he sido yo quien lo ha decidido. No puedo ser princesa.

Él soltó aire en un soplido entrecortado, probablemente lo más próximo a una sincera expresión de tristeza que le había visto nunca.

—America, no decidas cómo será el resto de tu vida por lo que le ha pasado durante apenas cinco minutos a otra persona. Una cosa así no ocurre casi nunca. No deberías hacerlo.

Erguí la espalda, con la esperanza de poder pensar más claramente.

—Yo… ahora mismo no puedo ni pensar en ello.

—Pues no lo hagas —respondió—. No tomes una decisión tan importante para los dos ahora que estás tan disgustada.

De algún modo, tuve la sensación de que aquellas palabras eran un truco.

—Por favor —susurró, con fuerza, agarrándome las manos. La desesperación en su voz provocó que le mirara—. Me prometiste que no me dejarías. No te rindas, no me abandones así. Por favor.

Solté aire y asentí.

—Gracias —dijo, aliviado.

Maxon se quedó allí sentado, agarrado a mi mano como si fuera un salvavidas. Pero para mí la sensación era muy diferente a la del día anterior.

—Ya sé... —dijo—. Sé que el puesto te hace dudar. Siempre he sabido que sería duro. Y estoy seguro de que esto lo hace aún más duro. Pero... ¿y yo? ¿Aún estás segura de mí?

Vacilé. No sabía qué decir.

—Ya te he dicho que no puedo pensar.

—Oh. —Parecía decepcionado—. Está bien, te dejo sola. Pero hablaremos pronto.

Acercó la cabeza, como si quisiera besarme. Yo bajé la mirada, y él se aclaró la garganta.

—Adiós, America.

Se fue.

Y me vine abajo otra vez.

Unos minutos más tarde, o quizás unas horas, mis doncellas entraron y me encontraron llorando a gritos y dando vueltas sobre la cama. Era imposible que no vieran la expresión de tristeza en mis ojos.

—Oh, señorita —exclamó Mary, que se acercó para abrazarme—. Vamos a prepararla para la cama.

Lucy y Anne se pusieron a desabrocharme los botones del vestido mientras Mary me limpiaba la cara y me desenredaba el pelo.

Mis doncellas se sentaron a mi alrededor, consolándome mientras lloraba. Quería explicarles que no era solo lo de Marlee, que también era aquel dolor insufrible por Maxon; pero resultaba embarazoso admitir lo mucho que me importaba, lo equivocada que había estado.

Mi dolor se multiplicó cuando pregunté por mis padres, y Anne me dijo que todas las familias se habían marchado enseguida. Ni siquiera había tenido ocasión de despedirme.

Anne me cepilló el cabello, consolándome. Mary estaba a mis pies, dándome una friega en las piernas. Lucy simplemente tenía las manos sobre el pecho, como si sufriera por mí.

—Gracias —susurré, entre suspiros—. Siento lo de antes.

Las tres se miraron.

—No hay nada de que disculparse, señorita —dijo Anne.

Quería corregirla, porque desde luego me había excedido tratándolas así, pero de pronto volvieron a llamar a la puerta. Intenté pensar en cómo podría decir educadamente que no me apetecía ver a Maxon, pero, cuando Lucy fue a abrir la puerta, al otro lado apareció el rostro de Aspen.

—Siento molestarlas, señoritas, pero he oído los lloros y quería asegurarme de que estaban bien.

Cruzó la habitación en dirección a mi cama en un movimiento arriesgado, teniendo en cuenta el día que habíamos tenido todos.

—Lady America, siento mucho lo de su amiga. He oído que era especial para usted. Si necesita algo, aquí me tiene. —La mirada de Aspen decía mucho: que estaba dispuesto a sacrificar cualquier cosa para ayudarme, que llegaría hasta donde fuera.

Qué idiota había sido. Había estado a punto de dejar de lado a la única persona que me conocía de verdad, que me quería de verdad. Aspen y yo habíamos planeado una vida juntos, y la Selección casi la había destruido por completo.

Él era como estar en casa, me hacía sentir segura.

—Gracias —respondí, en voz baja—. Este gesto significa mucho para mí.

Esbozó una sonrisa casi imperceptible. Era evidente que habría querido quedarse (y a mí habría encantado), pero con mis doncellas dando vueltas por ahí resultaba imposible. Recordé aquel día, poco antes, cuando había pensado que Aspen siempre estaría allí. Me gustó constatar que estaba en lo cierto.

Capítulo 11

Hola, pequeña:

Siento que no pudiéramos despedirnos. Al parecer el rey decidió que sería más seguro que las familias se fueran lo antes posible. Intenté hablar contigo, te lo prometo, pero fue imposible.

Quería que supieras que hemos llegado bien a casa. El rey dejó que nos quedáramos la ropa, y May se pone sus vestidos cada vez que tiene un rato. Sospecho que alberga la esperanza inconfesable de no crecer ni un centímetro más para poder usar el vestido de la fiesta en su boda. Supongo que le pone de buen humor. Yo no estoy muy seguro de si alguna vez le perdonaré a la familia real el que dos de mis hijas hayan visto tanto lujo de primera mano, pero tú ya sabes lo fuerte que es May. Eres tú la que me preocupa. Escríbenos pronto. A lo mejor esto que te voy a decir no es lo correcto, pero quiero que lo sepas: cuando saliste corriendo hacia el estrado, sentí que nunca en la vida me he sentido más orgulloso de ti. Siempre has sido guapa; siempre has tenido talento. Y ahora sé que tu talla moral está a la misma altura, que ves claramente cuando algo no está bien y que haces todo lo que puedes por combatirlo. Como padre, no puedo pedir más.

Te quiero, America. Y estoy muy muy orgulloso.

PAPÁ

No sabía cómo lo hacía, pero mi padre siempre sabía lo que tenía que decir. Me habría gustado poder mover las estrellas para escribir con ellas aquellas palabras en el cielo. Necesitaba verlas en grande, tenerlas bien visibles para poder leerlas de nuevo cuando las cosas pintaran mal: «Te quiero, America. Y estoy muy muy orgulloso».

A las chicas de la Élite nos dieron la opción de desayunar en nuestro cuarto, y yo dije que sí. Aún no estaba lista para ver a Maxon.

Por la tarde ya me sentí más entera y decidí bajar un rato a la Sala de las Mujeres. Por lo menos había un televisor, y me iría bien distraerme.

Las chicas parecían sorprendidas al verme entrar, lo cual tampoco me parecía que fuera motivo de sorpresa. Solía esconderme de vez en cuando, y si había un momento en que estaba justificado que lo hiciera, era aquel. Celeste estaba echada en un sofá, ojeando una revista. En Illéa no había periódicos, como en otros países. Nosotros teníamos el *Report*. Las revistas eran lo más parecido a la prensa escrita, y la gente como yo no nos podíamos permitir comprarlas. Celeste siempre encontraba el modo de tener una en la mano y, por algún motivo, aquel día aquello me irritó.

Kriss y Elise estaban en una mesa, bebiendo té y charlando, mientras Natalie, algo más atrás, miraba por la ventana.

—Anda, mira —dijo Celeste, sin dirigirse a nadie en particular—. Aquí sale otro de mis anuncios.

Celeste era modelo. La idea de que estuviera mirando la revista solo para encontrar fotos suyas me irritó aún más.

—¿Lady America? —dijo alguien.

Me giré y vi a la reina, acompañada de alguna de sus asistentes, en una esquina. Parecía ocupada con alguna labor.

Hice una reverencia, y ella me indicó con un gesto que me acercara. Sentí un nudo en el estómago al pensar en mi comportamiento del día anterior. No había querido ofenderla, y de pronto me temí que fuera aquello precisamente lo que había hecho. Sentí que las miradas de las otras chicas se posaban en mí. La reina solía hablarnos en grupo, raramente de una en una.

Me acerqué y repetí la reverencia.

—Majestad.

—Siéntate, por favor, America —dijo, amablemente, señalando una silla vacía que tenía delante.

Obedecí, aún muy nerviosa.

—Ayer planteaste bastante resistencia —soltó.

—Sí, majestad —repuse, tras tragar saliva.

—¿Erais muy amigas?

Volví a tragar, para contener mi tristeza.

—Sí, majestad.

Ella suspiró.

—Una dama no debe comportarse de ese modo. Las cámaras estaban tan pendientes del acto que no recogieron tu conducta. Pero, aun así, eso no es aceptable.

No era la censura de una reina. Era la regañina de una madre.

Aquello lo hacía mil veces peor. Era como si ella se sintiera responsable de mí, y como si yo la hubiera dejado en mal lugar.

Bajé la cabeza. Por primera vez, me sentí realmente mal por haber reaccionado de aquella manera.

Ella estiró la mano y la apoyó en mi rodilla. Levanté la cara y la miré, sorprendida por aquel contacto.

—En cualquier caso, me alegro de que lo hicieras —susurró, y me sonrió.

—Era mi mejor amiga.

—Eso no cambiará por que se haya ido, querida —dijo la reina Amberly, dándome una palmadita cariñosa en la pierna.

Eso era exactamente lo que necesitaba: cariño materno.

Las lágrimas asomaron por las comisuras de mis ojos.

—No sé qué hacer —susurré. Estuve a punto de explicárselo todo, cómo me sentía, pero era consciente de que las otras chicas tendrían los ojos puestos en mí.

—Me prometí no implicarme en esto —dijo, y suspiró—. Y aunque quisiera, no estoy segura de que haya mucho que decir.

Tenía razón. Nada de lo que dijéramos podría cambiar lo sucedido.

La reina se me acercó y me habló con dulzura:

—En cualquier caso, no seas dura con él.

Sabía que lo decía con buena intención, pero yo no quería hablar de su hijo con ella. Asentí y me puse en pie. Ella me sonrió amablemente y me indicó con un gesto que podía irme. Me alejé y me senté con Elise y Kriss.

—¿Cómo te encuentras? —me preguntó Elise, muy atenta.

—Estoy bien. La que me preocupa es Marlee.

—Por lo menos están juntos. Saldrán adelante mientras se tengan el uno al otro —apuntó Kriss.

—¿Cómo sabes que Marlee y Carter están juntos?

—Me lo ha dicho Maxon —respondió, como si fuera algo de dominio público.

—Oh —dije yo, decepcionada.

—No puedo creerme que no te lo haya dicho a ti, precisamente. Marlee y tú estabais muy unidas. Y además, tú eres su favorita, ¿no?

Miré a Kriss y luego a Elise. Ambas parecían preocupadas, pero también aliviadas.

Celeste se rio.

—Está claro que ya no lo es —murmuró, sin molestarse en levantar la vista de la revista. Esperaba que aquello supusiera el fin para mí.

Pero no quise hablar de aquello y volví a Marlee:

—Aún no me puedo creer que Maxon les haya hecho pasar por eso. Es increíble lo impasible que se mantuvo.

—Pero lo que ella hizo no estaba bien —observó Natalie. No lo decía con tono de crítica, simplemente reconocía la situación, como si siguiera instrucciones.

—Podría haber hecho que los mataran —intervino Elise—. Tenía la ley de su parte. La verdad es que tuvo piedad de ellos.

—¿Piedad? —protesté—. ¿Qué te arranquen la piel a tiras en público te parece un acto de piedad?

—Sí; teniendo en cuenta la situación, sí. Estoy segura de que, si le preguntáramos a Marlee, ella habría escogido los azotes antes que la muerte.

—Elise tiene razón —intervino Kriss—. Estoy de acuerdo en que fue terrible, pero yo preferiría eso a que me mataran.

—Por favor —rebatí, con una rabia cada vez mayor—. Eres una Tres. Todo el mundo sabe que tu padre es un profesor famoso, y tú has vivido toda tu vida entre bibliotecas, cómodamente. Nunca sobrevivirías a esa paliza, y mucho menos a la vida que te esperaría después, la de un Ocho. Estarías suplicando que te mataran.

Kriss se me quedó mirando.

—No tienes ni idea de lo que puedo y lo que no puedo soportar. Solo porque eres una Cinco, ¿te crees que eres la única que ha sufrido?

—No, pero estoy segura de que he vivido cosas mucho peores que las que has pasado tú —dije, aún más airada—, y no creo que pudiera soportar lo que sufrió Marlee. Y lo que digo es que dudo que tú lo llevaras mucho mejor.

—Soy más valiente de lo que te crees, America. No tienes ni idea de las cosas que he tenido que sacrificar a lo largo de los años. Y si cometo un error, asumo las consecuencias.

—¿Y por qué tendría que haber consecuencias? —pregunté—. Maxon no deja de decir lo difícil que le resulta la Selección, lo duro que es escoger, y resulta que una de nosotras se enamora de otro. ¿No debería darle las gracias por hacerle la decisión más fácil?

Natalie, que parecía tensa con la discusión, intentó intervenir:

—¡Ayer oí una cosa graciosísima…!

—Pero la ley… —se impuso Kriss.

—Lo que dice America tiene sentido —contraatacó Elise enseguida, y la conversación se convirtió en un caos.

Estábamos hablando todas a la vez, intentando hacer valer nuestras opiniones, explicando por qué considerábamos que lo ocurrido estaba bien o mal. Era la primera vez que ocurría, pero yo me lo esperaba desde el primer día. Con tantas chicas juntas, compitiendo una contra otra, estaba cantado que algún día acabaríamos discutiendo.

Entonces, mientras nosotras discutíamos, como si aquello no fuera con ella y sin separar la vista de la revista, Celeste murmuró:

—Recibió su merecido. Por zorra.

El silencio que se hizo de pronto era tan tenso como nuestra discusión.

Celeste levantó la vista justo a tiempo para ver cómo me lanzaba contra ella. Soltó un chillido cuando aterricé sobre su cuerpo. Ambas caímos sobre una mesita. Oí algo que se rompía, probablemente una taza de té que impactó contra el suelo.

Había cerrado los ojos a medio salto; cuando volví a abrirlos, tenía a Celeste debajo, intentando agarrarme por las muñecas. Eché atrás el brazo derecho y le crucé la cara de un bofetón. La sensación de ardor en la mano fue tremenda, pero me sentí recompensada al oír el impacto contra su mejilla.

Celeste reaccionó inmediatamente con un grito y me clavó las uñas. Por primera vez lamenté no habérmelas dejado yo también largas, como las otras chicas. Me hizo unos cortes en el brazo, que solo consiguieron enfadarme aún más, y volví a golpearla. Esta vez le abrí el labio. Al sentir el dolor, alargó el brazo, cogió lo primero que encontró —el platillo de una taza de té— y me lo estrelló contra la cabeza.

Descolocada, intenté volver a agarrarla, pero la gente ya había acudido a separarnos. Me sentía tan obcecada que no me había dado cuenta de que alguien había llamado a los guardias. A uno de ellos también le solté un puñetazo. Estaba harta de que me agarraran.

—¿Habéis visto lo que me ha hecho? —gritó Celeste.

—¡Tú cierra esa bocaza! —grité—. ¡Y no te atrevas a volver a hablar de Marlee!

—¡Está loca! ¿No la oís? ¿Habéis visto lo que ha hecho?

—¡Soltadme! —exclamé, intentando quitarme al guardia de encima.

—¡Estás paranoica! Voy a contárselo a Maxon ahora mismo. ¡Ya puedes despedirte del palacio! —amenazó.

—Nadie va a ver a Maxon ahora mismo —dijo la reina, muy seria. Miró a Celeste a los ojos, y luego a mí. Era evidente que estaba decepcionada. Bajé la cabeza—. Las dos os vais a ir a la enfermería.

El pabellón de la enfermería era un largo pasillo inmaculado con camas contra las paredes. Colgada de lo alto del cabezal de cada una había una cortina que se podía correr para lograr una mayor intimidad.

Como no podía ser de otro modo, a Celeste y a mí nos colocaron en extremos opuestos del pabellón, a ella cerca de la entrada y a mí al lado de una ventana en la parte más alejada. Ella corrió un poco la cortina que rodeaba su cama, casi de inmediato, para no tener que verme. Normal. No querría ver mi cara de satisfacción. Ni siquiera cuando la enfermera me tocó el punto de la cabeza donde me había golpeado Celeste, que aún me dolía mucho, se me borró la sonrisa del rostro.

—Sostenga esta bolsa de hielo aquí, para que baje la inflamación —me dijo.

—Gracias.

La enfermera echó la vista al otro extremo del pabellón, como si quisiera asegurarse de que nadie nos oía.

—Ha tenido suerte —me susurró—. Todo el mundo sabía que antes o después pasaría algo así.

—¿De verdad? —pregunté, bajando la voz igual que ella. Quizá no debía de haberme mostrado tan sonriente.

—No sabe la cantidad de historias horribles que he oído sobre esa —prosiguió, señalando con un gesto de la cabeza en dirección a la cama de Celeste.

—¿Cómo que horribles?

—Bueno, fue ella quien provocó a la chica que le pegó.

—¿Anna? ¿Cómo lo sabes?

—Maxon es un buen hombre —dijo, sin más—. Se aseguró de que la interrogaran antes de mandarla a casa. Nos dijo lo que había dicho Celeste sobre sus padres. Era algo tan rastrero que no puedo ni repetirlo —añadió, y su cara dejaba patente su desagrado.

—Pobre Anna. Sabía que tenía que ser algo así.

—Una de las chicas vino con sangre en los pies después de que alguien le metiera un cristal en los zapatos por la noche. No podemos demostrar que fuera Celeste, pero ¿quién haría algo tan ruin?

—Eso no lo sabía —respondí, asombrada.

—Parecía estar aterrada ante la posibilidad de que la cosa fuera a peor. Supongo que decidió mantener la boca cerrada. Y Celeste pega a sus doncellas. No es que use otra cosa que las manos, pero, de vez en cuando, vienen aquí en busca de hielo.

—¡No! —Todas las doncellas que había conocido eran unas personas encantadoras. Me resultaba imposible imaginar que alguna hiciera algo para provocar que les pegaran, y mucho menos de forma habitual.

—Por supuesto, sus hazañas ya son de dominio público. Por aquí se la considera a usted una heroína, señorita —dijo la enfermera, guiñándome un ojo.

Pero yo no me sentía así.

—Espere —se me ocurrió, de pronto—: ¿dice que Maxon se encargó de que reconocieran a Anna antes de mandarla a casa?

—Sí. Se preocupa mucho de que todas ustedes reciban la máxima atención.

—¿Y Marlee? ¿Pasó por aquí? ¿Cómo estaba cuando se fue?

Antes de que la enfermera pudiera responder, oí la voz impostada de Celeste al otro lado de la sala.

—¡Maxon, cariño! —dijo, al entrar él por la puerta.

Nuestras miradas se cruzaron brevemente antes de que él se dirigiera a la cama de Celeste. La enfermera se fue, dejándome sola y con ganas de saber si había visto a Marlee o no.

El sonido de la voz quejosa de Celeste era tan irritante que resultaba insoportable. Oí que Maxon se interesaba por ella y la consolaba, hasta que por fin se libró y se alejó. Rodeó la cortina y se me quedó mirando. Cruzó el pabellón, aparentemente exhausto.

—Tienes suerte de que mi padre prohibió el uso de cámaras en el palacio, o tendrías que pagar tus acciones muy caras —dijo, pasándose una mano por el cabello, exasperado—. ¿Cómo se supone que voy a defenderte de esto, America?

—¿Me vas a expulsar, entonces? —respondí, jugueteando con el borde de mi vestido mientras esperaba su respuesta.

—Por supuesto que no.

—¿Y a ella? —pregunté, señalando en dirección a la cama de Celeste con la cabeza.

—No. Todas estáis muy tensas tras lo que pasó ayer, y no os lo puedo reprochar. No estoy seguro de que mi padre acepte esa excusa, pero eso es lo que voy a esgrimir.

—A lo mejor deberías decirle que fue culpa mía —dije, después de una pausa—. A lo mejor deberías mandarme a casa.

—America, estás sacando las cosas de quicio.

—Mírame, Maxon —dije. Sentía un nudo en la garganta y me costaba hablar—. Desde el principio he sabido que no tengo lo que hace falta para esto, y pensé que podría…, no sé…, cambiar, o algo, para que esto funcionara. Pero no me puedo quedar. No puedo.

Maxon se acercó y se sentó al borde de mi cama.

—America, puede que odies la Selección, y seguro que estás enfadadísima con lo que le ha pasado a Marlee; pero sé que te importo lo suficiente como para que no me abandones así.

Le cogí la mano.

—También me importas lo suficiente como para poder decirte que estás cometiendo un error.

Veía el dolor en el rostro de Maxon, que me apretaba la mano con fuerza, como si así pudiera retenerme y evitar que desapareciera ante sus ojos. Vacilante, se acercó y me susurró:

—No siempre es tan difícil. Y quiero demostrártelo, pero tienes que darme tiempo. Puedo demostrarte que en esto hay cosas buenas, pero debes tener paciencia.

Cogí aire para rebatirle, pero no me dejó.

—Durante semanas, America, me has pedido tiempo, y yo te lo he dado sin cuestionarme nada, porque tenía fe en ti. Por favor, ahora soy yo quien necesita que tengas fe.

No sabía qué podría hacer Maxon para que cambiara de opinión, pero ¿cómo no iba a darle tiempo cuando él me lo había dado a mí? Suspiré.

—De acuerdo.

—Gracias. —El alivio en su voz era evidente—. Tengo que volver, pero vendré a verte pronto.

Asentí. Maxon se puso en pie y se marchó, aunque antes se detuvo brevemente junto a la cama de Celeste para despedirse. Me lo quedé mirando y me pregunté si no era una mala idea confiar en él.

Capítulo 12

$\mathcal{T}$anto las heridas de Celeste como las mías eran de poca importancia, así que al cabo de una hora ya estábamos de vuelta en nuestras habitaciones. Nos dieron el alta con unos minutos de diferencia, para que no tuviéramos que salir juntas, cosa que agradecí enormemente.

Cuando doblé la esquina, en lo alto de las escaleras, vi que un guardia venía en mi dirección. Aspen. Aunque ahora estaba más fuerte y robusto, a causa del entrenamiento, reconocí su forma de caminar y su silueta, y otras mil cosas que llevaba muy dentro de mí.

Cuando se acercó, se detuvo para hacerme una reverencia innecesaria.

—El frasco —susurró, y en cuanto volvió a erguirse reemprendió su camino.

Abrí la puerta y me encontré, entre la sorpresa y el alivio, con que ninguna de mis tres doncellas estaba allí. Me dirigí al frasco que tenía en mi mesita de noche y vi que el céntimo que había dentro tenía compañía. Abrí la tapa y saqué de su interior una hoja de papel doblada. Qué inteligente por su parte. Mis doncellas probablemente no lo habrían visto; y si lo hubieran visto, nunca se les habría ocurrido invadir mi intimidad.

Desplegué la nota y leí una lista de instrucciones muy claras. Al parecer, aquella noche Aspen y yo teníamos una cita.

Las indicaciones eran complicadas. Di un rodeo para llegar a la primera planta, donde tenía que buscar una puerta junto a un jarrón de metro y medio de altura. Recordaba aquel jarrón de algún paseo anterior por el palacio. ¿Qué flor había en el mundo que pudiera necesitar un recipiente tan grande?

Encontré la puerta y miré alrededor para comprobar que nadie me viera. Nunca me había encontrado tan libre de la vigilancia de los guardias. No había nadie a la vista. Abrí la puerta lentamente y me colé dentro. La luna brillaba a través de la ventana, llenando la estancia de una suave luz. Aquello me ponía un poco nerviosa.

—¿Aspen? —susurré en la oscuridad, sintiéndome tonta y asustada a la vez.

—Como en los viejos tiempos, ¿eh? —dijo su voz, aunque a él no lo veía.

—¿Dónde estás? —pregunté, achinando los ojos para intentar distinguir su silueta. Entonces, a la luz de la luna, la sombra de una gruesa cortina se movió y él apareció tras ella—. Me has asustado —me quejé, medio en broma.

—No sería la primera vez, y no será la última —contestó, y por su voz supe que sonreía.

Me acerqué a él, tropezando con todos los obstáculos posibles.

—¡Chis! Todo el mundo se enterará de que estamos aquí si no dejas de tirar cosas —protestó, pero estaba claro que bromeaba.

—Lo siento —dije, reprimiendo una risita—. ¿No podemos encender una luz?

—No. Si alguien ve una luz por debajo de la puerta, podrían descubrirnos. No pasan mucho por este pasillo, pero prefiero ir con cuidado.

—¿Cómo has sabido de la existencia de esta habitación? —pregunté, acercándome y estableciendo contacto por fin con los brazos de Aspen.

Él tiró de mí, abrazándome, y me llevó hacia la esquina más alejada.

—Soy guardia —dijo, simplemente—. Y se me da muy bien mi trabajo. Conozco todo el recinto del palacio, por dentro y por fuera. Hasta el último pasaje, todos los escondrijos y hasta la mayoría de las habitaciones secretas. También sé los turnos de los guardias que hay, qué zonas son las menos vigiladas y los momentos del día en que hay menos personal. Si alguna vez quieres moverte a escondidas por el palacio con alguien, soy la persona ideal.

—Increíble —murmuré.

Nos sentamos tras el amplio respaldo de un sofá, sobre una alfombra hecha de luz de luna. Por fin pude verle la cara.

—¿Estás seguro de que no corremos peligro? —A poco que dudara, estaba dispuesta a salir corriendo de allí. Por el bien de ambos.

—Confía en mí, Mer. Tendrían que pasar un número extraordinario de cosas para que alguien nos encontrara aquí. Estamos a salvo.

Yo seguía preocupada, pero necesitaba tanto que me reconfortaran que me dejé llevar.

Él me rodeó con el brazo y me sujetó.

—¿Cómo estás?

Suspiré.

—Bien, supongo. He estado muy triste, y muy enfadada. Me gustaría retroceder dos días en el tiempo y recuperar a Marlee. Y también a Carter; ni siquiera pude conocerlo.

—Yo sí —dijo él, con un suspiro—. Es un tipo estupendo. He oído que durante el tiempo que duró el castigo no dejó de decirle a Marlee que la quería, para ayudarla a soportarlo.

—Es verdad. Al menos al principio. A mí me echaron antes de que acabara.

Aspen me besó en la cabeza.

—Sí, eso también lo he oído. Estoy orgulloso de que te rebelaras de aquella manera. Esa es mi chica.

—Mi padre también estaba orgulloso. La reina me dijo que no debía haber actuado de ese modo, pero que estaba contenta de que lo hubiera hecho. No sé qué pensar. Es como si hubiera estado bien y mal a la vez, y además no sirvió para nada.

—Sí sirvió —dijo Aspen, abrazándome con más fuerza—. Significó mucho para mí.

—¿Para ti?

Suspiró.

—A menudo me pregunto si la Selección te habrá cambiado. Te están cuidando constantemente, y tienes todos esos lujos… No dejo de pensar si aún seguirás siendo la misma America. Eso me hizo ver que sí, que todo esto no te ha afectado.

—Bueno, sí que me ha afectado, pero no en ese sentido. En realidad, este lugar me hace pensar que yo no nací para esto.

Hundí la cabeza en el pecho de Aspen, allí donde solía resguardarme cuando las cosas iban mal.

—Escucha, Mer, lo que tiene Maxon es que es un gran actor. Siempre pone esa cara perfecta, como si estuviera por encima de todo. Pero no es más que una persona, y tiene los mismos problemas que cualquiera. Sé que le aprecias, porque, si no, no seguirías aquí. Pero tienes que saber que no es real.

Asentí. Maxon siempre sabía lo que tenía que decir, y mantenía la compostura en todo momento. ¿Sería así siempre? ¿Actuaba también cuando estaba conmigo? ¿Cómo iba a saberlo?

—Es mejor que lo sepas ahora —prosiguió Aspen—. ¿Y si te casas y luego descubres que era así?

—Tienes razón. Yo también lo he estado pensando.

Las palabras de Maxon en la pista de baile resonaban sin parar en mi cabeza. Parecía segurísimo de nuestro futuro, dispuesto a darme tanto... Me había hecho creer que lo único que deseaba era mi felicidad. ¿No se daba cuenta acaso de lo infeliz que era en aquellos momentos?

—Tú tienes un gran corazón, Mer. Sé que hay cosas que no puedes cambiar, pero me gusta que aun así quieras hacerlo. Eso es todo.

—Me siento tan tonta... —susurré. De pronto tuve ganas de echarme a llorar.

—Tú no eres tonta.

—Sí que lo soy.

—Mer, ¿tú crees que yo soy listo?

—Claro.

—Eso es porque lo soy. Y soy demasiado listo como para enamorarme de una tonta. Así que ya puedes dejar de decir esas tonterías.

Solté una risita y dejé que Aspen me abrazara.

—Tengo la impresión de que te he hecho mucho daño. No entiendo cómo puedes seguir enamorado de mí —confesé.

Él se encogió de hombros.

—Así son las cosas. El cielo es azul, el sol brilla y Aspen está irremediablemente enamorado de America. Así es como diseñaron el mundo. Ahora en serio, Mer: eres la única chica a la que he amado. No puedo imaginarme con ninguna otra. He estado intentando prepararme para eso, por si acaso, y... no puedo.

Nos quedamos allí sentados un momento, abrazándonos. Cada roce de sus dedos, la calidez de su aliento en mi cabello... era como una medicina para mi corazón.

—No deberíamos quedarnos aquí mucho más —dijo por fin—. Confío bastante en mis cálculos, pero no quisiera arriesgar más de lo debido.

Suspiré. Era como si acabáramos de llegar allí, pero probablemente tenía razón. Hice ademán de ponerme en pie, y Aspen se levantó de un salto para ayudarme. Tiró de mí y me dio un último abrazo.

—Sé que es difícil de creer, pero siento mucho que Maxon resultara ser tan mal tipo. Yo quería que volvieras, pero no que lo pasaras mal. Y sobre todo no de este modo.

—Gracias.

—Lo digo de verdad.

—Lo sé. —Aspen tenía sus defectos, pero no era un mentiroso—. Pero esto no ha acabado. No mientras siga aquí.

—Sí, pero te conozco. Lo sobrellevarás para que tu familia siga cobrando su dinero y para poder verme, pero él tendría que deshacer el pasado para arreglar esto.

Solté un suspiro. Así era. Mi desapego hacia Maxon crecía y crecía; era como si me estuviera escurriendo de entre sus manos.

—No te preocupes, Mer. Yo cuidaré de ti.

Aspen no tenía forma de demostrar eso en aquel momento, pero le creí. Haría lo que fuera por sus seres queridos, y yo no tenía ninguna duda de que yo era la persona que él más quería.

La mañana siguiente estuve como en las nubes, con la mente puesta en Aspen durante todos los preparativos, el desayuno y mis horas en la Sala de las Mujeres. Estaba en mi mundo, lejos de todo, hasta que un montón de papeles sobre la mesa me hicieron volver al mundo real.

Levanté la vista y vi a Celeste, que me miraba con una mueca de satisfacción. Señaló una de las revistas de cotilleos, abierta por una página doble. No tardé ni un segundo en reconocer el rostro de Marlee, aunque estaba desfigurado por el dolor de los azotes.

—Pensé que debías ver esto —dijo ella, y se alejó.

No estaba muy segura de qué quería decir, pero tenía tantas ganas de saber algo sobre Marlee que me lancé a leer la revista:

De todas las grandes tradiciones de nuestro país, quizá ninguna despierte tanta expectación y resulte tan emocionante como la Selección, creada específicamente para traer alegría a un país sumido en la tristeza. Parece que todo el mundo disfruta presenciando la gran historia de amor de un príncipe y su futura princesa. Cuando Gregory Illéa ascendió al trono, hace más de ochenta años, y su hijo, Spencer, murió repentinamente, todo el país se puso de luto por la pérdida de un joven tan enigmático y prometedor. Cuando se decidió que su hijo menor, Damon, heredaría el trono, muchos se preguntaron si, a sus dieciocho años, estaría preparado. Pero Damon sabía que estaba listo para entrar en la vida adulta, y se decidió a demostrarlo con el mayor compromiso de la vida: el matrimonio. A los pocos meses nació la Selección, y todo el país se animó ante la posibilidad de que una chica del pueblo se convirtiera en la primera princesa de Illéa.

No obstante, desde entonces, la efectividad de la competición no ha cesado de sorprendernos. Aunque en el fondo se base en una idea romántica, hay quien dice que es injusto obligar a los príncipes a casarse con mujeres de una posición inferior, aunque nadie puede negar las aptitudes y la belleza de nuestra reina actual, Amberly Station Schreave. Algunos aún recuerdan los rumores sobre Abby Tamblin Illéa, de quien se dice que envenenó a su marido, el príncipe Justin Illéa, solo unos años después de casarse, para después contraer matrimonio con el primo de este, Porter Schreave, y mantener así la línea familiar de la dinastía intacta.

Aunque aquel rumor nunca se confirmó, lo que está claro es que esta vez la conducta de las mujeres en el palacio también ha dado lugar a escándalos. Marlee Tames, ahora convertida en una Ocho, fue sorprendida en un vestidor con un guardia que la desnudaba, el lunes por la noche, tras el baile de Halloween que se había organizado como acto destacado de la programación de la Selección. El esplendor de la fiesta quedó eclipsado del todo por la irrespetuosa conducta de la señorita Tames, que sumió el palacio en el caos a la mañana siguiente.

Pero aparte de las acciones inexcusables de la señorita Tames, se dice que quizá las chicas que queden en palacio tampoco sean dignas de la corona. Una fuente sin identificar informa de que algunas de las jóvenes de la Élite están discutiendo constantemente, y que no hacen casi ningún esfuerzo por cumplir con sus obligaciones. Todo el mundo recuerda la expulsión de Anna Farmer a principios de septiembre, después de atacar deliberadamente a la encantadora Celeste Newsome, modelo de Clermont. Y nuestra fuente confirma que ese no ha sido el único encontronazo físico surgido en el seno de la Élite, lo que obliga a este reportero a cuestionar la valía del grupo de chicas elegido para el príncipe Maxon.

Cuando preguntamos al rey Clarkson por estos rumores, el monarca se limitó a decir: «Algunas de las chicas proceden de castas menos refinadas y no están acostumbradas a la conducta que se espera en el palacio. Está claro que la señorita Tames no estaba preparada para convertirse en una Uno. Mi esposa tiene unas cualidades especialmente brillantes y es una de las raras excepciones a la norma de las castas bajas. Siempre se ha esmerado para alcanzar el nivel que corresponde a una reina, y sería difícil encontrar a alguien más apta para el trono. Pero en el caso de algunas de las chicas de las castas más bajas que quedan en la actual Selección, lo cierto es que no podemos decir que esperemos tanto de ellas».

Aunque Natalie Luca y Elise Whisks son Cuatros, siempre han estado a la altura y han mostrado una conducta exquisita de cara al público, en particular Lady Elise, que es una joven bastante sofisticada. Tenemos que suponer que nuestro rey se refiere a America Singer, la única Cinco que queda desde el inicio de la Selección. Es guapa, pero quizá no lo que espera Illéa de su nueva princesa. De vez en cuando nos divierte con sus entrevistas en el *Capital Report*, pero lo que necesitamos es una nueva líder, no una cómica.

También resulta inquietante la noticia de que la señorita Singer intentó liberar a la señorita Tames durante la ejecución de su castigo, lo que a la vista de este reportero la convierte en cómplice de los actos de traición perpetrados por su amiga, al serle infiel a nuestro príncipe.

Con todo ello (y ahora que la señorita Tames ya no es la favorita del público), cabe plantearse una pregunta: ¿quién debería ser la nueva princesa?

Una encuesta rápida entre nuestros lectores nos ha confirmado lo que ya sospechábamos: felicitamos a las señoritas Celeste Newsome y Kriss Ambers por su empate en la primera posición de nuestra encuesta. Elise Whisks está en tercer lugar, y Natalie Luca la sigue de cerca. En quinta posición, a mucha distancia de la cuarta, aparece (como no podía ser de otro modo) America Singer.

Creo que hablo por toda Illéa al animar al príncipe Maxon a que se tome su tiempo para encontrar una buena princesa para el país. Hemos evitado por poco una opción desastrosa al descubrir la verdadera naturaleza de la señorita Tames antes de que tuviera ocasión de ponerse la corona. Quienquiera que sea la escogida, príncipe Maxon, asegúrese de que se merece el puesto. ¡Que también se gane el amor del pueblo!

Capítulo 13

*S*alí corriendo de la sala. Estaba claro que Celeste no lo había hecho con buena intención. Quería mostrarme cuál era mi lugar. ¿Por qué me molestaba en seguir con aquello? El rey esperaba que fracasara, el público no me quería y yo estaba segura de que no estaba hecha para ser princesa.

Subí las escaleras a toda prisa y en silencio, intentando no llamar la atención. No había modo de saber cuál era la fuente anónima de la revista.

—Señorita —dijo Anne, cuando atravesé el umbral—, pensé que estaría abajo hasta la hora del almuerzo.

—¿Podéis dejarme sola, por favor?

—¿Perdón?

Resoplé, intentando controlarme.

—Necesito estar sola. Por favor.

Sin decir palabra, hicieron una reverencia y salieron. Me dirigí al piano. Quería distraerme, dejar de pensar en aquello. Toqué unas cuantas canciones que me sabía de memoria, pero aquello resultaba demasiado fácil. Necesitaba algo que requiriera mi atención.

Me puse en pie y hurgué bajo la banqueta en busca de algo más difícil. Hojeé unas cuantas partituras hasta que apareció el borde de un libro. ¡El diario de Gregory Illéa! Me había olvidado completamente de que estaba allí. Aquello sería una gran distracción.

Me llevé el libro a la cama y lo abrí, pasando las viejas páginas y examinándolas. Reparé en la página con la fotografía de Halloween, aquel retrato forzado que ya había visto antes, y volví a leer el fragmento:

Este año los niños han celebrado Halloween con una fiesta. Supongo que es una forma de olvidar lo que pasa a su alrededor, pero a mí me parece frívolo. Somos una de las pocas familias que quedan que tienen dinero para hacer algo festivo, pero este juego de niños me parece tirar el dinero.

Volví a mirar la foto, preguntándome por la niña. ¿Qué edad tendría? ¿Cuál sería su ocupación? ¿Le gustaría ser la hija de Gregory Illéa? ¿La haría eso muy popular?

Pasé la página y me encontré con que no hablaba de otro tema, sino que seguía la entrada sobre Halloween.

Supongo que después de la invasión china pensé que nos daríamos cuenta de nuestros errores. Para mí era evidente lo vagos que nos habíamos vuelto, sobre todo en los últimos tiempos. No es de extrañar que China pudiera invadirnos tan fácilmente, ni tampoco que nos costara tanto plantear resistencia. Hemos perdido ese espíritu que hacía que la gente se lanzara a cruzar océanos y a afrontar duros inviernos y guerras civiles. Nos hemos vuelto vagos. Y mientras nosotros estábamos ahí, sin hacer nada, China cogió las riendas.

En los últimos meses en particular, he sentido la necesidad de aportar algo más que dinero a nuestra campaña bélica. Quiero tomar el mando. Tengo ideas, y ya que he hecho donaciones tan generosas, quizá sea el momento de aumentar la apuesta. Lo que necesitamos es un cambio. No puedo evitar preguntarme si seré la única persona que puede llevarlo a cabo.

Me estremecí. No podía evitar comparar a Maxon con su predecesor. Gregory parecía tener una gran inspiración. Estaba intentando coger algo roto y recomponerlo. Me pregunté qué diría de la monarquía si estuviera ahí en aquel momento.

Cuando Aspen abrió la puerta de mi habitación por la noche, estuve a punto de contarle lo que había leído. Pero recordé que ya le había mencionado a mi padre la existencia de aquel diario, y solo con eso ya había roto mi promesa.

—¿Cómo ha ido el día? —me preguntó, arrodillándose junto a mi cama.

—Bien, supongo. Celeste me ha enseñado un artículo… —Sacudí al cabeza—. Ni siquiera sé si quiero hablar de ello. Me tiene harta.

—Supongo que ahora que se ha ido Marlee, Maxon no enviará a nadie a casa hasta dentro de un tiempo, ¿eh?

Me encogí de hombros. Sabía que el público estaba aguardando una eliminación, y lo sucedido con Marlee les había dado un espectáculo muy superior al que se esperaban.

—Venga… —dijo él, arriesgándose a tocarme a la luz de la puerta, abierta de par en par—. Todo saldrá bien.

—Lo sé. Pero es que la echo de menos. Y me siento confusa.

—¿Confusa por qué?

—Por todo. Sobre lo que hago aquí, lo que soy. Pensé que lo sabía… Ni siquiera sé explicarlo. —Últimamente parecía que el problema era justo ese. Los pensamientos se me entremezclaban. No tenía las ideas claras.

—Tú sabes quién eres, Mer. No dejes que te cambien. —Parecía tan sincero que por un momento me sentí segura. No porque tuviera respuestas, sino porque contaba con Aspen. Si alguna vez volvía a perder la noción de mí misma, sabía que él estaría ahí para guiarme.

—Aspen, ¿te puedo preguntar una cosa?

Asintió.

—Sé que es algo raro, pero si ser princesa no supusiera casarse con alguien, si no fuera más que un trabajo para el que pudieran seleccionarme, ¿crees que sería capaz de hacerlo?

Sus ojos verdes se abrieron aún más por un segundo, mientras asimilaba la pregunta. Debo decir en su favor que estaba claro que se planteaba la posibilidad.

—Lo siento, Mer, pero creo que no. Tú no eres tan calculadora como ellos —dijo.

Su tono era de disculpa, pero no me ofendía que pensara que no pudiera hacerlo. Era su razonamiento lo que me sorprendió un poco.

—¿Calculadora? ¿Y eso?

Él suspiró.

—Yo estoy por todas partes, Mer. Oigo cosas. Hay grandes altercados en el sur, en las zonas con mayor concentración de castas bajas. Por lo que dicen los guardias más veteranos, esa gente nunca estuvo especialmente de acuerdo con los métodos de Gregory Illéa, y los altercados se suceden desde hace mucho tiempo. Según dicen, ese fue uno de los motivos por los que la reina resultaba tan atractiva para el rey. Procedía del sur, y eso los aplacó un tiempo. Aunque ahora parece que ya no tanto.

Volví a plantearme hablarle del diario, pero no lo hice.

—Eso no explica qué querías decir con lo de «calculadora».

Él dudó por un momento.

—El otro día estaba en uno de los despachos, antes de todo el jaleo de Halloween. Hablaban de los simpatizantes de los rebeldes del sur. Me ordenaron que llevara unas cartas al Departamento de Correos. Eran más de trescientas cartas, America. Trescientas familias a las que iban a degradar, a bajarles una casta por no informar de algo o por colaborar con alguien considerado una amenaza para el palacio.

Di un respingo.

—Ya. ¿Te lo puedes imaginar? ¿Y si fueras tú, y lo único que supieras hacer fuera tocar el piano? De pronto se supone que tendrías que trabajar de empleada. ¿Sabrías siquiera dónde ir a buscar ese tipo de trabajo? El mensaje está bastante claro.

Asentí.

—¿Y tú…? ¿Maxon lo sabe?

—Supongo. No falta tanto para que él mismo gobierne el país.

En el fondo de mi corazón no quería creer que él hubiera podido estar de acuerdo con aquello, pero lo más probable es que supiera lo que estaba pasando. Se esperaba de él que aceptara todas aquellas cosas. ¿Podría hacerlo yo?

—No se lo digas a nadie, ¿vale? Una filtración podría costarme el empleo —me advirtió Aspen.

—Claro. Ya está olvidado.

Me sonrió.

—Echo de menos el tiempo que pasaba contigo, lejos de todo esto. Añoro nuestros problemas de antes.

Me reí.

—Sé lo que quieres decir. Escaparme por la ventana era mucho mejor que escabullirme por un palacio.

—E ir mendigando un céntimo para poder dártelo a ti era mejor que no tener nada que darte en absoluto —dijo, dando un golpecito al frasco junto a la cama, en el que antes había cientos de monedas de céntimo que me había ido dando por cantarle en la casa del árbol de mi casa, un pago que él consideraba que me merecía—. No tenía ni idea de que los habías ido ahorrando hasta el día antes de que te fueras.

—¡Claro que sí! Cuando tú no estabas, eran lo único a lo que me podía agarrar. A veces me los echaba sobre la mano, encima de la cama, solo para agarrarlos y volver a meterlos en el frasco. Era agradable tener algo que habías tocado tú antes. —Nuestros ojos se encontraron, y al momento todo lo demás quedó muy lejos. Resultaba reconfortante encontrarme de nuevo en aquella burbuja, en el lugar que habíamos creado años atrás—. ¿Qué hiciste con ellos? —Me enfadé tanto con él cuando me marché que se los había devuelto. Todos, salvo el que se había quedado pegado al fondo del frasco.

Él sonrió.

—Están en casa, esperando.

—¿El qué?

Los ojos le brillaron.

—Eso no lo sé.

Suspiré y sonreí.

—Muy bien, guárdate tus secretos. Y no te preocupes por no poder darme nada. Estoy contenta solo con que estés aquí, que al menos tú y yo podamos arreglar las cosas, aunque no sea como antes.

Pero estaba claro que para Aspen aquello no bastaba. Acercó la mano al puño de la otra manga y se arrancó uno de los botones dorados.

—No tengo nada más que darte, literalmente, pero puedes guardar esto, algo que he tocado yo, y pensar en mí en cualquier momento. Y sabrás que yo también estoy pensando en ti.

Por tonto que pareciera, me entraron ganas de llorar. Era inevitable, el instinto natural que me hacía comparar a Aspen con Maxon. Incluso en aquel mismo instante, cuando la idea de tener que elegir entre los dos quedaba muy lejos, los comparé mentalmente.

Daba la impresión de que a Maxon no le costaba nada darme cosas —recuperar una fiesta, asegurarse de que tuviera todo lo mejor— porque tenía el mundo entero a su disposición. Y, sin embargo, ahí estaba Aspen, dándome sus preciosos momentos robados y un recuerdo minúsculo para mantener el vínculo, y daba la impresión de que era mucho más que todo lo otro.

De pronto recordé que Aspen siempre había sido así. Sacrificaba el sueño por mí, se arriesgaba a que le pillaran tras el toque de queda por mí, iba reuniendo céntimo tras céntimo por mí. Su generosidad era más difícil de ver porque no podía hacer grandes regalos como Maxon, pero ponía mucho más corazón en lo que daba.

Reprimí las ganas de llorar.

—Ahora no sé cómo hacerlo. Tengo la sensación de que no sé hacer nada bien… Yo… no te he olvidado, ¿vale? Sigue aquí. —Me llevé la mano al pecho, en parte para mostrarle a Aspen lo que quería decir y en parte para aliviar la extraña nostalgia que sentía.

Él lo entendió.

—Me basta con eso.

Capítulo 14

$\mathcal{A}$ la mañana siguiente, a la hora del desayuno, observé a Maxon con disimulo. Me preguntaba qué sabría de la gente que había perdido su casta en el sur. Él solo miró una vez en mi dirección, pero no parecía que me estuviera mirando a mí, sino a algo que tuviera cerca. Cada vez que me sentía incómoda, bajaba la mano y tocaba el botón de Aspen, que me había atado a una fina cinta a modo de pulsera. Aquello me ayudaría a soportar aquella situación.

Hacia el final de la comida, el rey se puso en pie y todas nos giramos hacia él.

—Como ya sois tan pocas, pensé que sería agradable tomar el té mañana todos juntos, antes del *Report*. Dado que una de vosotras será nuestra nuera, la reina y yo querríamos tener más ocasiones de hablar con vosotras, saber lo que os interesa, y cosas así.

Aquello me puso un poco nerviosa. Tratar con la reina era una cosa, pero no sabía muy bien qué pensar del rey.

Mientras las otras chicas atendían con ilusión, yo le di un sorbito a mi zumo.

—Por favor, venid una hora antes del *Report* al salón de la planta baja. Si no lo conocéis, no os preocupéis. Las puertas estarán abiertas, y habrá música. Nos oiréis antes de vernos —dijo, con una risita.

Las otras chicas sonrieron.

Al poco rato, todas fuimos a la Sala de las Mujeres. Suspiré. A veces aquella sala, por enorme que fuera, me daba claustrofobia. Normalmente intentaba relacionarme con las demás, o aprovechaba para leer. Pero aquel sería «un día Celeste». Decidí colocarme frente al televisor y evadirme.

Pero no fue tan fácil, pues las chicas parecían estar especialmente parlanchinas.

—Me pregunto qué querrá saber el rey de nosotras —dijo Kriss.

—Tendremos que acordarnos de todo lo que nos ha enseñado Silvia para mantener el porte y la elegancia —apuntó Elise.

—Espero que mis doncellas tengan preparado un buen vestido para mañana por la noche. No quiero pasar otra vez por lo de Halloween. A veces están como en la Luna —soltó Celeste, aparentemente molesta.

—Ojalá el rey se dejara barba —dijo Natalie, dejando volar la imaginación. Me giré y, por encima del hombro, la vi acariciándose una barba imaginaria en la barbilla—. Creo que le quedaría bien.

—Sí, ya lo veo —bromeó Kriss, antes de cambiar de tema.

Meneé la cabeza e intenté concentrarme en el ridículo espectáculo que tenía delante, pero me resultó imposible.

A la hora del almuerzo estaba hecha un manojo de nervios. ¿Qué querría decirme a mí, la chica de la casta más baja de todo el concurso? ¿De qué querría hablar con alguien de quien esperaba tan poco?

El rey Clarkson tenía razón. Oí la suave melodía del piano mucho antes de encontrar el salón. El músico era bueno. Mejor que yo, eso estaba claro.

Vacilé antes de entrar. Decidí hacer una pausa antes de hablar, sopesar bien mis palabras. Me di cuenta de que lo que quería era demostrarle que estaba errado. Y deseaba demostrar que el reportero de la revista también se equivocaba. Aunque perdiera, no quería irme a casa como una perdedora. Me sorprendió lo mucho que significaba para mí.

Atravesé el umbral y lo primero que vi fue a Maxon de pie, junto a la pared trasera del salón, hablando con Gavril Fadaye. El hombre estaba bebiendo vino, no té, y de pronto se dio cuenta de que Maxon no le prestaba atención. Los ojos de Maxon se plantaron en mí, y juraría que con los labios articuló un «¡Uau!».

Volví la cabeza, me ruboricé y me aparté de allí. Corrí el riesgo de volver a mirarlo y observé que me seguía con la mirada. Me costaba pensar racionalmente cuando me miraba así.

El rey Clarkson estaba hablando con Natalie en una esquina, y la reina Amberly departía con Celeste en otra. Elise daba sorbitos a su té, y Kriss estaba paseando por la sala. Me la quedé mirando mientras pasaba junto a Maxon y Gavril, a quien dedicó una sonrisa. Kriss dijo algo, y ambos soltaron una risita, sin perder de vista a Maxon.

Al cabo de un rato se me acercó.

—Llegas tarde —me regañó, en tono de broma.

—Estaba un poco nerviosa.

—Bueno, no hay de qué preocuparse. En realidad ha sido hasta divertido.

—¿Tú ya has acabado? —Si el rey ya había terminado de hablar al menos con dos de las chicas, quería decir que tenía menos tiempo del que me pensaba para prepararme.

—Sí. Siéntate conmigo. Podemos tomar un poco de té mientras esperas.

Kriss me llevó a una mesita, y una doncella se nos acercó inmediatamente y nos puso el té, la leche y el azúcar delante.

—¿Qué te ha preguntado?

—En realidad ha sido una conversación informal. No creo que su intención sea obtener ninguna información; es más bien como si quisiera hacerse una idea de nuestra personalidad. ¡En una ocasión le he hecho reír! —dijo, encantada—. Ha ido muy bien. Y tú eres divertida por naturaleza, así que háblale como le hablarías a cualquier otra persona. Te irá bien.

Asentí y levanté mi taza de té. Tal como lo presentaba, sonaba bien. A lo mejor el rey no era igual siempre. A la hora de enfrentarse a amenazas para el país podía ser frío y decidido, actuar con rapidez y determinación. Pero esto no era más que un té con un puñado de chicas. No necesitaba actuar igual con nosotras.

La reina ya había dejado a Celeste y estaba hablando en voz baja con Natalie, cuya mirada era adorable. Durante un tiempo me había llegado a molestar aquella expresión de soñadora inocente; pero era una persona sencilla, y resultaba reconfortante.

Le di un sorbito a mi té. El rey Clarkson se acercó a Celeste, y ella le dedicó una sonrisa seductora. Aquello me resultó un poco incómodo. ¿Dónde estaban sus límites? Kriss se inclinó para tocar mi vestido.

—Este tejido es precioso. Con tu cabello, recuerdas una puesta de sol.

—Gracias —respondí, parpadeando. La luz le daba en el collar, que le cubría la garganta con una explosión de plata, y el brillo me cegó por un momento—. Mis doncellas son unas artistas.

—Desde luego. ¡Las mías me gustan, pero, si llego a ser princesa, te robo las tuyas!

Se rio, quizá para dejar claro que era una broma, aunque quizá no lo fuera. En cualquier caso, la idea de que mis doncellas le hicieran sus vestidos me incomodó. Aun así, sonreí.

—¿Qué es lo que es tan divertido? —preguntó Maxon, que se había acercado.

—Cosas de chicas —respondió Kriss, haciéndose la interesante. Realmente tenía su tarde—. Estaba intentando tranquilizar a America. Está nerviosa por tener que hablar con tu padre.

«Qué bien. Gracias por ponerme en evidencia, Kriss.»

—No tienes que preocuparte por nada. Sé natural. Estás fantástica —dijo Maxon, con una sonrisa franca. Estaba claro que intentaba restablecer la comunicación conmigo.

—¡Eso es lo que le he dicho! —exclamó Kriss.

Ambos se miraron, y dio la impresión de que estaban en el mismo equipo. Era algo extraño.

—Bueno, os dejo con vuestras cosas de chicas. Hasta otro rato. —Maxon esbozó una reverencia y se fue con su madre.

Kriss suspiró y se lo quedó mirando mientras se alejaba.

—Es todo un personaje —dijo, sonriéndome un instante, y luego se fue a hablar con Gavril.

Me quedé observando los elaborados movimientos de la gente por el salón, parejas que se formaban para hablar, que se separaban y buscaban nuevos interlocutores. Incluso me gustó que Elise viniera a hacerme compañía al rincón, aunque no dijo gran cosa.

—Bueno, señoritas, se nos ha hecho tarde —anunció el rey—. Tenemos que ir bajando.

Miré el reloj: estaba en lo cierto. Teníamos unos diez minutos para llegar al plató y prepararnos.

No parecía que importara mucho lo que yo pensara de ser princesa, o cuáles fueran mis sentimientos por Maxon, o lo que sintiera en general. Era evidente que el rey tenía tan claro que no era una candidata al triunfo que ni siquiera le valía la pena molestarse en hablar conmigo. Había sido excluida, quizás incluso a propósito, y nadie se había dado cuenta siquiera.

Aguanté el tipo a lo largo del *Report*. Incluso mantuve la compostura hasta que mis doncellas se fueron. Pero en cuanto me quedé sola me vine abajo.

No estaba segura de qué le diría a Maxon cuando se presentara, pero al final aquello tampoco importó. No vino. Y no pude evitar preguntarme quién estaría disfrutando de su compañía.

Capítulo 15

$\mathcal{M}$is doncellas fueron un encanto. No me preguntaron por mis ojos hinchados ni por las almohadas manchadas de lágrimas. Simplemente me ayudaron a recomponerme. Yo me dejé mimar, agradecida por sus atenciones. Se portaron de maravilla conmigo. ¿Serían igual de encantadoras con Kriss si al final ella ganaba y las incluía en su servicio?

Me las quedé mirando mientras pensaba en aquello, y me sorprendí al observar la tensión que se respiraba entre ellas. Mary parecía estar más o menos bien, quizás algo preocupada. Pero daba la impresión de que Anne y Lucy evitaban mirarse deliberadamente y que no hablaban, a menos que fuera necesario.

No entendía en absoluto qué era lo que sucedía, y no sabía si debía preguntar. Ellas nunca se inmiscuían en mi tristeza o mi rabia. Quizá lo correcto por mi parte fuera no meterme en sus cosas.

Intenté que el silencio no me afectara mientras ellas me peinaban y me vestían para pasar un largo día en la Sala de las Mujeres. No veía el momento de ponerme uno de aquellos pantalones que Maxon me había regalado para los sábados, pero no parecía que fuera el momento. Si aquello era mi declive, quería plantar cara como una dama. Al menos, haría un esfuerzo.

Mientras me disponía a afrontar otro día de té y libros, vi que las otras charlaban de la noche anterior. Bueno, todas menos Celeste, que tenía unas cuantas revistas de cotilleos esperando para leer. Me pregunté si la que tenía entre las manos decía algo de mí.

Estaba planteándome si debía cogérsela cuando Silvia entró con unos gruesos pliegos de papeles bajo los brazos. Genial. Más trabajo.

—¡Buenos días, señoritas! —canturreó—. Se que están acostumbradas a recibir visitas los sábados, pero hoy la reina y yo tenemos un encargo especial que hacerles.

—Sí —dijo la reina, acercándose—. Sé que es algo precipitado, pero la semana que viene tendremos unas visitas. Van a hacer un recorrido por el país, y pasarán por el palacio para conocerlas a todas.

—Como ya saben, la reina suele encargarse de recibir a los invitados importantes. Ya vieron con qué elegancia atendió a nuestros amigos de Swendway —afirmó Silvia, haciendo un gesto hacia la reina, que a su vez sonrió con recato—. No obstante, los visitantes que recibiremos, de la Federación Germánica y de Italia, son aún más importantes que la familia real de Swendway. Y hemos pensado que esta visita será un excelente ejercicio para todas ustedes, ya que últimamente hemos dedicado una especial atención a la diplomacia. Trabajarán en equipos para preparar una recepción para los invitados que se les asignen, incluida una comida, algunos entretenimientos, regalos… —explicó Silvia.

Tragué saliva.

—Es muy importante mantener las relaciones que ya tenemos, pero también forjar nuevas alianzas con otros países. Contamos con normas de protocolo para relacionarnos con estos invitados, así como guías sobre lo que se debe evitar a la hora de organizarles algunos actos. No obstante, los detalles quedan de la mano de ustedes.

—Queríamos que el ejercicio fuera lo más justo posible —intervino la reina—. Y creo que lo hemos sabido compensar. Celeste, Natalie y Elise organizarán una recepción. Kriss y America se encargarán de la otra. Y como tenéis una persona menos, dispondréis de un día más. Nuestros visitantes de la Federación Germánica llegarán el miércoles, y los italianos lo harán el jueves.

—¿Quiere decir que tenemos cuatro días? —protestó Celeste.

—Sí —respondió Silvia—. Pero una reina tiene que hacer todo ese trabajo sola, y a veces con menos tiempo.

Una sensación de pánico se adueñó del ambiente.

—¿Nos da la documentación, por favor? —pidió Kriss, tendiendo la mano.

Instintivamente, yo también tendí la mía. A los pocos segundos ya estábamos devorando toda aquella información.

—Esto va a ser duro —dijo Kriss—, incluso con el día de más.

—No te preocupes —la tranquilicé—. Vamos a ganar.

Ella soltó una risita nerviosa.

—¿Cómo puedes estar tan segura?

—Porque de ningún modo voy a permitir que Celeste lo haga mejor que yo —respondí, decidida.

Tardamos dos horas en leer todo aquel tocho, y una más en asimilar lo que decía. Había muchísimas cosas diferentes que tener en cuenta, muchísimos detalles que planear. Silvia dijo que estaría a nuestra disposición, pero yo tenía la sensación de que pedirle ayuda sería admitir que no podíamos hacerlo solas, así que lo descartamos.

La creación del entorno adecuado iba a ser todo un reto. No se nos permitía usar flores rojas, pues se asociaban con el secretismo. Tampoco podíamos emplear las amarillas, pues se relacionaban con la envidia. Ni tampoco podíamos utilizar las de color violeta, pues se suponía que daban mala suerte.

Tanto los vinos como la comida debían ser cuantiosos. El lujo no se consideraba una muestra de presunción, sino una manifestación normal del ambiente palaciego. Si no estaba a la altura y no se impresionaba a los invitados, estos podrían decidir no volver nunca más. Además de todo eso, las cosas que se suponía que teníamos que haber aprendido —es decir, las normas de etiqueta en la mesa y cosas así— debían adaptarse a una cultura de la que ni Kriss ni yo teníamos ningún conocimiento, más allá de la información impresa que nos habían entregado.

Era algo increíblemente intimidatorio.

Nos pasamos el día tomando notas y poniendo ideas en común, mientras las otras hacían lo mismo en una mesa cercana. Al ir pasando la tarde, ambos grupos nos íbamos quejando de quién tenía la peor situación, y al cabo de un rato resultó hasta divertido.

—Al menos vosotras dos tenéis un día más para prepararlo —dijo Elise.

—Pero Illéa y la Federación Germánica ya son aliados. ¡Puede que a los italianos les parezca fatal todo lo que hagamos! —adujo Kriss, preocupada.

—¿Sabéis que nosotras tenemos que vestirnos con colores oscuros? —se quejó Celeste—. Va a ser una recepción muy… rígida.

—Tampoco nosotras querríamos ir demasiado ostentosas —observó Natalie, agitándose un poco en la silla. Se rio de su propia broma, y yo sonreí antes de volver a lo nuestro.

—Bueno, la nuestra se supone que tiene que ser de lo más festiva. Y todas tenéis que llevar vuestras mejores joyas —indiqué—. Debemos dar una primera impresión espléndida, y el aspecto es muy importante.

—Menos mal que podré lucir un poco en uno de estos dos actos tan estúpidos —suspiró Celeste, meneando la cabeza.

Estaba claro que aquello suponía un gran esfuerzo para todas. Después de lo ocurrido con Marlee y de sentirme descartada por el rey, ver que aquello nos hacía sufrir a todas, de algún modo, me reconfortaba. Pero eso no evitó que viviera algún episodio de paranoia antes de que acabara el día: estaba convencida de que alguna de las otras chicas —Celeste, en particular— podría intentar sabotear nuestra recepción.

—¿Confías completamente en tus doncellas? —le pregunté a Kriss a la hora de cenar.

—Sí. ¿Por qué?

—Me pregunto si no deberíamos guardar algunas de estas cosas en nuestras habitaciones en lugar de dejarlas en el salón. Ya sabes, para que las otras no intenten robarnos las ideas —dije. Era mentira, pero no del todo.

—Me parece bien —respondió ella—. Especialmente porque nosotras vamos detrás, y podría parecer que nos hemos copiado.

—Exacto.

—Qué lista eres, América. No es de extrañar que a Maxon le gustaras tanto —dijo, y siguió comiendo.

No se me pasó por alto aquel modo de usar el pasado como quien no quiere la cosa. A lo mejor mientras yo me pasaba los días preocupada por ser lo suficientemente buena como para convertirme en princesa, sin saber al mismo tiempo si deseaba serlo, Maxon se estaba olvidando completamente de mí.

Me convencí de que no era más que un recurso de Kriss para aumentar su confianza. Además, no habían pasado más que unos días desde lo de Marlee. ¿Qué podía saber ella?

El penetrante alarido de una sirena me despertó de golpe. Aquel sonido estaba tan fuera de lugar que no podía ni procesar lo que era. Lo único que sabía era que el corazón me golpeaba con fuerza en el pecho. Noté el subidón de adrenalina.

Al cabo de un instante, la puerta de mi habitación se abrió de golpe y un guardia entró a la carrera.

—Maldición, maldición, maldición —repetía.

—¿Eh? —dije yo, aún adormilada.

—¡Levanta, Mer! —me apremió, y yo obedecí—. ¿Dónde tienes los zapatos?

Zapatos. Así que iba a algún sitio. Hasta entonces no lo entendí. Maxon me había hablado de que se disparaba una alarma cuando se presentaban los rebeldes, pero que en un ataque reciente la habían desmantelado. Debían de haberla reparado.

—Aquí —dije, cuando por fin los encontré, calzándome—. Necesito la bata. —Señalé a los pies de la cama, y Aspen la agarró, intentando abrirla para que me la pusiera.

—No te preocupes. La llevo en la mano.

—Tienes que darte prisa. No sé a qué distancia están.

Asentí y me dirigí hacia la puerta, con la mano de Aspen en la espalda. Pero antes de llegar al pasillo me hizo retroceder de un tirón, y me plantó un beso profundo e intenso en la boca. Tenía su mano tras la cabeza, y se quedó pegado a mis labios un buen rato. Luego, como si de pronto hubiera olvidado el peligro que corríamos, con la otra mano me agarró de la cintura y el beso se hizo más apasionado. Hacía mucho tiempo que no me besaba así: entre mis vacilaciones y el miedo a que nos pillaran, no había habido motivo para hacerlo. Pero aquella noche sentía la urgencia. Quizás algo saliera mal, y aquel podía ser nuestro último beso.

Quería que fuera importante.

Nos separamos, concediéndonos apenas un segundo para mirarnos de nuevo. Esta vez me pasó la mano alrededor del brazo y me empujó hacia la puerta.

—Ve, corre.

Salí corriendo en dirección al pasaje secreto que había al final del pasillo. Antes de empujar el tabique, miré atrás y vi la espalda de Aspen, que giraba la esquina a la carrera.

No podía hacer nada más que correr, y eso es lo que hice. Bajé por la escarpada y oscura escalinata todo lo rápido que pude, hasta llegar al refugio reservado para la familia real.

Maxon me había contado una vez que había dos tipos de rebeldes: los norteños y los sureños. Los norteños eran problemáticos, pero los sureños eran letales. Esperaba que, quienesquiera que fueran, estuvieran más interesados en alterar la paz del palacio que en matarnos.

A medida que fui bajando las escaleras empecé a sentir el frío. Quería ponerme la bata, pero tenía miedo de tropezar y caerme. Me sentí más segura cuando vi la luz de la cámara de seguridad. Salté del último escalón, y vi una figura que destacaba entre las siluetas de los guardias. Maxon. Aunque era tarde, iba vestido con pantalones de vestir y una camisa, algo arrugada pero presentable.

—¿Soy la última? —pregunté, poniéndome la bata mientras me acercaba.

—No —respondió él—. Kriss aún sigue ahí fuera. Y Elise también.

Miré tras de mí, hacia el oscuro pasillo que parecía no tener fin. A los lados distinguí el perfil de tres o cuatro escaleras que ascendían hasta diferentes puertas secretas del palacio. Estaban vacías. Si

Maxon no me había engañado, no sentía una devoción especial por Kriss y Elise, pero la preocupación en sus ojos era innegable. Se frotó la sien y estiró el cuello, como si aquello pudiera ayudarle. Ambos mirábamos a lo lejos, en dirección a las escaleras, mientras los guardias se acercaban a la puerta, evidentemente ansiosos por cerrarla.

De pronto suspiró y se llevó las manos a las caderas. Luego, sin previo aviso, me abrazó. No pude evitar agarrarlo con fuerza.

—Sé que probablemente seguirás disgustada, y lo entiendo. Pero me alegro de que estés a salvo.

Maxon no me había tocado desde Halloween. No había pasado ni una semana, pero, por algún motivo, me parecía una eternidad. Quizá por todo lo que había pasado aquella noche, y no solo eso, sino por todo lo que había ocurrido en los días previos.

—Yo también estoy contenta de que estés a salvo.

Me agarró más fuerte. De pronto soltó un grito ahogado.

—Elise.

Me giré y vi una fina silueta bajando las escaleras. ¿Dónde estaba Kriss?

—Deberíais entrar —nos apremió Maxon—. Silvia os espera.

—Luego hablamos.

Me dedicó una sonrisa tenue y esperanzada, y asintió. Entré en la sala, con Elise pegada a mis talones. Vi que estaba llorando. Le pasé un brazo alrededor del hombro, y ella hizo lo mismo, reconfortada.

—¿Dónde estabas? —le pregunté.

—Creo que mi doncella está enferma. Tardó un poco en venir a ayudarme. Y luego me asusté tanto con la alarma que me confundí y no recordaba adónde tenía que ir. Apreté cuatro paredes diferentes antes de encontrar la buena —dijo, sacudiendo la cabeza a modo de reproche hacia sí misma.

—No te preocupes —la tranquilicé, abrazándola—. Ahora ya estás a salvo.

Ella asintió, intentando controlar la respiración. De las cinco que quedábamos, era sin duda la más sensible.

Al avanzar hacia el interior, vi al rey y a la reina sentados uno junto al otro, ambos en bata y zapatillas. El rey tenía un montoncito de papeles sobre el regazo, como si quisiera aprovechar el tiempo allí abajo para trabajar. Una doncella le masajeaba la mano a la reina. Ambos tenían el gesto serio.

—¿Qué? ¿Esta vez no trae compañía? —bromeó Silvia, desviando mi atención.

—No estaban conmigo —dije, preocupada de pronto por la seguridad de mis doncellas. Ella sonrió amablemente.

—Estoy segura de que estarán bien. Por aquí.

La seguimos hasta una hilera de camas colocadas junto a una pared irregular. La última vez que había bajado a aquel lugar había quedado claro que los encargados del mantenimiento de aquella sala no estaban preparados para el caos que suponía acoger a todas las chicas de la Selección. Desde entonces habían hecho progresos, pero aún no estaba en estado óptimo. Había seis camas.

Celeste estaba hecha un ovillo en la más próxima a los reyes, aunque todas las camas quedaban a cierta distancia de ellos. Natalie se había colocado en la de al lado y se estaba retorciendo mechones de pelo con los dedos.

—Me gustaría que durmierais. Todas tenéis una semana de mucho trabajo por delante, y no vais a poder organizar nada si estáis agotadas —dijo Silvia, y luego se fue, probablemente en busca de Kriss.

Elise y yo suspiramos. No podía creer que nos hicieran pasar por todo aquel jaleo de las recepciones. ¿No era ya de por sí aquello suficientemente tenso? Nos separamos y nos dirigimos a nuestras camas, una junto a la otra. Elise enseguida se metió bajo las mantas, agotada.

—¿Elise? —dije, en voz baja. Ella se giró y me miró—. Si necesitas algo dímelo, ¿vale?

—Gracias —respondió ella con una sonrisa.

—De nada.

Se dio media vuelta; al cabo de unos segundos parecía que se había quedado dormida. Y así fue, pues no se giró, pese al estruendo que llegó desde la puerta. Miré atrás y vi a Maxon, que llevaba a Kriss en brazos, con Silvia a su lado. En cuanto pasaron, volvieron a cerrar la puerta herméticamente.

—Me he caído —explicó Kriss a Silvia, que parecía muy agitada—. No creo que me haya roto el tobillo, pero me duele mucho.

—Hay vendas atrás. Al menos podemos inmovilizarlo —propuso Maxon.

Silvia se puso en marcha enseguida, y pasó a nuestro lado en busca de las vendas.

—¡A dormir! ¡Venga! —nos ordenó.

Suspiré, y no fui la única. Natalie lo llevaba bien, pero Celeste parecía muy irritada. Y eso me hizo examinarme a mí misma: si mi comportamiento se parecía en algo al de aquella chica, tenía que cambiarlo. Aunque no tenía ganas, me metí en mi cama y me puse de cara a la pared.

Procuré no pensar en Aspen, luchando por allí arriba, ni en mis doncellas, que quizá no llegaran a su refugio a tiempo. Intenté no preocuparme por la semana siguiente ni por la posibilidad de que los rebeldes fueran sureños y que quisieran perpetrar una matanza en el palacio mientras nosotras dormíamos.

Pero no pude evitarlo y pensé en todo aquello. Y resultó tan agotador que al final acabé durmiéndome en aquel catre frío y duro.

Cuando me desperté, no sabía qué hora era, pero debían de haber pasado horas. Me di la vuelta y vi a Elise, que seguía durmiendo tranquilamente. El rey estaba leyendo sus papeles, hojeándolos tan rápidamente que parecía estar furioso con ellos. La reina tenía la cabeza apoyada en el respaldo de su silla. Cuando dormía aún estaba más guapa.

Natalie seguía dormida, o al menos eso parecía. Pero Celeste estaba despierta, apoyada en un brazo y mirando al otro extremo de la cámara. En sus ojos había un fuego que solía reservar para mí. Seguí la dirección de su mirada y vi que estaba fija en la pared opuesta, donde vi a Kriss y a Maxon.

Estaban sentados, el uno junto al otro; él la rodeaba con el brazo por encima del hombro. La chica tenía las piernas cogidas con las manos, frente al pecho, como si tuviera frío, aunque llevaba una bata. Tenía el tobillo izquierdo vendado, pero no parecía que le molestara demasiado. Los dos hablaban en voz baja, con una sonrisa en el rostro.

No quería quedarme mirando, así que me di la vuelta.

Cuando Silvia me dio un golpecito en el hombro para despertarme, Maxon ya se había ido. Y Kriss también.

Capítulo 16

*C*uando emergí de la escalera que me había conducido a la salvación la noche anterior, se me hizo más que evidente que los sureños habían pasado por allí. En el corto tramo de pasillo que llevaba a mi habitación había un montón de escombros por los que tuve que trepar para llegar hasta mi puerta.

Normalmente ya habían reparado la mayor parte de los destrozos cuando salíamos del refugio, pero esta vez parecía que eran tantos que no había dado tiempo, y tampoco iban a tenernos encerrados todo el día hasta tenerlo todo limpio. Aun así, habría deseado que hubieran limpiado más. En una pared, a lo lejos, vi a un grupo de doncellas que se afanaban en borrar una pintada enorme:

YA VENIMOS

Aquella inscripción aparecía repetidamente más allá, en algunas ocasiones escrita con barro, y en otras con pintura; una de ellas parecía hecha con sangre. Me recorrió un escalofrío. ¿Qué significaba aquello?

Mientras estaba ahí, inmóvil, mis doncellas vinieron a mi encuentro a toda prisa.

—Señorita, ¿está bien? —preguntó Anne.

Al verlas aparecer así, de golpe, me sobresalté.

—Ah, sí. Estoy bien. —Y volví a mirar aquellas palabras de la pared.

—Venga aquí, señorita. La ayudaremos a vestirse —me apremió Mary.

Las seguí, obediente, algo aturdida por todo lo que había visto y demasiado confundida como para hacer cualquier otra cosa. Se pusieron manos a la obra, con el empeño que mostraban cuando intentaban distraerme con la rutina de vestirme. Había algo en la seguridad de sus movimientos —incluso en los de Lucy— que me tranquilizó.

Cuando estuve preparada, vino una doncella que me acompañó al exterior, donde íbamos a trabajar aquella mañana. Los cristales rotos y las terroríficas inscripciones resultaron más fáciles de olvidar al sol de Angeles. Incluso Maxon y el rey estaban allí, en una mesa, con sus asesores, revisando montones de documentos y tomando decisiones.

Bajo una carpa, la reina repasaba unos papeles, señalando detalles a una doncella que tenía al lado. Cerca de ella estaban Elise, Celeste y Natalie, sentadas en otra mesa, haciendo planes para su recepción. Estaban tan enfrascadas en aquello que daba la impresión de que se habían olvidado por completo de la pasada noche.

Kriss y yo nos sentamos en el otro extremo del jardín, bajo una carpa similar, pero nuestro trabajo avanzaba muy despacio. Me costaba mucho hablar con ella, ya que no podía quitarme de la cabeza la imagen de Maxon y ella charlando en el refugio. Me quedé mirando mientras ella subrayaba partes de los documentos que nos había dado Silvia y garabateaba notas al margen.

—Creo que se me ha ocurrido cómo podemos arreglar lo de las flores —apuntó, sin levantar la cabeza.

—Ah, muy bien.

Dejé vagar la mirada y acabé con los ojos puestos en Maxon, que parecía querer dar la impresión de estar más atareado que nadie. Cualquiera que se fijara un poco se habría dado cuenta de que el rey fingía no oír sus comentarios. Eso no lo entendía. Si al rey le preocupaba que su hijo pudiera llegar a ser un buen líder, lo que tenía que hacer era instruirle, no apartarle de todo por temor a que cometiera un error.

Maxon hojeó unos papeles y levantó la mirada, que se cruzó con la mía; saludó con la mano. Cuando me disponía a levantar la mía, vi por el rabillo del ojo que Kriss respondía saludando a su vez con gran entusiasmo. Bajé la mirada de nuevo y la fijé en los papeles, haciendo un esfuerzo por no ruborizarme.

—Qué guapo es, ¿no? —dijo Kriss.

—Sí, claro.

—No dejo de pensar cómo serían nuestros hijos, con su cabello y mis ojos.

—¿Cómo tienes el tobillo?

—Oh —respondió, suspirando—. Me duele un poco, pero el doctor Ashlar dice que estaré bien para la recepción.

—Me alegro —dije, levantando por fin la vista—. No querría

que fueras cojeando por ahí cuando lleguen los italianos. —Intenté que sonara como un comentario amistoso, pero era evidente que mi tono la hizo dudar.

Abrió la boca para decir algo, pero enseguida apartó la mirada. La seguí y vi que Maxon se dirigía a la mesa de refrescos que nos habían preparado los criados.

—Ahora vuelvo —dijo, de pronto, y salió corriendo hacia Maxon a una velocidad casi imposible.

No pude evitar quedarme mirando. Celeste también se había acercado, y ahí estaban charlando los tres, mientras se servían agua o cogían algún sándwich. Celeste dijo algo, y Maxon se rio. Parecía que Kriss sonreía, pero era evidente que le molestaba que la otra le hubiera quitado aquel momento de privacidad.

Casi me sentí agradecida con Celeste. Me sacaba de quicio por mil motivos, pero también resultaba absolutamente imposible de intimidar. En el fondo, sentí que no me importaría ser un poco así.

El rey le gritó algo a uno de sus asesores y la vista se me fue en aquella dirección. No oí bien lo que había dicho, pero parecía enfadado. Por un momento vi a Aspen, que hacía su ronda.

Él me miró y me lanzó un guiño furtivo. Sabía que era para que me tranquilizara, y en parte lo consiguió. Aun así, no podía evitar preguntarme qué le habría pasado aquella noche para que ahora cojeara ligeramente y tuviera una herida, tapada, junto al ojo.

Mientras me debatía pensando en si habría algún modo discreto de pedirle que viniera a verme por la noche, sonó la voz de alarma desde el interior del palacio.

—¡Rebeldes! —gritó uno de los guardias—. ¡Corran!

—¿Qué? —respondió otro de los guardias, extrañado.

—¡Rebeldes! ¡Dentro del palacio! ¡Vienen hacia aquí!

La amenaza que había visto en la pared resonó en mi mente: YA VENIMOS.

Todo se aceleró de pronto. Las doncellas se llevaron a la reina al extremo del palacio, algunas de ellas tirándole de la mano para que fuera más rápido, mientras otras corrían tras ella, bloqueando el paso a un posible ataque.

El vestido rojo de Celeste brillaba como una estela tras la reina, a la que seguía, convencida de que aquello era lo más seguro. Maxon cogió en brazos a Kriss, que no podía correr, y la dejó en los del guardia que tenía más cerca, que resultó ser Aspen.

—¡Corre! —le gritó a Aspen—. ¡Corre!

Aspen, siempre leal, salió disparado, llevándose a Kriss como si no pesara nada.

—¡Maxon, no! —gritó ella por encima del hombro de Aspen.

Oí un ruido procedente del interior de las puertas abiertas del palacio y solté un grito. Varios de los guardias echaron mano de las pistolas que llevaban bajo el oscuro uniforme y comprendí que aquel estruendo había sido un disparo. Se oyeron dos más. Me quedé paralizada, observando el torbellino de cuerpos que se movían a mi alrededor. Los guardias empujaban a la gente, apartándola del palacio y apremiándola para que se alejara, mientras un enjambre de personas con pantalones andrajosos y burdas chaquetas salió a la carrera, cargados con mochilas o zurrones llenos hasta los topes. Se oyó otro disparo.

Tenía que ponerme en marcha, salir corriendo.

Lo más lógico era alejarse de los rebeldes. Pero eso suponía dirigirse hacia el bosque, perseguida por una bandada de tipos despiadados. Corrí y resbalé varias veces, y me planteé quitarme los zapatos planos que llevaba. Al final, decidí que más valía llevar unos zapatos que resbalaran que ir descalza.

—¡America! —me llamó Maxon—. ¡No! ¡Vuelve!

Me giré para mirar y vi que el rey agarraba a Maxon por el cuello de su chaqueta y tiraba de él. Pude ver el horror en sus ojos, clavados en mí. Se oyó otro disparo.

—¡Agáchate! —gritó Maxon—. ¡Vais a darle a ella! ¡Alto el fuego!

Se oyeron más disparos, y Maxon siguió gritando órdenes hasta que estuvo tan lejos que ya no las distinguí. Corrí a campo abierto y me di cuenta de que estaba sola. Maxon estaba retenido por su padre y Aspen estaba cumpliendo con su deber. Cualquier guardia que quisiera venir en mi busca tendría que atravesar el frente de los rebeldes. Lo único que podía hacer era correr para salvar la vida.

El miedo me dio alas, y me sorprendió la habilidad con la que acabé esquivando las ramas bajas al llegar al bosque. El suelo estaba seco, parcheado por los meses de sequía, y sólido. Sentí arañazos en las piernas, pero no me detuve a comprobar si eran profundos o no.

Estaba sudando; el vestido se me pegaba al pecho. Entre los árboles hacía más fresco, y cada vez estaba más oscuro, pero yo tenía calor. En casa a veces corría por diversión, jugando con Gerad o simplemente para agotarme. Pero llevaba meses en el palacio, sin hacer nada, comiendo de forma generosa por primera vez en mi vida, y ahora lo notaba. Los pulmones me ardían y sentía pesadez en las piernas.

Aun así, seguí corriendo.

Cuando ya estaba suficientemente lejos, miré atrás para ver a qué distancia estaban los rebeldes. No les podía oír, con la sangre latiéndome en los oídos; cuando miré, tampoco los vi. Decidí que era el mejor momento para ocultarme, antes de que localizaran mi llamativo vestido en la oscuridad del bosque.

No paré hasta que vi un árbol lo bastante ancho como para ocultarme. Me situé detrás y observé que había una rama lo suficientemente baja como para trepar. Me quité los zapatos y los tiré, con la esperanza de que no descubrieran mi posición a los rebeldes. Subí, aunque no muy arriba, y me coloqué de espaldas al tronco, acurrucándome todo lo que pude.

Me concentré en mi respiración, intentando ralentizarla. Temía que el ruido de mis jadeos me delatara. Y cuando lo conseguí, se hizo el silencio. Me imaginé que los habría perdido. No me moví; quería estar segura. Unos segundos más tarde oí un fuerte murmullo de hojas.

—Deberíamos haber venido de noche —susurró alguien, una chica—. Yo me pegué aún más al árbol, rezando para que no crujiera ninguna rama.

—De noche no habrían estado fuera —respondió un hombre.

Aún corrían, o eso intentaban, y por su respiración parecía que estaban agotados.

—Déjame que lo lleve yo un rato —se ofreció él. Daba la impresión de que se estaban acercando mucho.

—Ya puedo yo.

Aguanté la respiración y vi que pasaban justo por debajo de mi árbol. Justo cuando pensé que ya habría pasado el peligro, la bolsa de la chica se rompió y un montón de libros cayeron sobre el lecho del bosque. ¿Qué estaba haciendo con tantos libros?

—Maldita sea —exclamó, arrodillándose. Llevaba una chaqueta vaquera con un bordado que representaba una flor y que se repetía una y otra vez. Aquello debía de darle un calor tremendo.

—Ya te he dicho que me dejaras ayudarte.

—¡Calla! —soltó ella, que le dio un empujón al chico en las piernas. En aquel gesto familiar, vi que se tenían mucho afecto el uno al otro.

Alguien silbó a lo lejos.

—¿Es Jeremy? —preguntó ella.

—Parece que sí. —Él se agachó y recogió unos cuantos libros.

—Ve a buscarle. Yo te sigo.

El chico no parecía muy convencido, pero accedió. Le dio un beso en la frente y salió corriendo.

La chica recogió el resto de los libros y cortó con un cuchillo la correa de la bolsa, que usó para hacer un hatillo.

Cuando se puso en pie sentí un gran alivio; suponía que se pondría en marcha. Pero se apartó el flequillo del rostro y levantó la mirada al cielo.

Y me vio.

Ni el silencio ni la inmovilidad me podían ayudar en aquel momento. Si gritaba, ¿vendrían los guardias? ¿O estaban demasiado cerca el resto de los rebeldes?

Nos quedamos mirándonos la una a la otra. Yo esperaba que ella llamara a los otros y que, fuera lo que fuera lo que tenían pensado hacerme, no me resultara demasiado doloroso.

Pero no emitió más sonido que una carcajada contenida, divertida.

Se oyó otro silbido, algo diferente al anterior, y ambas miramos en dirección al lugar de donde procedía, para luego volver a mirarnos a los ojos.

Y entonces hizo lo que menos podía imaginarme: echó una pierna atrás, bajó la cabeza y me hizo una ostentosa reverencia. Me quedé mirando, absolutamente anonadada. Se levantó, sonriendo, y salió a la carrera en dirección al silbido. La seguí con la mirada y vi cien florecillas bordadas que desaparecían entre el sotobosque.

Cuando tuve la sensación de que ya habría pasado más de una hora, decidí que podía bajar. Me quedé a los pies del árbol. ¿Dónde había dejado los zapatos? Rodeé la base del tronco, intentando localizar mis manoletinas blancas, pero fue en vano. Al final me rendí y decidí que lo mejor era emprender el camino de regreso al palacio.

Miré alrededor. Entonces me di cuenta de que no iba a ser tan fácil: me había perdido.

Capítulo 17

$\mathcal{M}$e senté contra la base del árbol, con las piernas recogidas frente al pecho, esperando. Mamá siempre decía que eso es lo que teníamos que hacer cuando nos perdiéramos. Me dio tiempo a pensar en lo sucedido. ¿Cómo habían podido entrar los rebeldes en el palacio dos días seguidos? ¡Dos días seguidos! ¿Habían empeorado tanto las cosas en el exterior desde el inicio de la Selección? Por lo que yo había visto en mi casa, en Carolina, y por lo experimentado en el palacio, aquello era algo sin precedentes.

Tenía un montón de arañazos en las piernas, y ahora que ya no tenía que esconderme por fin sentía cómo me picaban. En el muslo tenía un pequeño cardenal que no sabía cómo me había hecho. Estaba sedienta; y al ir calmándome sentí el agotamiento provocado por la tensión emocional, mental y física del día. Apoyé la cabeza contra el árbol y cerré los ojos. No pensaba dormirme. Pero lo hice.

Algo más tarde oí el ruido inequívoco de unos pasos. Abrí los ojos de golpe; el bosque estaba más oscuro de lo que yo recordaba. ¿Cuánto tiempo habría dormido?

Mi primera reacción fue trepar de nuevo al árbol, y corrí hacia el otro lado, pisando los restos de la bolsa de la chica rebelde. Pero entonces oí que me llamaban.

—¡Lady America! —dijo alguien—. ¿Dónde está?

Y al cabo de un momento, otra vez:

—¿Lady America?

Pasados unos instantes, una voz autoritaria ordenó:

—Aseguraos de mirar por todas partes. Si la han matado, pueden haberla colgado o haber intentado enterrarla. Prestad mucha atención.

—Sí, señor —respondió un coro de voces.

Miré desde detrás del árbol, concentrándome en aquellos ruidos, forzando la vista para intentar reconocer las siluetas que avanzaban por entre las sombras, sin tener muy claro si de verdad estaban allí para rescatarme. La luz del atardecer, colándose por entre los árboles, cayó sobre el rostro de Aspen. Corrí a su encuentro:

—¡Estoy aquí! —grité—. ¡Por aquí!

Avancé directamente a los brazos de Aspen, esta vez sin preocuparme de quien pudiera verme.

—Gracias a Dios —me susurró al oído. Luego se giró, dirigiéndose hacia los demás—. ¡La tengo! ¡Está viva!

Aspen se agachó y me cogió en brazos.

—Estaba aterrado, pensando que encontraríamos tu cadáver en algún sitio. ¿Estás herida?

—Solo tengo rasguños en las piernas.

Un segundo más tarde varios guardias nos rodeaban y felicitaban a Aspen.

—Lady America —dijo el que estaba al mando—. ¿Se encuentra bien?

Asentí con la cabeza.

—Solo tengo unos rasguños en las piernas.

—¿Han intentado hacerle daño?

—No. No llegaron a pillarme.

Parecía algo extrañado.

—Ninguna de las otras chicas podría haber escapado corriendo, supongo.

Sonreí, por fin más tranquila.

—Ninguna de las otras chicas es una Cinco.

Varios de los guardias se sonrieron, incluido Aspen.

—Ahí tiene razón. Volvamos a palacio —concluyó el jefe. Se adelantó y se dirigió a los otros guardias—: No bajéis la guardia. Aún podrían estar por la zona.

En cuanto nos pusimos en marcha, Aspen me habló en voz baja:

—Sé que eres lista y que corres mucho, pero me has dado un susto de muerte.

—Le he mentido al oficial —le susurré.

—¿Qué quieres decir?

—Que si llegaron a alcanzarme.

Aspen me miró, horrorizado.

—No me hicieron nada, pero una chica me vio. Me dedicó una reverencia y salió corriendo.

—¿Una reverencia?

—A mí también me sorprendió. No parecía enfadada ni se mostró amenazante. De hecho, parecía una chica normal.

Pensé en lo que me había contado Maxon acerca de los dos grupos de rebeldes; supuse que aquella chica debía de ser del norte. No se había mostrado nada agresiva; simplemente quería cumplir con su misión. Y no había duda de que el ataque de la noche anterior era obra de los sureños. ¿Significaría algo que los ataques se hubieran producido uno tras otro, pero que fueran de grupos diferentes? ¿Estarían observándonos los norteños, esperando un momento de debilidad? Pensar que podían tener espías dentro del palacio era inquietante.

Al mismo tiempo, los ataques resultaban casi tontos. ¿Se limitaban a presentarse y a entrar por la puerta principal? ¿Cuántas horas se pasaban en el palacio, recogiendo su botín? Eso me hizo pensar en algo.

—Llevaba libros, muchos —recordé.

Aspen asintió.

—Parece que eso ocurre a menudo. No tenemos ni idea de qué hacen con ellos. Tal vez los usen para hacer fuego. Supongo que donde viven pasan frío.

No supe qué responder. Se me ocurrían muchos sitios mejores donde conseguir algo así. Además, la chica parecía desesperada por recuperar esos libros. Estaba segura de que había algo más.

Tardamos más de una hora, caminando lentamente, hasta llegar de nuevo al palacio. Aunque estaba herido, Aspen no me soltó ni un momento. De hecho, daba la impresión de estar disfrutando de la excursión, a pesar del esfuerzo suplementario. A mí también me gustó.

—Los próximos días puede que esté muy ocupado, pero intentaré ir a verte pronto —me susurró mientras cruzábamos el gran jardín que llevaba al palacio.

—De acuerdo —respondí en voz baja.

Él esbozó una sonrisa sin dejar de mirar al frente, y yo le imité, contemplando el palacio, que brillaba al sol del atardecer. En todos los pisos había luces encendidas. Nunca lo había visto así. Era precioso.

Por algún motivo pensé que Maxon estaría esperándome en las puertas de atrás. No estaba. No había nadie. Aspen recibió instrucciones de llevarme a la enfermería para que el doctor Ashlar pudiera curarme las heridas, mientras otro guardia iba a anunciar a la familia real que me habían encontrado con vida.

Mi vuelta a casa no fue un gran acontecimiento. Estaba sola en una cama de la enfermería, con las piernas vendadas, y así me quedé hasta que me dormí.

Oí que alguien estornudaba.

Abrí los ojos, confundida, hasta que pasaron unos segundos y recordé dónde estaba. Parpadeé y paseé la mirada por el pabellón.

—No quería despertarte —dijo Maxon, susurrando—. Deberías seguir durmiendo.

Estaba sentado en una silla junto a la cama, tan cerca que habría podido apoyar la cabeza junto a mi codo si hubiera querido.

—¿Qué hora es? —Me froté los ojos.

—Casi las dos.

—¿De la madrugada?

Maxon asintió. Me miró atentamente, y de pronto pensé en el mal aspecto que tendría. Me había lavado la cara y me había recogido el pelo al volver, pero estaba bastante segura de que debía de tener las marcas de la almohada en la mejilla.

—¿Tú nunca duermes? —le pregunté.

—Claro que sí. Pero es que siempre tengo algo de lo que preocuparme.

—Supongo que es algo inherente al trabajo. —Erguí un poco la espalda.

Él esbozó una sonrisa.

—Algo así.

Se produjo una larga pausa; ninguno de los dos sabíamos qué decir.

—Hoy he pensado algo, mientras estaba en el bosque —dije, de pronto.

Maxon sonrió de nuevo, al ver cómo quitaba importancia al incidente.

—¿De verdad?

—Era sobre ti.

Él se acercó un poco, fijando sus ojos marrones en los míos.

—Cuéntame.

—Bueno… Estaba pensando en lo preocupado que estabas anoche, cuando Elise y Kriss no habían llegado al refugio. Y hoy te vi intentando correr tras de mí cuando llegaron los rebeldes.

—Lo intenté. Lo siento mucho —se disculpó, sacudiendo la cabeza, avergonzado por no haber podido hacer más.

—No estoy disgustada —me expliqué—. De eso se trata. Cuando estuve ahí fuera, sola, pensé en lo preocupado que debías de estar, en lo preocupado que estás por todas. Y no puedo pretender saber lo que sientes exactamente, pero sí sé que ahora mismo nuestra relación no es una prioridad.

Él chasqueó la lengua.

—Hemos tenido días mejores.

—Pero, aun así, corriste tras de mí. Pusiste a Kriss en manos de un guardia porque no podía correr. Intentas mantenernos a todas a salvo. Así que ¿por qué ibas a querer hacernos daño a ninguna?

Se quedó allí, en silencio, sin saber muy bien adónde quería llegar.

—Ahora lo entiendo. Si te preocupa tanto nuestra seguridad, es imposible que quisieras hacerle aquello a Marlee. Estoy segura de que lo habrías impedido si hubieras podido.

—Sin pensarlo —contestó tras lanzar un suspiro.

—Ya lo sé.

Maxon alargó la mano, vacilante, y la pasó por encima de la cama en busca de la mía. Yo dejé que me la cogiera.

—¿Recuerdas que te dije que tenía algo que quería enseñarte?

—Sí.

—No lo olvides, ¿vale? Será pronto. Mi posición me obliga a muchas cosas, y no siempre son agradables. Pero a veces…, a veces puedes hacer cosas estupendas.

No entendí qué quería decir, pero asentí.

—Aunque supongo que tendré que esperar hasta que acabes con ese proyecto. Vas un poco retrasada.

—¡Agh! —exclamé, retirando la mano de la de Maxon para taparme los ojos. Se me había olvidado completamente lo de la recepción. Le miré—. ¿Aún querrán que hagamos eso? Hemos sufrido dos ataques rebeldes, y yo me he pasado la mayor parte del día en el bosque. Seguro que lo estropeamos todo.

Maxon me sonrió, confiado.

—Tendrás que hacer un esfuerzo.

—Va a ser un desastre —dije, dejando caer la cabeza en la almohada.

—No te preocupes —repuso, con una risita—. Aunque no lo hagáis tan bien como las otras, no te echaré por ello.

Aquello me sonó raro. Volví a levantar la cabeza.

—¿Quieres decir que si las otras lo hacen peor, una de ellas podría ser expulsada?

Vaciló un momento; era evidente que no sabía qué responder.

—¿Maxon?

—Esperan que elimine a otra dentro de unas dos semanas —contestó, tras lanzar otro suspiro—. Y esto se supone que debe influir mucho en la elección. Kriss y tú tenéis la situación más difícil: se trata del país con el que no tenemos relaciones, y sois una menos; y aunque tengan una cultura muy festiva, los italianos se ofenden fácilmente. Si a eso le sumamos que apenas habéis tenido tiempo de trabajar en ello… —Me dio la impresión de que cada vez estaba más pálido—. Yo no debería ayudaros, pero si necesitáis algo, dímelo. No puedo enviaros a casa a ninguna de las dos.

La primera vez que habíamos discutido, por una tontería relacionada con Celeste, sentí que Maxon me había roto un poco el corazón. Y cuando Marlee se había ido de pronto, volví a pensarlo. Estaba segura de que cada vez que surgía algún obstáculo, iba desmigajándose algo en mi interior. Pero no era así.

En aquella cama, en la enfermería del palacio, Maxon Schreave me rompió el corazón por primera vez, de verdad. Y el dolor fue inimaginable. Hasta entonces había podido convencerme de que todo lo que había visto entre él y Kriss eran imaginaciones mías, pero ahora estaba segura.

Le gustaba Kriss. Quizá tanto como yo.

Asentí en agradecimiento por su oferta para ayudarnos, incapaz de articular palabra.

Me dije que debía proteger mi corazón, que no podía ponerlo en sus manos. Maxon y yo habíamos empezado como amigos, y quizás eso fuera lo que debíamos ser: buenos amigos. Pero estaba desolada.

—Tengo que irme —dijo—. Y tú necesitas dormir. Has tenido un día muy largo.

Puse los ojos en blanco. «Muy largo» era poco.

Maxon se levantó y se alisó el traje.

—En realidad quería decirte muchas más cosas. Por un momento pensé que te habría perdido.

Me encogí de hombros.

—Estoy bien. De verdad.

—Ahora ya lo veo, pero durante varias horas pensé que ya podía prepararme para lo peor. —Hizo una pausa, midiendo sus palabras—. Normalmente, de todas las chicas, contigo es con la que más fácil me resulta hablar de lo que hay entre nosotros. Pero quizás ahora no sea el mejor momento para hacerlo.

Asentí y bajé la cabeza. No podía hablar de mis sentimientos por alguien que estaba enamorado de otra persona.

—Mírame, America —me pidió, con suavidad.

Lo hice.

—No pasa nada. Puedo esperar. Solo quería que supieras… No encuentro palabras para expresar el alivio que siento de que estés aquí, de una pieza. Nunca he estado tan agradecido al mundo por nada.

Me quedé muda, como siempre me pasaba cuando me tocaba la fibra sensible. Lo cierto es que era preocupante lo fácil que me resultaba confiar en sus palabras.

—Buenas noches, America.

Capítulo 18

*E*ra lunes por la noche. O martes por la mañana. Era tan tarde que era difícil de decir.

Kriss y yo habíamos trabajado todo el día buscando telas, haciendo que los mayordomos las colgaran, escogiendo nuestro vestuario y las joyas, la porcelana, creando un boceto del menú y escuchando a un profesor de italiano, que nos leía frases con la esperanza de que alguna se nos quedara en la mente. Por lo menos yo tenía la ventaja de que sabía español, lo que era una ventaja; el italiano y el español se parecían bastante. Por su parte, Kriss hacía lo que podía.

Tendría que estar exhausta, pero no podía dejar de pensar en las palabras de Maxon.

¿Qué había sucedido con Kriss? ¿Por qué estaban de pronto tan próximos el uno al otro? ¿Y por qué debería importarme?

Pero es que se trataba de Maxon.

Y por mucho que intentara distanciarme, aún me importaba. Todavía no estaba lista para desentenderme del todo de él.

Debía de haber algún modo de aclararse. Mientras pensaba en todo lo que estaba sucediendo, intentando aislar los problemas, me pareció que todo se encuadraba en cuatro categorías: lo que yo sentía por Maxon; lo que él sentía por mí; lo que sucedía entre Aspen y yo; y lo que suponía para mí la posibilidad de convertirme en princesa.

De todas las cosas que me pasaban por la cabeza en aquel momento, tenía la sensación de que lo de convertirme en princesa quizá fuera lo más fácil de afrontar. En ese sentido contaba con algo con lo que las demás chicas no tenían: Gregory.

Fui hasta el taburete del piano, saqué su diario; esperaba que en aquellas páginas pudiera hallar alguna respuesta. Illéa no había nacido en la realeza; habría tenido que adaptarse. Por lo que había dicho en aquel texto sobre Halloween, en aquel momento ya se estaba preparando para un gran cambio en el futuro.

Levanté la cubierta, que separaba las palabras de Illéa del mundo, y me sumergí en el texto.

Quiero personificar el ideal americano clásico. Tengo una familia estupenda y mucho dinero; y ambas cosas se ajustan a esa imagen, porque no me las regalaron. Cualquiera que me vea ahora sabrá lo duro que he trabajado para tener lo que tengo.

Pero el hecho de que haya podido hacer uso de mi posición para dar tanto, a diferencia de otros que no han querido o no han podido, me ha cambiado, y he pasado de ser un millonario anónimo a un filántropo. Aun así, no me puedo conformar con eso. Necesito hacer más, ser más. El que está al mando es Wallis, no yo, y yo tengo que pensar en cómo darle a la gente lo que necesita sin que se me vea como un usurpador. Puede que más adelante sí me llegue el tiempo de gobernar, y entonces ya haré lo que crea más conveniente. Pero de momento tengo que seguir las reglas y hacer todo lo que pueda ateniéndome a ellas.

Intenté sacar alguna conclusión válida de sus palabras. Hablaba de aprovechar su posición. De jugar respetando las reglas. De no tener miedo.

Quizás eso debería ser suficiente, pero no me bastaba. No me parecía que fuera ni siquiera útil. Y ya que Gregory me había fallado, solo quedaba un hombre con el que pudiera contar. Me fui a mi escritorio, cogí papel y pluma y le escribí una breve carta a mi padre.

Capítulo 19

El día siguiente se me pasó volando, y de pronto Kriss y yo nos encontramos en la recepción de las otras chicas, ataviadas con unos vestidos grises muy conservadores.

—¿Cuál es el plan? —preguntó ella, mientras recorríamos el pasillo.

Me lo quedé pensando un momento. Celeste no me gustaba, y no me importaría verla fracasar, pero no estaba segura de querer verla hundirse a lo grande.

—Seamos educadas, pero no solícitas. Observemos a Silvia y a la reina, y sigamos su ejemplo. Absorbamos todo lo que podamos…, y luego trabajemos toda la noche para hacer que la nuestra sea mejor.

—De acuerdo —dijo ella, con un suspiro—. Vamos.

Llegábamos puntuales, algo esencial para los alemanes, y las chicas ya tenían problemas. Era como si Celeste se estuviera saboteando a sí misma. Mientras Elise y Natalie iban de tonos azules oscuros, muy respetables, el vestido de Celeste era prácticamente blanco. Solo le faltaba un velo para ir de novia. Por no mencionar lo mucho que dejaba a la vista, sobre todo en contraste con los de cualquiera de las alemanas. La mayoría llevaban mangas hasta las muñecas, a pesar del buen tiempo que hacía.

Natalie estaba al cargo de las flores, pero se le había pasado el detalle de que los lirios se usaban tradicionalmente en los funerales, de modo que hubo que retirar todos los arreglos florales a última hora.

Elise, pese a estar mucho más nerviosa de lo que era habitual en ella, era un modelo de calma. De cara a nuestros invitados, seguro que parecería la estrella.

Era todo un desafío intentar comunicarse con las mujeres de la Federación Germánica, que hablaban un inglés muy limitado, especialmente con todas esas frases en italiano flotándome en la cabeza. Intenté ser amable. De hecho, a pesar de su aspecto severo, las señoras, en realidad, se mostraron muy agradables.

Muy pronto quedó claro que la verdadera amenaza era Silvia y su cuaderno de notas. Mientras la reina ayudaba con la máxima naturalidad a las chicas en la recepción, ella se dedicaba a recorrer el perímetro de la sala, observándolo todo con su implacable mirada. Antes de que acabara la recepción, ya debía de tener páginas enteras de notas. Kriss y yo enseguida nos dimos cuenta de que nuestra única esperanza era que Silvia quedara encantada con nuestro trabajo.

A la mañana siguiente, Kriss fue a mi habitación con sus doncellas, y nos preparamos juntas. Queríamos procurar ir lo suficientemente conjuntadas como para que se notara que ambas estábamos al mando, pero no tanto que pareciéramos tontas. Fue hasta divertido tener a tantas chicas en mi habitación. Las doncellas se conocían entre sí, y hablaban animadamente unas con otras mientras trabajaban. Me recordó la visita de May.

Solo unas horas antes de la llegada de nuestros invitados, Kriss y yo fuimos al salón para comprobarlo todo por última vez. A diferencia de la otra recepción, no íbamos a usar tarjetitas en la mesa; preferíamos dejar que nuestros invitados se sentaran donde quisieran. Llegó la banda, que se puso a ensayar, y tuvimos la suerte de que los tejidos que habíamos escogido crearan una acústica estupenda.

Mientras le alisaba el lazo a Kriss, practicamos nuestras frases en italiano una última vez. Kriss había conseguido pronunciarlas con cierta naturalidad.

—Gracias —dijo ella.

—*Grazie* —contesté yo.

—No, no —respondió, mirándome—. Quiero decir que… gracias de verdad. Has hecho un trabajo estupendo con todo esto y… no sé. Pensé que después de lo de Marlee te rendirías. Temía tener que afrontar todo esto yo sola, pero has trabajado durísimo. Has hecho un gran trabajo.

—Gracias. Tú también. No sé si habría sobrevivido si hubiera tenido que hacerlo con Celeste. Contigo casi puedo decir que ha sido fácil —le aseguré, y era verdad. Kriss era incansable. Sonrió—. Y tienes razón: sin Marlee todo es más duro, pero no me voy a rendir. Esto va a salir estupendo.

Kriss se mordió el labio y se quedó pensando un momento. De repente, como si perdiera los nervios, reaccionó:

—¿De modo que sigues en la competición? ¿Aún quieres conseguir a Maxon?

Todas sabíamos muy bien lo que nos jugábamos, pero era la primera vez que una de las chicas hablaba abiertamente de ello conmigo. Aquello me pilló a contrapié, sin saber muy bien si debía responder o no. Y si lo hacía, ¿qué le iba a decir?

—¡Chicas! —dijo Silvia de pronto, con su habitual gorjeo, apareciendo por la puerta. Nunca antes había estado tan contenta de verla—. Ya es casi la hora. ¿Están listas?

Detrás de ella llegó la reina, con una tranquilidad que resultaba reconfortante tras el despliegue de energía de Silvia. Estudió la estancia, admirando nuestro trabajo. Fue un gran alivio verla sonreír.

—Ya casi estamos —respondió Kriss—. Solo nos faltan unos detalles. Para uno de ellos las necesitamos a usted y a la reina.

—¿Ah, sí? —dijo Silvia, intrigada.

La reina se acercó, con el orgullo reflejado en aquellos ojos oscuros.

—Está todo precioso. Y las dos estáis impresionantes.

—Gracias —respondimos a coro.

Los vestidos en azul pálido con toques dorados habían sido idea mía. Festivos y con encanto, pero no exagerados.

—Bueno, habrán observado nuestros collares —dijo Kriss—. Pensamos que, si eran similares, eso ayudaría a los invitados a identificarnos como anfitrionas.

—Excelente idea —observó Silvia, apuntando algo en su cuaderno.

Kriss y yo compartimos una sonrisa cómplice.

—Dado que la reina y usted también son anfitrionas, pensamos que también deberían llevarlos —dije, mientras Kriss les pasaba unos estuches.

—¡No me digas! —exclamó la reina.

—Para…, ¿para mí? —preguntó Silvia.

—Claro —respondió Kriss, adoptando un tono dulce y entregándoles las joyas.

—Las dos nos han ayudado tanto que el proyecto también es suyo —añadí.

Era evidente que la reina estaba conmovida por nuestro gesto, pero Silvia se había quedado sin habla. De pronto me pregunté si alguna vez había recibido algún tipo de atención por parte de alguien en el palacio. Sí, la idea se nos había ocurrido como recurso para poner a Silvia de nuestra parte, pero me alegraba ver que servía para algo más que eso.

Aquella mujer, a veces, podía resultar insufrible, pero lo cierto es que todo lo que hacía era por nuestro bien. Me juré poner más de mi parte para agradecérselo.

En ese momento, un mayordomo vino a informarnos de que nuestros invitados estaban llegando. Kriss y yo nos situamos a los lados de las puertas dobles para darles la bienvenida a medida que entraran. La banda empezó a tocar una música suave de fondo y las doncellas comenzaron a circular con unos aperitivos. Estábamos listas.

Elise, Celeste y Natalie se acercaron, sorprendentemente puntuales. Cuando vieron la decoración —las ampulosas telas cubriendo las paredes, los relucientes centros de mesa en las mesas, los enormes ramos de flores—, un destello de rabia apareció en los ojos de Elise y Celeste. Natalie, por su parte, estaba demasiado emocionada como para molestarse.

—Huele como los jardines —observó, con un suspiro, entrando en el salón como si fuera a arrancar a bailar.

—Quizás hasta demasiado —precisó Celeste, especialista en encontrar defectos en las cosas bonitas—. A la gente le va a dar dolor de cabeza.

—Intentad situaros en mesas diferentes —sugirió Kriss mientras entraban—. Los italianos han venido a hacer amigos.

Celeste chasqueó la lengua, como si aquello le fastidiara. Tenía ganas de decirle que se comportara: nosotras habíamos estado impecables en su recepción. Pero en aquel momento oí la animada conversación de las mujeres italianas que se acercaban por el pasillo, y me olvidé de ella por completo.

Aquellas damas eran, por decirlo así, como estatuas clásicas: altas, de piel dorada y guapísimas. Y por si eso fuera poco, eran de lo más agradables. Era como si llevaran el sol en el alma y lo iluminaran todo con su luz.

La monarquía italiana era aún más reciente que la de Illéa. Por el dosier supe que habían evitado relacionarse con nosotros durante décadas; esa era la primera vez que nos tendían la mano. Aquella reunión era el primer paso hacia una relación más estrecha con un Gobierno cada vez más fuerte. Hasta aquel momento aquello me tenía asustada, pero su amabilidad hizo que todas mis preocupaciones se desvanecieran. Nos dieron dos besos a Kriss y a mí, y saludaron con un sonoro «Salve!». Yo intenté responder con el mismo entusiasmo.

Intenté chapurrear alguna de mis frases en italiano, lo cual agradó mucho a nuestras invitadas, que se divirtieron con mis errores, pero me ayudaron a corregirlos. Hablaban un inglés estupendo, y todas comentamos nuestros respectivos peinados y vestidos. Parecía que habíamos causado buena impresión a primera vista, y aquello ayudó a que me relajara.

Acabé situándome junto a Orabella y Noemi, dos de las primas de la princesa, y allí me quedé la mayor parte de la fiesta.

—¡Este vino es delicioso! —exclamó Orabella, levantando su copa.

—Estamos encantadas de que le guste —respondí, preocupada de parecer demasiado tímida, dado el volumen tan alto con el que hablaban ellas.

—¡Tienes que probarlo! —insistió.

Yo no había tomado nada de alcohol desde Halloween, y tampoco es que me hiciera demasiada ilusión, pero no quería ser maleducada, así que cogí la copa que me ofreció y le di un sorbo.

Fue increíble. El champán era todo burbujas, pero aquel vino tinto, rojo y profundo, mostraba diferentes sabores superpuestos que adquirían protagonismo uno tras otro.

—¡Mmmm! —suspiré.

—Bueno, bueno... —dijo Noemi, reclamando mi atención—. Este Maxon es muy guapo. ¿Cómo puedo entrar en la Selección?

—Con un montón de papeleo —bromeé.

—¿Eso es todo? ¿Quién tiene un bolígrafo?

—Yo también haré todo ese papeleo —intervino Orabella—. Me encantaría llevarme a ese Maxon a casa.

Me reí.

—Creedme, aquí todo es un poco caótico.

—Tú necesitas más vino —insistió Noemi.

—¡Desde luego! —coincidió Orabella, y ambas llamaron a un criado para que me llenara la copa de nuevo.

—¿Has estado en Italia alguna vez? —preguntó Noemi.

Negué con la cabeza.

—Antes de la Selección, nunca había salido de mi provincia siquiera.

—¡Tienes que venir! —exclamó Orabella—. Puedes quedarte en mi casa cuando quieras.

—Siempre monopolizas a los invitados —se quejó Noemi—. Ella se queda conmigo.

Sentí el calor del vino que me llenaba por dentro. Aquella alegría contagiosa me estaba poniendo incluso demasiado alegre.

—Así pues..., ¿besa bien? —preguntó Noemi.

Me atraganté con el vino, y tuve que apartar la copa para reírme. No quería hablar de más, pero parecía que ellas ya lo sabían.

—¿Cómo de bien? —insistió Orabella. Al ver que yo no respondía, agitó la mano—. ¡Bebe más vino! —exclamó.

Las señalé con un dedo acusador, consciente de lo que estaban haciendo:

—¡Vosotras dos sois un peligro!

Ellas echaron la cabeza atrás, riéndose, y no pude evitar reírme yo también. Desde luego, charlar con otras chicas resultaba mucho más agradable cuando no eran rivales, pero no podía dejarme llevar.

Me puse en pie y me dispuse a alejarme de allí para evitar acabar desmayada bajo la mesa.

—Es muy romántico. Cuando quiere —dije.

Ellas dieron palmas y se rieron, complacidas con su propia picardía.

Ya con algo de agua y comida en el estómago, toqué alguna de las canciones populares que había aprendido al violín, y la mayoría de los presentes cantaron. Por el rabillo del ojo distinguí a Silvia tomando notas y siguiendo el ritmo con el pie al mismo tiempo.

Cuando Kriss se puso en pie y propuso un brindis por la reina y por Silvia en agradecimiento por su ayuda, todos los presentes aplaudieron. Cuando alcé mi copa en honor a mis invitados, respondieron con alegría, vaciaron sus copas y las tiraron contra las paredes. Kriss y yo no nos lo esperábamos, pero nos encogimos de hombros e hicimos lo mismo.

Las pobres criadas se apresuraron a recoger los fragmentos mientras la banda volvía a tocar y todo el mundo salió a bailar. Quizá lo más destacado fue ver a Natalie en lo alto de la mesa, interpretando algún tipo de danza en la que se movía como un pulpo.

La reina Amberly se quedó sentada en un rincón, charlando alegremente con la reina italiana. Ver aquello me produjo la satisfacción del trabajo bien hecho, y estaba tan absorta que casi di un salto cuando Elise se dirigió a mí.

—La vuestra es mejor —dijo, a regañadientes pero sincera—. Entre las dos habéis montado una recepción increíble.

—Gracias. No las tenía todas conmigo; empezamos muy mal.

—Lo sé. Eso hace que sea aún más impresionante. Da la impresión de que habéis estado trabajando durante semanas en esto. —Paseó la mirada por la sala, admirando la vistosa decoración.

—Elise —dije, poniéndole una mano en el hombro—, tú sabes que cualquiera que haya visto lo de ayer sabrá que tú has sido la que más has trabajado de tu equipo. Estoy segura de que Silvia se asegurará de que Maxon lo sepa.

—¿Tú crees?

—Claro que sí. Y te prometo que, si esto es algún tipo de concurso y perdéis, le hablaré a Maxon del buen trabajo que has hecho.

Ella entrecerró los ojos, ya pequeños de por sí.

—¿Harías eso por mí?

—Claro. ¿Por qué no? —dije, con una sonrisa.

Elise meneó la cabeza.

—De verdad, te admiro por cómo eres. Honesta, supongo. Pero tienes que darte cuenta de que esto es una competición, America —repuso. La sonrisa me desapareció de la cara—. Yo no mentiría, ni diría nada malo sobre ti, pero tampoco daría un paso para decirle a Maxon nada bueno. No puedo.

—Eso no tiene por qué ser así —dije yo, bajando la voz.

—Sí, es así —respondió ella—. No se trata de un premio. Se trata de un marido, una corona, un futuro. Y probablemente tú seas la que más tiene que ganar o que perder.

Me quedé allí, de pie, petrificada. Pensaba que éramos amigas. Salvo en Celeste, confiaba de verdad en aquellas chicas. ¿Es que estaba tan ciega que no me había dado cuenta del ahínco con el que competían?

—Eso no significa que no me caigas bien —añadió—. Te tengo mucho aprecio. Pero no puedo apoyarte para que ganes.

Asentí, aunque aún estaba asimilando sus palabras. Era evidente que yo no estaba tan implicada. Otra cosa más que me hacía dudar de que aquello fuera para mí.

Elise sonrió mirando por encima de mi hombro; me giré y vi a la princesa italiana, que se acercaba.

—Perdóname —le dijo a Elise, con aquel acento encantador—. ¿Puedo llevarme a la anfitriona?

Elise esbozó una reverencia y se volvió al baile. Intenté sacarme de la cabeza la conversación que acabábamos de tener y concentrarme en la persona a la que debía impresionar.

—Princesa Nicoletta, siento que no hayamos tenido ocasión para hablar demasiado —me disculpé, insinuando también una reverencia.

—¡Oh, no! Has estado muy ocupada. ¡Mis primas te adoran!

Me reí.

—Son muy divertidas.

Nicoletta me cogió del brazo y me llevó a un rincón.

—Mi país ha dudado mucho en estrechar lazos con Illéa. Nuestra gente es mucho… más libre que la vuestra.

—Eso ya lo veo.

—No, no —dijo, muy seria—, hablo de la libertad personal. Disfrutan más de la vida que vosotros. Aquí aún tenéis castas, ¿verdad?

Asentí, consciente de pronto de que aquello era algo más que una charla informal.

—Nosotros lo sabemos, por supuesto. Estamos al corriente de lo que ocurre aquí. Los alzamientos, los rebeldes… Parece que la gente no es feliz, ¿no?

No estaba segura de qué decir.

—Alteza, no sé si soy la persona más indicada para hablar de esto. En realidad no controlo nada de eso.

—Pero podrías —dijo Nicoletta, cogiéndome de las manos. Un escalofrío me recorrió la espalda. ¿Estaba diciendo lo que yo pensaba?—. Sabemos lo que le pasó a esa chica. La rubita... —susurró.

—Marlee. —Asentí—. Era mi mejor amiga.

—Y te hemos visto a ti. La grabación era corta, pero te vimos correr y oponer resistencia. —Sus ojos tenían la misma mirada que los de la reina Amberly aquella misma mañana. Mostraban un brillo inconfundible de orgullo—. Nos interesa mucho establecer relaciones con una nación poderosa, si esa nación puede cambiar. Entre tú y yo, si hay algo que podamos hacer para ayudarte a alcanzar la corona, dínoslo. Tienes todo nuestro apoyo.

Me puso un papel en la mano y se alejó. En el momento en que se daba la vuelta, gritó algo en italiano, y toda la sala respondió con unas risas. Yo no tenía bolsillos, así que me metí la nota bajo el sujetador rápidamente, rezando para que nadie se diera cuenta.

Nuestra recepción duró mucho más que la anterior; nuestros invitados parecía que se lo estaban pasando tan bien que no querían marcharse. Aún así, todo fue como un suspiro.

Horas más tarde volví a mi habitación, exhausta. Estaba demasiado llena como para pensar siquiera en cenar, y, aunque aún era pronto, la idea de irme directamente a la cama me resultaba tentadora.

No obstante, antes incluso de que pudiera mirar la cama, Anne se me acercó con una sorpresa. Di un respingo y enseguida le cogí la carta de la mano. Había que admitirlo: el servicio de correos de palacio era muy rápido.

Abrí el sobre y me fui al balcón a leer las palabras de mi padre con la misma avidez con que absorbía los últimos rayos de sol.

Querida America:

Tendrás que escribir una carta a May en cuanto puedas. Cuando ha visto que la última iba dirigida solo a mí se quedó muy decepcionada. Tengo que decir que me ha pillado algo desprevenido. No sé qué me esperaba, pero desde luego no lo que me preguntas.

En primer lugar, sí, es cierto. Cuando fuimos a verte hablé con Maxon, y me dejó muy claras sus intenciones hacia ti. No creo que sea en absoluto deshonesto, y me convenció (aún lo creo) de que siente un gran afecto por ti. Creo que, si el proceso fuera más simple, ya te habría elegido. Supongo que parte de la responsabilidad de que esto vaya tan lento es tuya. ¿Me equivoco?

La respuesta directa es sí, doy mi aprobación a Maxon y, si tú lo quieres, te apoyo. Si no, también tienes mi apoyo. Te quiero, y quiero que seas feliz. A lo mejor eso significa que tendrás que vivir en nuestra mísera casita en lugar de en un palacio. A mí no me importa.

En cuanto a la otra pregunta, a eso también tengo que decir que sí.

America, sé que tú no te valoras demasiado, pero tienes que empezar a hacerlo. Nos hemos pasado años diciéndote el talento que tienes, pero tú no te lo creíste hasta que te salieron clientes. Recuerdo el día en que viste que tenías la agenda llena y supiste que era por tu voz y por tu manera de tocar, y lo orgullosa que estabas. Era como si de pronto adquirieras conciencia de todo lo que podías hacer. Y, por lo que recuerdo, nosotros siempre te hemos dicho lo guapa que eres, pero no estoy seguro de que te hayas considerado guapa hasta que te escogieron para la Selección.

Posees dotes de mando, America. Tienes la cabeza sobre los hombros; estás dispuesta a aprender y, quizá lo más importante, eres humana. Eso es algo que la gente de este país aprecia más de lo que tú te crees.

Si quieres la corona, America, tómala. Porque debería ser tuya.

Y, sin embargo…, si no quieres esa responsabilidad, nunca te culparé por ello; te daré la bienvenida a casa con los brazos abiertos. Te quiero.

PAPÁ

Las lágrimas iban cayendo lentamente. Mi padre creía de verdad que podía hacerlo. Era el único. Bueno, él y Nicoletta.

¡Nicoletta!

Había olvidado la nota por completo. Hurgué en el interior de mi vestido y la saqué. Era un número de teléfono. Ni siquiera había puesto su nombre.

No podía ni imaginarme lo mucho que estaría arriesgando al ofrecérseme de ese modo.

Me quedé con el minúsculo papelito y la carta de mi padre en las manos. Pensé en lo seguro que estaba Aspen de que yo no valía para ser princesa. Recordé la encuesta popular, en la que ocupaba el último lugar. Pensé en la promesa críptica de Maxon a principios de semana…

Cerré los ojos e intenté buscar en mi interior.

¿De verdad podía hacerlo? ¿Sería capaz de ser la futura princesa de Illéa?

Capítulo 20

*E*l día después de la recepción con los italianos nos reunimos en la Sala de las Mujeres tras el desayuno. La reina no estaba, y ninguna de nosotras sabía qué significaba aquello.

—Supongo que estará ayudando a Silvia con el informe final —apuntó Elise.

—Yo no creo que ella influya mucho en la decisión —replicó Kriss.

—A lo mejor tiene resaca —sugirió Natalie, mientras se presionaba las sienes con los dedos.

—Que la tengas tú no quiere decir que la tenga ella —le espetó Celeste.

—Puede que no se encuentre bien —dije—. Últimamente se la ve enferma a menudo.

Kriss asintió.

—Me pregunto por qué será.

—¿No se crio en el sur? —preguntó Elise—. He oído que el aire y el agua allí no están muy limpios. A lo mejor es por eso.

—Yo he oído que por debajo de Sumner no hay nada bueno —apostilló Celeste.

—Lo más probable es que esté descansando, nada más —repliqué—. Esta noche hay *Report*, y simplemente querrá estar preparada. Es lista. Apenas son las diez, y a mí tampoco me iría mal una siesta.

—Sí, todas deberíamos ir a dormir una siesta —dijo Natalie, fatigada.

Una criada entró con una bandejita y atravesó la sala en silencio, tan sigilosa que casi pasaba desapercibida.

—Esperad —dijo Kriss—. No irán a hablar de lo de las recepciones en el *Report*, ¿no?

Celeste soltó un bufido.

—Vaya prueba más tonta. America y tú tuvisteis mucha suerte.

—Estás de broma, ¿no? ¿Tienes idea…?

Kriss se quedó a medias justo en el momento en que la criada se situaba a mi izquierda, dejando a la vista una pequeña nota doblada en dos sobre la bandeja.

Sentí que los ojos de todas se clavaban en mí en el momento en que recogía la carta y la leía.

—¿Es de Maxon? —preguntó Kriss, intentando disimular la emoción.

—Sí —respondí yo sin levantar la vista.

—¿Y qué dice?

—Que quiere verme un momento.

Celeste soltó una carcajada.

—Parece que tienes problemas.

Suspiré y me puse en pie para seguir a la criada.

—Supongo que solo hay una manera de saberlo.

—A lo mejor por fin la echa —murmuró Celeste, lo suficientemente alto como para que yo pudiera oírla.

—¿Tú crees? —respondió Natalie, quizás algo más emocionada de lo que era de esperar.

Un escalofrío me recorrió la espalda. ¡¿Me iba a echar?! Si quisiera hablar a solas o pasar un rato conmigo, ¿no me lo habría dicho de otro modo?

Maxon esperaba en el pasillo, y yo me acerqué tímidamente. No parecía enfadado, pero sí tenso. Me preparé para lo peor.

—¿Sí?

—Tenemos un cuarto de hora —dijo él, cogiéndome del brazo—. Lo que te voy a enseñar no se lo puedes contar a nadie. ¿Lo entiendes?

Asentí.

—Muy bien.

Subimos las escaleras a la carrera hasta llegar al tercer piso. Con suavidad pero a toda prisa, me llevó por un pasillo hasta una doble puerta blanca.

—Quince minutos —me recordó.

Sacó una llave del bolsillo y abrió una de las puertas, sosteniéndola para que pudiera pasar antes que él. La estancia era amplia y luminosa, con montones de ventanas y puertas que daban a un balcón. Había una cama, un armario enorme y una mesa con sillas, pero, por lo demás, la habitación estaba vacía. No había cuadros en las paredes ni figuras sobre los estantes empotrados. Incluso la pintura estaba algo vieja.

—Esta es la suite de la princesa —dijo Maxon en voz baja.

Abrí los ojos como platos.

—Ya sé que ahora mismo no tiene un aspecto estupendo. Se supone que es la princesa la que escoge la decoración, de modo que cuando mi madre se trasladó a la suite de la reina, la habitación quedó desnuda.

La reina Amberly había dormido allí. Había algo mágico en aquella habitación.

Maxon se situó a mis espaldas y fue indicándome:

—Esas puertas dan al balcón. Y ahí —dijo, señalando al otro extremo—, esas dan al estudio personal de la princesa. Esa —indicó una puerta a la derecha— da a mi habitación. No quiero que la princesa esté demasiado lejos.

Sentí que me ruborizaba al pensar en dormir allí, con Maxon tan cerca.

Se acercó al armario.

—Y esto… Tras este armario hay una vía de escape al refugio. También se puede llegar a otros puntos del palacio por aquí, pero su principal objetivo es ese. —Suspiró—. El uso que le he dado no es el que se supone que tiene, pero se me ha ocurrido que sería útil.

Maxon apoyó la mano en una palanca oculta, y el armario y el tabique de atrás se desplazaron hacia delante. Al ver el hueco que se abría sonrió.

—Justo a tiempo.

—No querría perdérmelo —dijo otra voz.

Me quedé sin aliento. No podía ser que aquella voz perteneciera a quien yo me pensaba. Di un paso para rodear aquel mueble enorme y a Maxon, aún sonriente. Allí detrás, vestida con ropas sencillas y con el cabello recogido en un moño, estaba Marlee.

—¿Marlee? —susurré, segura de que aquello era un sueño—. ¿Qué haces ahí?

—¡Te he echado mucho de menos! —gritó, y se me echó a los brazos.

Vi las llagas rojas que tenía en las palmas de las manos, que aún no habían cicatrizado del todo. Desde luego que era ella.

Me envolvió en un abrazo. Ambas caímos al suelo. Aquello me superaba. No podía dejar de llorar y preguntar una y otra vez qué demonios hacía ella allí.

Cuando me calmé, Maxon se dirigió a mí:

—Diez minutos. Estaré esperando fuera. Marlee, tú puedes irte por donde has venido.

Ella le dio su palabra. Maxon nos dejó solas.

—No lo entiendo —dije—. Se suponía que tenías que irte al sur. Se suponía que te convertías en una Ocho. ¿Dónde está Carter?

Ella sonrió, comprensiva.

—Hemos estado aquí todo el tiempo. Acabo de empezar a trabajar en las cocinas; y Carter aún está recuperándose, pero creo que pronto empezará a trabajar en los establos.

—¿Recuperándose? —Las preguntas se me amontonaban; no estaba segura de por qué había preguntado precisamente eso.

—Sí, camina, puede sentarse y ponerse de pie, pero le cuesta hacer esfuerzos. Está ayudando en las cocinas mientras se cura del todo. Pero se recuperará. Y mírame a mí —dijo, extendiendo ambas manos—. Nos han cuidado muy bien. No me han quedado bonitas, pero al menos ya no me duelen.

Toqué con delicadeza las líneas hinchadas que le recorrían las palmas de las manos; no podía ser que aquello no le doliera. Pero no hizo ni una mueca, y al momento deslicé mi mano sobre la suya. Resultaba raro, pero al mismo tiempo era algo completamente natural. Marlee estaba allí. Y yo le cogía la mano.

—¿Así que Maxon os ha dejado quedaros en el palacio todo este tiempo?

Ella asintió.

—Después de los azotes, tenía miedo de que nos hicieran daño si nos dejaba a nuestra suerte, así que nos acogió. En nuestro lugar enviaron a unos hermanos que tenían familia en Panamá. Nos han cambiado el nombre, y Carter se está dejando barba, así que dentro de un tiempo pasaremos desapercibidos. Además, no hay mucha gente que sepa que estamos en el palacio, solo algunas cocineras con las que trabajo, una de las enfermeras y Maxon. No creo siquiera que lo sepan los guardias, porque ellos rinden cuentas ante el rey, y al rey no le gustaría saberlo. —Meneó la cabeza antes de proseguir—. Nuestro apartamento es pequeño; en realidad apenas hay espacio para nuestra cama y unos cuantos estantes, pero por lo menos está limpio. Estoy intentando coser una nueva colcha, pero no se me da…

—Un momento. ¿«Nuestra cama»? O sea…, ¿compartís una sola cama?

Marlee sonrió.

—Nos casamos hace dos días. La mañana en que nos azotaron le dije a Maxon que quería a Carter y que deseaba casarme con él, y me disculpé por herir sus sentimientos. A él no le importó, por supuesto. Antes de ayer vino a verme y me dijo que había una gran celebración en palacio, y que si queríamos casarnos, era el mejor momento.

Dos días atrás habíamos celebrado la visita de la Federación Germánica. Todo el personal del palacio estaba sirviendo en la recepción o preparándose para la visita de los italianos.

—Maxon fue quien me entregó a Carter. No sé ni si podré volver a ver a mis padres. Cuanto más lejos estén, mejor.

Era evidente que le dolía decir aquello, pero la entendía. Si se tratara de mí y, de pronto, me convirtiera en una Ocho, lo mejor que podía hacer por mi familia sería desaparecer. Llevaría tiempo, pero al final la gente se olvidaría. Con el tiempo, mis padres se recuperarían.

Para ahuyentar pensamientos negativos, agitó la mano izquierda y por primera vez observé la pequeña alianza que lucía en el dedo. Era un cordel atado con un nudo simple, pero suponía una declaración firme: «Estoy casada».

—Creo que voy a tener que decirle que me dé uno nuevo muy pronto; este ya se me está deshaciendo. Supongo que, si trabaja en los establos, yo también tendré que hacerle uno nuevo a él cada día —bromeó, encogiéndose de hombros—. No es que me importe.

Entonces no pudo evitar hacerle otra pregunta, tal vez un poco incómoda…, pero sabía que nunca podría mantener ese tipo de conversación con mi madre o con Kenna.

—¿Y ya habéis…? Ya sabes…

Tardó un momento en entenderlo, pero entonces se rio.

—¡Oh, sí! Sí que lo hemos hecho —dijo, y las dos soltamos una risita tonta.

—¿Y cómo es?

—¿La verdad? Al principio algo incómodo. La segunda vez fue mejor.

—Oh. —No sabía qué más decir.

—Sí.

Se hizo una pausa.

—He estado muy sola sin ti. Te echo de menos —dije, jugando con el cordelito que le rodeaba el dedo.

—Yo también te echo de menos. A lo mejor, cuando seas princesa, puedo escaparme y venir por aquí de vez en cuando.

Resoplé.

—No estoy tan segura de que eso vaya a ocurrir.

—¿Qué quieres decir? —preguntó ella, poniéndose seria de pronto—. Aún eres su favorita, ¿no?

Me encogí de hombros.

—¿Qué ha pasado? —insistió, preocupada.

Yo no quería admitir que todo había empezado al perderla a ella. No era culpa suya.

—No sé…, cosas.

—America, ¿qué pasa?

—Después de que te azotaran, me enfadé con Maxon. Tardé un

tiempo en darme cuenta de que no habría hecho algo así si hubiera podido evitarlo.

Marlee asintió.

—Lo intentó de verdad, America. Y cuando vio que no podía, hizo todo lo que pudo por aliviar nuestra situación. No te enfades con él.

—Ya no estoy enfadada, pero tampoco estoy segura de que quiera ser princesa. No sé si podría hacer lo que él hizo. Y luego está esa encuesta que han publicado en una revista que me enseñó Celeste. A la gente no le gusto, Marlee. Estoy la última. No sé si tengo lo que hace falta. Nunca fui una buena opción, y últimamente aún menos. Y ahora…, ahora…, creo que a Maxon le gusta Kriss.

—¿Kriss? ¿Cuándo ha ocurrido eso?

—No tengo ni idea, y no sé qué hacer. Por una parte, creo que es bueno. Ella será mejor princesa; y si de verdad le gusta, lo que quiero es que sea feliz. Se supone que tiene que eliminar a alguien más muy pronto. Cuando me ha llamado hace un rato, he pensado que sería para enviarme a casa.

Marlee se rio.

—Eso es ridículo. Si Maxon no sintiera nada por ti, te habría enviado a casa hace mucho tiempo. El motivo de que sigas aquí es que se niega a perder la esperanza.

De la garganta me salió una risa ahogada.

—Ojalá pudiéramos seguir hablando, pero tengo que irme —dijo—. Hemos aprovechado el cambio de la guardia para esto.

—No me importa que haya sido poco tiempo. Me alegro de saber que estás bien.

—No te rindas aún —insistió ella, tirando de mí para darme un abrazo—. ¿De acuerdo?

—No lo haré. ¿A lo mejor podrías enviarme alguna carta o algo de vez en cuando?

—Puede que sea buena idea. Ya veré si puedo. —Me soltó, y nos quedamos una frente a la otra—. Si me hubieran pedido mi opinión, habría votado por ti. Siempre pensé que debías ser tú.

Me sonrojé.

—Venga, va. Saluda a tu marido de mi parte.

—Lo haré —respondió, sonriendo. Luego se dirigió al armario y encontró la palanca.

Por algún motivo pensaba que los azotes habrían acabado con ella, pero la habían hecho más fuerte. Incluso se comportaba diferente. Se giró, me lanzó un beso y desapareció.

Salí de la habitación rápidamente y me encontré a Maxon esperando en el pasillo. Al oír la puerta levantó la vista de su libro, sonriendo, y yo me acerqué para sentarme a su lado.

—¿Por qué no me lo has dicho antes?

—Primero tenía que asegurarme de que no corrían peligro. Mi padre no sabe que he hecho esto; y hasta que no he estado seguro de que no los pondría en peligro, he tenido que mantenerlo en secreto. Espero poder arreglármelas para que os veáis más veces, pero llevará tiempo.

Me sentí más liviana, como si, de pronto, la carga de preocupación que llevaba sobre los hombros se hubiera caído al suelo. La alegría de ver a Marlee, confirmar que Maxon era tan buena persona como pensaba y el alivio general por que no me hubiera enviado a casa me sobrecogían.

—Gracias —susurré.

—De nada.

No estaba segura de qué más podía decir. Al cabo de un momento, Maxon se aclaró la garganta.

—Sé que las partes más difíciles de este trabajo te cuestan, pero también presenta grandes oportunidades. Creo que podrías hacer grandes cosas. Ahora mismo me ves únicamente como el príncipe, pero las cosas cambiarían si al final fueras mía de verdad.

—Lo sé —dije, mirándolo a los ojos.

—Ya no sé leer tus pensamientos. Al principio sí, cuando no te gustaba nada; y cuando las cosas entre nosotros cambiaron, me mirabas de otro modo. Ahora hay momentos en que creo que ahí hay algo, y otros en los que me da la impresión de que ya te has alejado.

Asentí.

—No te estoy pidiendo que me digas que me quieres. No te pido que de pronto decidas que quieres ser princesa. Simplemente necesito saber si quieres seguir aquí.

Esa era la cuestión, ¿no? Aún no sabía si sería capaz de afrontar el cargo, pero tampoco estaba segura de si quería abandonar. Y aquella demostración de humanidad por parte de Maxon hizo que me diera un vuelco el corazón. Aún había mucho que pensar, pero no podía retirarme. Ahora no.

Maxon tenía la mano apoyada sobre la pierna, y yo metí la mía bajo la suya. La acogió con un cálido apretón.

—Si aún quieres, me gustaría quedarme.

Maxon soltó un suspiro de alivio.

—Eso me encantaría.

Volví a la Sala de las Mujeres tras pasar brevemente por el baño. Nadie dijo nada hasta que me senté. Fue Kriss quien se atrevió a preguntar.

—¿Qué ha pasado?

La miré. Todas me observaban.

—Preferiría retirarme.

Entre los ojos hinchados y aquella respuesta, todas debieron pensar que no había podido salir nada bueno de mi reunión con Maxon; pero si eso era lo que tenía que decir para proteger a Marlee, que así fuera.

Lo que realmente me dolió fue ver a Celeste apretando los labios para ocultar su sonrisa, las cejas levantadas de Natalie mientras fingía leer una revista que ni siquiera era suya y la mirada esperanzada entre Kriss y Elise.

La competición iba más en serio de lo que había imaginado.

Capítulo 21

Afortunadamente, en el *Report* nos evitaron la humillación de tener que afrontar las críticas a nuestras recepciones. Las visitas de nuestros amigos extranjeros se mencionaron de pasada, pero no se informó al público con detalle. Hasta la mañana siguiente Silvia y la reina no vinieron a evaluar nuestra actuación.

—La tarea que os asignamos era imponente, y podría haber ido fatal. No obstante, me alegra deciros que ambos equipos lo hicieron muy bien —anunció Silvia, evidentemente satisfecha.

Todas suspiramos. Kriss y yo nos cogimos de la mano. Por mucho que me confundiera la relación que pudiera tener con Maxon, sabía que no habría podido conseguirlo sin ella.

—Si tengo que ser honesta, una recepción fue algo mejor que la otra, pero todas deberíais estar orgullosas de vuestros logros. Hemos recibido cartas de agradecimiento de nuestros viejos amigos de la Federación Germánica por la atención recibida —señaló Silvia, mirando a Celeste, Natalie y Elise—. Hubo algunos problemillas menores, y no creo que ninguna de nosotras disfrute con esas cosas tan serias, pero desde luego ellos quedaron satisfechos.

»En cuanto a vosotras dos —prosiguió Silvia, girándose hacia Kriss y hacia mí—, nuestras visitantes italianas disfrutaron enormemente. Quedaron impresionadas con la decoración y la comida, e hicieron mención especial al vino que servisteis, así que... ¡bravo! No me sorprendería que Illéa consiguiera un nuevo aliado gracias a esa recepción. Es de alabar.

Kriss soltó un gritito de alegría y a mí se me escapó una risa nerviosa al ver que todo había acabado y que, además, habíamos ganado.

Silvia siguió hablando, diciéndonos que escribiría un informe oficial para el rey y para Maxon, pero nos dijo que ninguna teníamos por qué preocuparnos. Mientras hablaba, una doncella entró en la habitación y fue corriendo hacia donde estaba la reina para susurrarle algo al oído.

—Por supuesto, que pasen —dijo la reina, poniéndose de pie y acercándose rápidamente.

La doncella se retiró en silencio y abrió la puerta para que entraran el rey y Maxon. En teoría, los hombres no podían acudir a aquella sala sin permiso de la reina, pero resultaba cómico ver la escena.

Cuando entraron nos pusimos en pie en señal de respeto, pero no parecían preocupados por las formalidades.

—Señoritas, lamentamos la intromisión, pero tenemos noticias urgentes —anunció el rey

—Me temo que la guerra en Nueva Asia ha entrado en una nueva fase —intervino Maxon con decisión—. La situación es tan complicada que mi padre y yo vamos a salir de inmediato para ver si podemos ayudar en algo.

—¿Qué es lo que pasa? —preguntó la reina, llevándose una mano al pecho.

—No hay nada de qué preocuparse, amor mío —dijo el rey para reconfortarla.

Pero si tan urgente era que se pusieran en marcha…

Maxon se acercó a su madre. Tuvieron una breve conversación en voz baja y luego ella le besó en la frente. Él la abrazó y se retiró. A continuación, el rey empezó a darle una serie de instrucciones a la reina, mientras Maxon se acercaba a despedirse de todas nosotras.

De Natalie se despidió tan rápidamente que casi ni lo vi. A ella no parecía que eso le importara, y yo no sabía qué pensar. ¿No le preocupaba la falta de afecto de Maxon, o es que estaba tan alterada que hacía un esfuerzo por mantener la calma?

Celeste se abrazó a Maxon y estalló en un despliegue de llanto en la peor interpretación que había visto en mi vida. Me recordó a May cuando era más niña y fingía que lloraba, pensando que así conseguiríamos más dinero para nuestras cosas. Cuando Maxon consiguió liberarse, ella le plantó un beso en los labios que él, manteniendo la compostura todo lo que pudo, se apresuró a limpiarse nada más girarse.

Elise y Kriss estaban tan cerca que pude oír cómo se despedían.

—Llama a casa y diles que nos traten bien —le dijo a Elise.

Casi se me había olvidado que el principal motivo de que Elise siguiera allí era que tenía vínculos familiares con personalidades destacadas de Nueva Asia. Me pregunté si el devenir de aquella guerra le costaría su puesto en la competición.

De pronto me di cuenta de que no tenía ni idea de qué pasaría si Illéa perdía aquella guerra.

—Si me dejáis un teléfono, hablaré con mis padres —prometió ella.

Maxon asintió y besó a Elise en la mano. Luego pasó a Kriss, que inmediatamente entrecruzó los dedos con los suyos.

—¿Correrás peligro? —le preguntó en un susurro, con la voz casi quebrada.

—No lo sé. La última vez que fuimos a Nueva Asia la situación no era tan tensa. Esta vez no tengo ni idea. —Lo dijo con tal ternura en la voz que tuve la impresión de que era una conversación que debían haber tenido en privado.

Ella levantó la vista al techo y suspiró. En ese instante, Maxon me miró, pero yo aparté la mirada.

—Por favor, ten cuidado —susurró. Una lágrima le rodó por la mejilla.

—Por supuesto, querida —respondió Maxon, que la saludó con un gesto tonto que arrancó una sonrisa en Kriss. Luego la besó en la mejilla y acercó la boca a su oído—. Por favor, intenta tener entretenida a mi madre, para que no se preocupe tanto.

Echó atrás la cabeza para mirarla a los ojos. Kriss asintió una vez y le soltó las manos. Maxon vaciló un momento, como si fuera a abrazarla, pero luego se separó y se acercó a mí.

Como si las palabras de Maxon de la semana anterior no fueran suficiente, ahí estaba la prueba física de su relación. Por lo que parecía, había algo muy dulce y real entre ellos. Solo con mirar la cara y las manos de Kriss quedaba claro lo mucho que le importaba. O eso, o era una actriz increíble.

Cuando Maxon me miró intenté comparar su expresión con la que le había puesto a Kriss. ¿Era la misma? ¿Menos cálida, quizá?

—Intenta no meterte en ningún lío mientras yo esté fuera, ¿de acuerdo? —bromeó. Con Kriss no había bromeado. ¿Significaba eso algo?

Levanté la mano derecha.

—Prometo comportarme como una señorita.

Él chasqueó la lengua.

—Excelente. Una cosa menos de la que preocuparme.

—¿Y nosotras, qué? ¿Debemos preocuparnos?

Maxon meneó la cabeza.

—Espero que podamos suavizar la situación, sea cual sea. Mi padre puede ser muy diplomático, y…

—A veces eres de lo más tonto —le dije, y él frunció el ceño—. Quiero decir por ti. ¿Deberíamos preocuparnos por ti?

Se puso muy serio, y aquello no hizo más que alimentar mis temores.

—Será ir y volver. Si podemos aterrizar, claro… —Maxon tragó saliva, y vi lo asustado que estaba.

Me hubiera gustado preguntarle algo más, pero no sabía qué decir.

—America, antes de irme… —dijo, después de aclararse la garganta. Le miré a la cara y vi que a ella asomaban unas lágrimas—. Quiero que sepas que todo…

—Maxon —espetó el rey. Su hijo levantó la cabeza y esperó las instrucciones de su padre—. Tenemos que irnos.

Maxon asintió.

—Adiós, America —dijo en voz baja, y me cogió la mano, acercándosela a los labios. Al hacerlo, observó la pequeña pulsera que llevaba. Se la quedó mirando, aparentemente confuso, pero luego me besó la mano con ternura.

El leve roce de su beso me trajo a la mente un recuerdo que me parecía perdido en el pasado. Así era como me había besado la mano la primera noche de mi estancia en el palacio, cuando le grité, cuando, de todos modos, permitió que me quedara.

Las otras chicas no separaron la mirada del rey y de Maxon cuando se fueron, pero yo me quedé mirando a la reina. Tenía un aspecto muy frágil. ¿Cuántas veces tendría que ver a su marido y a su hijo en peligro antes de venirse abajo?

En el momento en que la puerta se cerró tras ellos, la reina Amberly parpadeó unas veces, aspiró hondo y, sacando fuerzas de flaqueza, levantó la cabeza.

—Perdónenme, señoritas, pero esta noticia repentina conlleva mucho trabajo. Creo que lo mejor será que me retire a mi habitación. —Era evidente el esfuerzo que estaba haciendo por dentro—. ¿Qué les parece si hago que sirvan aquí el almuerzo, para que puedan comer a su aire, y nos reunimos esta noche para la cena?

Nosotras asentimos.

—Excelente —dijo ella.

Se dio media vuelta y se encaminó hacia la puerta. Sabía que era fuerte. Se había criado en un barrio pobre, en una provincia pobre, trabajando en una fábrica hasta que la eligieron para la Selección. Y luego, tras convertirse en reina, había sufrido un aborto tras otro hasta que por fin tuvo un hijo. Aguantaría el tipo hasta llegar a su habitación, como una dama, como exigía su cargo. Pero cuando estuviera sola seguro que se echaba a llorar.

Cuando la reina se fue, Celeste también se marchó. Decidí que tampoco hacía falta que yo me quedara. Me fui a mi habitación. Quería estar sola y pensar.

No dejaba de hacerme preguntas sobre Kriss. ¿Cómo es que habían conectado tan de pronto ella y Maxon? No hacía tanto tiempo, él me hacía promesas de futuro. No podía estar tan interesado en ella si al mismo tiempo me iba diciendo cosas tan íntimas. Debía de haber ocurrido después.

El día pasó muy rápido y, tras la cena, mientras mis doncellas me ayudaban a prepararme para la cama en silencio, una sola frase me sacó de mi mundo.

—¿Sabe a quién me he encontrado aquí esta mañana, señorita? —dijo Anne, mientras me pasaba el cepillo por el cabello con suavidad.

—¿A quién?

—Al soldado Leger.

Me quedé helada, pero solo por un instante.

—¿Ah, sí? —repuse, sin apartar los ojos del espejo.

—Sí, dijo que estaba haciendo un registro de su habitación. Algo de seguridad —añadió Lucy, algo confusa.

—Pero fue algo raro —prosiguió Anne, con la misma expresión que Lucy—. Iba vestido de calle, no de uniforme. No debería estar haciendo tareas de seguridad en su tiempo libre.

—Debe de estar muy entregado a su trabajo —contesté, quitándole importancia al asunto.

—Supongo —dijo Lucy, con admiración—. Cada vez que lo veo por el palacio, bueno, siempre hace observaciones. Es muy buen soldado.

—Cierto —confirmó Mary—. Algunos de los hombres que vienen por aquí no son muy aptos para el trabajo.

—Y en ropa de calle está muy guapo. La mayoría de los guardias están horrorosos en cuanto les quitas el uniforme —apuntó Lucy.

Mary soltó una risita nerviosa y se ruborizó, y hasta Anne esbozó una sonrisa. Hacía mucho tiempo que no las veía tan relajadas. En otro momento, otro día, habría sido divertido cotillear sobre los guardias. Pero aquel día no. Lo único en lo que podía pensar era en que habría una carta de Aspen en mi habitación. Quería mirar por encima del hombro, en dirección a mi frasco, pero no me atrevía.

Tardaron una eternidad en dejarme sola. Hice un esfuerzo por ser paciente y esperé unos minutos para asegurarme de que no volvían. Por fin me lancé sobre la cama y agarré mi frasco. Por supuesto, allí había un papelito esperándome. Maxon se había ido. Eso lo cambiaba todo.

Capítulo 22

—¿*H*ola? —susurré, siguiendo las instrucciones que me había dejado Aspen el día anterior.

Entré con sigilo en una habitación iluminada únicamente por la tenue luz del atardecer, que se filtraba a través de las cortinas de gasa, pero que era suficiente para distinguir la expresión ilusionada en el rostro de Aspen.

Cerré la puerta tras de mí, mientras él corría a mi encuentro y me abrazaba.

—Te he echado de menos.

—Yo también. He estado tan ocupada con esa recepción que apenas he tenido tiempo ni de respirar.

—Me alegro de que se haya acabado. ¿Te ha costado llegar hasta aquí? —bromeó.

—En serio, Aspen —respondí, con una risita—, hay que ver lo bien que se te da tu trabajo.

Era casi cómico lo simple que era la idea. La reina se tomaba la gestión del palacio algo más relajadamente. O quizás es que estaba distraída. En cualquier caso, había dejado abierta la opción de la cena: en la habitación o en el comedor. Mis doncellas me habían preparado para la cena, pero en lugar de dirigirme al comedor, yo me había limitado a atravesar el pasillo y meterme en la que había sido la habitación de Bariel. Resultaba tan fácil que parecía imposible.

Él acogió los halagos con una sonrisa y me hizo sentar en un rincón apartado de la habitación, donde había amontonado unos cojines.

—¿Estás cómoda?

Asentí. Estaba esperando que él también se sentara, pero no lo hizo. Empujó un gran sofá para que no se nos viera desde la puerta y luego acercó una mesa que nos rozaba la cabeza. Por último cogió un paquete que había dejado sobre la mesa —y que olía a comida— y se sentó a mi lado.

—Casi como en casa, ¿eh? —dijo, poniéndose detrás de mí, situándome entre sus piernas.

La posición me resultaba tan familiar y el espacio era tan pequeño que efectivamente me recordaba un poco nuestra casa del árbol. Era como si hubiera cogido algo que yo daba por perdido desde hacía tiempo y me lo hubiera puesto en las manos.

—Es aún mejor —suspiré, apoyándome en él. Sentí el contacto de sus dedos entre el cabello. Me produjo escalofríos.

Nos quedamos allí sentados un rato, en silencio, cerré los ojos y me concentré en el sonido de la respiración de Aspen. No hacía tanto tiempo había hecho lo mismo con Maxon. Pero aquello era diferente. Podría distinguir la respiración de Aspen entre una multitud. Lo conocía perfectamente. Y, por supuesto, él también me conocía a mí. Aquel momento de paz era lo único que necesitaba, y Aspen lo había hecho realidad.

—¿En qué piensas, Mer?

—En muchas cosas. —Suspiré—. En casa, en ti, en Maxon, en la Selección, en todo.

—¿Y qué piensas de todas esas cosas?

—Sobre todo, en lo que me confunden. Cuando me parece que empiezo a entender lo que me ocurre, algo cambia y me hace sentir de otro modo.

Aspen se quedó callado un momento.

—¿Y tus sentimientos por mí cambian mucho? —preguntó, dolido.

—¡No! —dije, acercándome más aún a él—. Tú eres la única constante, si es que hay alguna. Sé que si todo se viene abajo, tú seguirás ahí, exactamente en el mismo sitio. De vez en cuando las cosas aquí se alteran tanto que mi amor por ti pasa a un segundo plano, pero sé que siempre está ahí. No sé si tiene sentido lo que digo…

—Sí que lo tiene. Sé que hago que todo esto resulte aún más complicado de lo que es. No obstante, me alegra saber que no estoy fuera de la competición.

Aspen me envolvió con sus brazos, como si pudiera tenerme así para siempre.

—No me he olvidado de nosotros —le prometí.

—A veces tengo la sensación de que Maxon y yo participamos en otro tipo de «selección». Solo él y yo. Y uno de los dos te conseguirá al final del juego. Y la verdad es que no sé quién lo tiene peor. Maxon, en realidad, no sabe que estamos compitiendo, así que quizá no ponga toda la carne en el asador. Pero, por otra parte, yo tengo que esconderme, así que tampoco puedo darte lo que te da él. En cualquier caso, no es una lucha justa.

—No deberías planteártelo así.

—No sé de qué otro modo podría verlo, Mer.

Suspiré.

—No hablemos de eso.

—De acuerdo. De todos modos, no me gusta hablar de él. ¿Qué hay de las otras cosas que te confunden? ¿Qué es lo que pasa?

—¿A ti te gusta ser soldado? —le pregunté, girándome hacia él.

Asintió con entusiasmo, estiró el brazo y abrió el paquete de la comida.

—Me encanta, Mer. Pensé que odiaría cada minuto, pero es fantástico. —Se metió un trozo de pan en la boca y siguió hablando—. Bueno, está lo básico, que es que me dan de comer constantemente. Quieren que estemos fuertes, así que nos dan mucha comida. Y también las inyecciones —dijo, pensándoselo mejor—, pero tampoco es tan grave. Y me dan un sueldo. Aunque tengo todo lo que necesito, me pagan. —Se paró un momento, jugueteando con un gajo de naranja—. Ya sabes lo bien que te sientes cuando puedes enviar dinero a casa.

Estaba claro que pensaba en su madre y en sus seis hermanos. Él había sido la figura paterna en casa; me preguntaba si eso le provocaría una nostalgia aún mayor que la mía.

Se aclaró la garganta y prosiguió:

—Pero hay otras cosas que no me esperaba. Me gusta mucho la disciplina que entraña, y la rutina. Me encanta saber que estoy haciendo algo útil. Me siento… satisfecho. He ido dando tumbos muchos años, haciendo inventarios y limpiando casas. Ahora tengo la sensación de estar haciendo lo que tenía que hacer.

—O sea, ¿que sí? ¿Que te encanta?

—Desde luego.

—Pero no te gusta Maxon. Y sé que no te gusta cómo gobiernan Illéa. En casa siempre hablábamos de ello, y de todo eso de la gente del sur que perdió su casta. Sé que eso también te molesta.

Asintió.

—Creo que es una crueldad.

—¿Y te parece bien proteger ese sistema? Luchas contra los rebeldes para proteger al rey y a Maxon. Y ellos son los responsables de todo, de lo que no te gusta. ¿Cómo es que te encanta tu trabajo?

Se quedó pensando mientras masticaba.

—No sé. Supongo que no tiene sentido, pero… Bueno, como te

he dicho, tiene que ver con sentirse realizado. Con el desafío y el compromiso que supone, con la capacidad de hacer algo más con mi vida. A lo mejor Illéa no es perfecta… De hecho, dista mucho de serlo. Pero tengo… esperanza —dijo, sin más.

Los dos nos quedamos callados un momento, mientras asimilábamos todo aquello.

—Tengo la sensación de que las cosas han mejorado, aunque la verdad es que no sé lo suficiente sobre nuestra historia como para demostrarlo. Y creo que todo mejorará aún más en el futuro. Creo que hay posibilidades. Y quizá suene tonto, pero es mi país. Ya entiendo que está fracturado, pero eso no significa que esos anarquistas puedan presentarse por las buenas y quedárselo para ellos. Sigue siendo mío. ¿Te parece una locura?

Le di un bocado a mi pan y medité sobre las palabras de Aspen, que me devolvían a nuestra casa del árbol y a todas aquellas veces en que le había hecho preguntas sobre cualquier cosa. Aunque no opinara como él, me ayudaba a comprenderlas mejor. No estaba del todo en desacuerdo con lo que me estaba diciendo. De hecho, me ayudó a ver lo que quizá yo llevaba escondido en mi corazón todo aquel tiempo.

—No me parece una locura en absoluto. Creo que es absolutamente razonable.

—¿Te ayuda en algo con todas esas dudas que tenías?

—Sí.

—¿Y me vas a explicar alguna?

—Todavía no —respondí, sonriendo. Aunque Aspen era listo y podía adivinarlo. Por la mirada avispada que tenía en los ojos, probablemente ya lo habría hecho.

Apartó la vista un momento, pasándome la mano por el brazo, hasta acabar jugueteando con la pulsera del botón que llevaba en la muñeca.

—Somos un desastre, ¿no te parece?

—De los gordos.

—A veces tengo la sensación de que somos como un nudo, demasiado enredado como para que nos puedan separar.

—Es cierto. —Asentí—. Gran parte de mí está ligada a ti. Si no estás cerca, me siento perdida.

Aspen tiró de mí, me pasó una mano por la sien y la dejó caer por mi mejilla.

—Entonces tendremos que quedarnos así, enmarañados.

Me besó con suavidad, como si temiera apretar demasiado, romper aquel momento y perderlo todo. Tal vez tuviera razón. Lentamente fue tendiéndome sobre el colchón de almohadones, abrazado a mí, trazando trayectorias curvas con sus besos sobre mi piel. Todo resultaba tan familiar, tan seguro…

Pasé los dedos por el pelo corto de Aspen, recordando cuando le caía sobre la frente y me hacía cosquillas al besarme. Sentí sus brazos alrededor, mucho más voluminosos que antes, más fuertes. Incluso el modo que tenía de abrazarme había cambiado. Denotaba una confianza antes inexistente, algo que había adquirido al convertirse en un Dos, en un soldado.

La hora de marcharse llegó antes de lo deseado. Aspen me acompañó hasta la puerta. Me dio un beso largo que hizo que se me fuera la cabeza por un momento.

—Intentaré hacerte llegar otra nota en cuanto pueda —prometió.

—La estaré esperando —dije, aún apoyada en él; no quería que nos separáramos.

Luego, para no complicar más las cosas, salí.

Mis doncellas me prepararon para la cama, y yo aceleré las cosas todo lo posible. Antes tenía la sensación de que la Selección implicaba elegir entre Maxon y Aspen. Y, aquella decisión, que parecía depender solo de mi corazón, de pronto se complicaba. ¿Era una Cinco o una Tres? Y cuando esto acabara, ¿sería una Dos o una Uno? ¿Viviría mis días como la esposa de un soldado o como la de un rey? ¿Pasaría discretamente a un segundo plano en el que sentirme cómoda o me vería obligada a enfrentarme a la tan temida opinión pública? ¿Estaba preparada para cualquiera de las dos cosas? ¿No odiaría a la chica que acabara con Maxon si por fin me decidía por Aspen? ¿No odiaría a la que escogiera Aspen si me quedaba con Maxon?

Mientras me metía en la cama y apagaba la luz, recordé que era yo la que había decidido estar allí. Aspen me lo había pedido, y mi madre me había presionado, pero nadie me había obligado a rellenar el impreso de solicitud para la Selección.

Pasara lo que pasara, lo afrontaría. Tenía que hacerlo.

Capítulo 23

Al entrar en el comedor hice una reverencia a la reina, pero ella no me vio.

Miré a Elise, que era la única que ya había llegado, y ella se limitó a encogerse de hombros. Me senté en el momento en que Natalie y Celeste entraban, y también ellas pasaron desapercibidas; por fin llegó Kriss, que se sentó a mi lado, pero sin apartar la vista de la reina Amberly. Esta parecía perdida en su mundo, con la vista en el suelo o mirando de vez en cuando las sillas de Maxon y del rey, como si algo no fuera bien.

Los mayordomos comenzaron a servir la comida, y la mayoría de las chicas empezaron a comer; pero Kriss no dejaba de mirar a la cabecera de la mesa.

—¿Sabes qué es lo que pasa? —le susurré.

Kriss suspiró y se giró hacia mí.

—Elise llamó a su familia para informarse de lo que estaba ocurriendo y para que sus parientes fueran al encuentro de Maxon y del rey en cuanto llegaran a Nueva Asia. Pero la familia de Elise dice que no llegaron.

—¿No llegaron?

Kriss asintió.

—Lo raro es que el rey llamó cuando aterrizaron, y tanto él como Maxon hablaron con la reina Amberly. Están bien, y le dijeron que ya habían llegado a Nueva Asia; pero la familia de Elise afirma que no han aparecido por allí.

Fruncí el ceño, intentando comprender.

—¿Y todo eso qué significa?

—No lo sé —confesó ella—. Dicen que están allí, así que ¿por qué no iban a estar? No tiene sentido.

—¡Boh! —dije yo, sin saber muy bien qué más añadir.

¿Por qué la familia de Elise no sabía que estaban allí? Y si en realidad no estaban en Nueva Asia, ¿dónde podían estar?

Kriss se inclinó hacia mí.

—Hay algo más de lo que querría hablar contigo —susurró—. ¿Podríamos ir a dar un paseo por los jardines después del desayuno?

—Claro —respondí, deseosa de oír lo que sabía.

Ambas comimos rápido. No estaba segura de qué habría descubierto, pero, si quería hablar fuera, estaba claro que era algo que había que mantener en secreto. La reina estaba tan distraída que apenas se dio cuenta de que salíamos.

Salir al jardín, bañado por la luz del sol, era una sensación magnífica.

—Hacía tiempo que no salía —apunté, cerrando los ojos y levantando la cara hacia el sol.

—Sueles venir con Maxon, ¿verdad?

—Ajá —respondí. Pero un segundo más tarde me pregunté cómo lo sabía. ¿Sería de dominio público? Me aclaré la garganta—. Bueno, ¿de qué querías hablar?

Ella se detuvo a la sombra de un árbol y se giró hacia mí.

—Creo que tú y yo deberíamos hablar sobre Maxon.

—¿Qué le pasa?

—Bueno, yo ya me había preparado para perder —dijo, jugueteando nerviosamente con los dedos—. Creo que todas lo habíamos hecho, excepto Celeste, quizás. Era evidente, America. Te quería a ti. Pero entonces pasó todo aquello de Marlee, y la cosa cambió.

No sabía muy bien qué decir.

—¿De modo que quieres decirme que sientes haberme desbancado, o algo así?

—¡No! —exclamó—. Tengo claro que aún siente algo por ti. No estoy ciega. Solo digo que creo que, llegadas a este punto, tú y yo deberíamos ir de frente. Me gustas. Creo que eres una gran persona, y no quiero que las cosas se pongan feas, pase lo que pase.

—Entonces quieres…

Kriss juntó las manos, intentando encontrar las palabras adecuadas.

—Quiero ofrecerte ser completamente honesta acerca de mi relación con Maxon. Y espero que tú hagas lo mismo.

Me crucé de brazos y le planteé la pregunta que hacía tanto tiempo quería hacerle.

—¿Cuándo os volvisteis tan íntimos tú y él?

Sus ojos brillaron al recordar algo, y se puso a retorcerse un largo mechón de su cabello, que era castaño claro.

—Supongo que justo después de lo que pasó con Marlee. Probablemente suene tonto, pero le hice una tarjeta. Eso es lo que siempre hacía en casa, cuando mis amigos estaban tristes. El caso es que le encantó. Me dijo que era la primera vez que alguien le hacía un regalo.

¿Qué? Oh. Vaya. Después de todo lo que había hecho él por mí, ¿no se me había ocurrido nunca regalarle nada a él?

—Estaba tan contento que me pidió que fuera un rato a sentarme con él en su habitación y...

—¿Has visto su habitación? —pregunté, sorprendida.

—Sí. ¿Tú no?

Mi silencio hizo innecesaria la respuesta.

—Oh —dijo ella, algo incómoda—. Bueno, en realidad no te pierdes gran cosa. Es oscura, y hay un soporte con pistolas, y un montón de cuadros en la pared. No tiene nada de especial —añadió, quitándole importancia con un gesto de la mano—. El caso es que a partir de entonces empezó a visitarme prácticamente cada vez que tenía un momento libre. —Meneó la cabeza—. Ocurrió bastante rápido.

Suspiré.

—Supongo que me lo dijo —confesé—. Hizo un comentario, como diciendo que nos necesitaba aquí a las dos.

—De modo que... —Se mordió el labio—. ¿Estás bastante segura de que le gustas?

¿Es que ella no lo sospechaba ya? ¿O es que necesitaba oírlo de mi boca?

—Kriss, ¿de verdad quieres oírlo?

—¡Sí! Quiero saber en qué posición me encuentro. Y yo también te contaré lo que quieras saber. Nosotras no llevamos las riendas en esto, pero eso no significa que tengamos que estar siempre pendiente de los demás.

Di unos pasos trazando un pequeño círculo, intentando encontrarle el sentido a todo aquello. No estaba segura de si tendría valor de preguntarle a Maxon por Kriss. Apenas era capaz de hablarle sinceramente sobre mí misma. Pero continuaba sintiendo que había cosas de mi posición en aquel juego que me estaba perdiendo. Quizás aquella fuera mi única esperanza de sacar algo en claro.

—Estoy bastante segura de que quiere que me quede un tiempo más. Pero creo que también quiere que te quedes tú.

Ella asintió.

—Me lo imaginaba.

—¿Te ha besado? —le solté, sin más.

Ella sonrió tímidamente.

—No, pero creo que lo habría hecho si yo no le hubiera pedido que no lo hiciera. En mi familia tenemos esa especie de tradición: no nos besamos hasta que nos comprometemos. A veces se celebra una fiesta en la que la gente anuncia la fecha de la boda, y así todo el mundo puede ver el primer beso de la pareja. A mí también me gustaría tener una fiesta así.

—Pero ¿lo ha intentado?

—No, se lo expliqué antes de que pudiera llegar a hacerlo. Pero me besa mucho las manos, y a veces en la mejilla. Creo que es muy tierno —suspiró.

Asentí, con la mirada fija en la hierba.

—Espera —dijo ella, vacilante—. ¿A ti te ha besado?

Una parte de mí quería presumir de haber obtenido el primer beso de la vida de Maxon, decir que, cuando nos besamos, el tiempo se paró.

—Más o menos. Es algo difícil de explicar.

Ella puso una cara extraña.

—No, no lo es. ¿Te ha besado o no?

—Es complicado.

—America, si no vas a ser sincera, esto es una pérdida de tiempo. He venido aquí con la voluntad de abrirme a ti. Pensaba que a las dos nos haría bien.

Me quedé allí, de pie, retorciéndome las manos, intentando encontrar el modo de explicarme.

No es que Kriss no me cayera bien. Si acababa yéndome a casa, querría que ganara ella.

—Yo quiero que seamos amigas, Kriss. Pensaba que ya lo éramos.

—Yo también —dijo, con voz amable.

—Es solo que me cuesta compartir mis cosas. Y aprecio tu sinceridad, pero no estoy segura de que quiera saberlo todo. Aunque te lo haya preguntado —añadí enseguida, al ver las palabras asomando en sus labios—. Ya sabía que sentía algo por ti, lo veía. Creo que de momento prefiero que las cosas queden así, indefinidas.

Kriss sonrió.

—Bueno, respeto tu decisión. Pero ¿me harás un favor?

—Claro, si puedo.

Ella se mordió el labio y apartó la mirada un minuto. Cuando volvió a mirar, tenía los ojos húmedos.

—Si llega el momento en que estés segura de que no me quiere, ¿podrías avisarme? No sé qué es lo que sientes tú, pero yo le quiero. Y me gustaría que me lo dijeras. Si lo sabes con certeza, claro.

Le quería. Lo había dicho en voz alta, sin miedo. Kriss quería a Maxon.

—Si alguna vez me lo confiesa, te lo diré.

Ella asintió.

—Y a lo mejor podríamos hacernos otra promesa: la de no ponernos trabas la una a la otra voluntariamente. ¿Te parece? Yo no quiero ganar así, y creo que tú tampoco.

—Yo no soy Celeste —dije, poniendo cara de asco, y ella se rio—. Te prometo ser justa.

—De acuerdo, pues. —Se secó los ojos y se estiró el vestido. Me imaginaba perfectamente lo elegante que estaría con la corona en la cabeza.

—Tengo que irme —mentí—. Gracias por hablar conmigo.

—Gracias por venir. Lo siento, si he sido indiscreta.

—Está bien —dije, echando a andar—. Hasta luego.

—Hasta luego.

Me giré todo lo rápido que pude, intentando no ser maleducada, y me dirigí al palacio. Una vez dentro, aceleré el paso y subí las escaleras a la carrera. Necesitaba esconderme de todo.

Llegué al segundo piso y me dirigí a mi habitación. Observé que había un trozo de papel en el suelo, algo inhabitual en el palacio, donde todo lucía siempre inmaculado. Estaba en una esquina, junto a mi puerta, así que supuse que sería para mí. Para estar segura, le di la vuelta y lo leí:

> Otro ataque rebelde esta mañana, esta vez en Paloma. El recuento actual es de más de trescientos muertos, y al menos cien heridos. Una vez más, la principal exigencia parece ser acabar con la Selección y poner fin a la dinastía real. Esperamos instrucciones.

El cuerpo se me quedó helado. Rebusqué por ambos lados del papel en busca de una fecha. ¿Otro ataque esta mañana? Aunque la nota tuviera unos días, al menos era el segundo. Y el motivo volvía a ser la Selección. ¿Era ese el motivo de los últimos ataques? ¿Estaban intentando librarse de nosotras? Y de ser así, ¿era ese el objetivo tanto de los norteños como de los sureños?

No sabía qué hacer. No debía haber visto aquello, así que no podía hablar de ello con nadie. Pero ¿tendrían esta información los que se suponía que tendrían que haberla recibido? Decidí volver a dejar el papel en el suelo. Con un poco de suerte, algún guardia aparecería por allí y se lo llevaría al lugar indicado.

De momento, mantendría el optimismo, a la espera de que alguien actuara.

Capítulo 24

$\mathcal{L}$os dos días siguientes comí en la habitación, y así conseguí evitar a Kriss hasta la cena del miércoles. Pensé que para entonces ya no me sentiría tan incómoda, pero estaba equivocada. Ambas nos sonreímos en silencio, pero no pude decirle nada. Casi habría deseado estar en el otro lado de la sala, sentada entre Celeste y Elise. Casi.

Justo antes de que sirvieran el postre, Silvia vino todo lo rápido que le permitían sus zapatos de tacón. Su reverencia fue especialmente breve, y enseguida se dirigió a la reina y le susurró algo al oído.

La reina dio un respingo y salió corriendo de la sala con Silvia, dejándonos solas.

Nos habían enseñado que en ningún caso debíamos elevar la voz, pero en aquel momento no pudimos contenernos.

—¿Alguien sabe lo que pasa? —dijo Celeste, inusualmente preocupada.

—¿Creéis que los habrán herido? —preguntó Elise.

—Oh, no —exclamó Kriss, y apoyó la cabeza en la mesa.

—No pasa nada, Kriss. Toma un trocito de tarta —intervino Natalie.

Me quedé sin habla, asustada con solo pensar en lo que podía significar aquello.

—¿Y si los han capturado? —soltó Kriss, preocupada.

—No creo que los de Nueva Asia hicieran eso —respondió Elise, aunque estaba claro que también parecía preocupada.

No sé si su preocupación era estrictamente por la seguridad de Maxon, o si porque cualquier agresión por parte de su gente podía acabar con sus posibilidades.

—¿Y si el avión se ha estrellado? —soltó Celeste, en voz baja.

Levanté la vista, y me sorprendió ver una expresión de temor real en su rostro. Aquello bastó para que nos quedáramos todas en silencio.

¿Y si Maxon estaba muerto?

La reina Amberly volvió, y Silvia tras ella, y nosotras nos las quedamos mirando, ansiosas.

Para nuestro alivio, estaba radiante.

—Buenas noticias, señoritas. ¡El rey y el príncipe volverán esta noche! —exclamó.

Natalie dio palmas, y Kriss y yo nos dejamos caer al mismo tiempo sobre el respaldo de nuestras sillas. No me había dado cuenta de lo tensa que estaba.

—Como han tenido unos días tan intensos —intervino Silvia—, hemos decidido evitar cualquier celebración. Dependiendo de la hora a la que salgan de Nueva Asia, es posible que no los veamos hasta la noche.

—Gracias, Silvia —dijo la reina, agradecida. En realidad, ¿a quién le importaban las celebraciones?—. Perdónenme, señoritas, pero tengo trabajo que hacer. Disfruten de su postre y que pasen una buena noche —dijo, y acto seguido se dio la vuelta y salió por la puerta como si apenas tocara el suelo.

Kriss salió unos segundos después. A lo mejor estaba preparando una tarjeta de bienvenida.

Después de aquello, comí rápidamente y me volví arriba. Mientras recorría el pasillo en dirección a mi habitación, vi un brillo rubio bajo una gorra blanca y el movimiento de la falda negra del uniforme de una doncella corriendo hacia las escaleras del otro extremo del pasillo. Era Lucy, y daba la impresión de que estaba llorando. Parecía tan decidida a alejarse sin que la vieran que opté por no ir tras ella.

Al girar la esquina que daba a mi habitación, vi que mi puerta estaba abierta de par en par. Al otro lado discutían Anne y Mary, y sin la puerta de por medio sus voces llegaban al pasillo, desde donde pude escuchar lo que decían.

—... ¿Por qué tienes que ser siempre tan dura con ella? —protestaba Mary.

—¿Era mejor callar? ¿Y dejarle que se crea que puede conseguir siempre lo que quiera? —replicó Anne.

—¡Sí! ¿Qué daño le iba a hacer decirle simplemente que confiabas en ella?

¿Qué es lo que pasaba? ¿Por qué parecían tan distantes las tres últimamente?

—¡Pica demasiado alto! —exclamó Anne—. No está bien darle falsas esperanzas.

—¡Venga ya! —respondió Mary, sarcástica—. Sí, claro, y todo lo que le has dicho ha sido por su bien. ¡Has sido cruel! —la acusó.

—¿Qué? —se defendió Anne.

—Que has sido cruel. No puedes soportar que ella tenga más posibilidades de conseguir lo que tú deseas —le gritó Mary—. Siempre has tratado a Lucy con condescendencia porque no se crio en palacio tantos años como tú, y siempre has tenido celos de mí porque yo nací aquí. ¿Por qué no puedes estar contenta con lo que eres en lugar de atacarla para sentirte mejor?

—¡Eso no es verdad! —dijo Anne, y la voz se le quebró.

El llanto reprimido de Anne bastó para silenciar a Mary. A mí también me habría hecho callar. Que Anne llorara parecía algo imposible.

—¿Tan malo es que desee algo más que esto? —preguntó, con la voz pastosa por efecto de las lágrimas—. Entiendo que ocupar esta posición es un honor, y estoy contenta con mi trabajo; pero no quiero hacer esto el resto de mi vida. Quiero más. Quiero un marido. Quiero… —Y por fin se derrumbó.

El corazón se me rompió en pedazos. El único modo que tenía Anne de dejar su trabajo era casarse. Y no es que por los pasillos del palacio fuera a pasar un desfile de Treses o Cuatros en busca de una doncella para tomarla como esposa. La verdad es que no tenía modo de cambiar de vida.

Suspiré, respiré hondo y entré en la habitación.

—Lady America —saludó Mary, con una reverencia.

Anne hizo lo propio. Por el rabillo del ojo vi cómo se limpiaba a toda prisa las lágrimas del rostro.

Teniendo en cuenta su orgullo, no me pareció que fuera buena idea hablar de aquello, así que pasé de largo y me dirigí al espejo.

—¿Cómo está? —me preguntó Mary.

—Muy cansada. Creo que me voy a ir a la cama enseguida —dije, mientras me dedicaba a quitarme horquillas del pelo—. ¿Sabéis qué? ¿Por qué no vais las dos a descansar? Yo ya me puedo arreglar sola.

—¿Está segura, señorita? —preguntó Anne, haciendo un gran esfuerzo por mantener la compostura.

—Sí, claro. Ya nos veremos mañana.

Por suerte, no hizo falta que insistiera. No quería que se ocuparan de mí en aquel momento, y probablemente ellas tampoco tendrían muchas ganas. Cuando conseguí quitarme el vestido, me tendí en la cama un buen rato, pensando en Maxon.

No estaba segura siquiera de qué pensaba de él. Todo era algo vago y borroso, pero no podía dejar de pensar en la gran felicidad que había sentido al saber que estaba bien y que había emprendido el camino de regreso. En parte, me preguntaba si habría pensado en mí todo aquel tiempo que había estado fuera.

Di vueltas en la cama durante horas, muy inquieta. Hacia la una de la mañana pensé que, ya que no podía dormir, quizá podría leer. Encendí la lámpara y saqué el diario de Gregory. Me salté las anotaciones de otoño y pasé a una de febrero.

A veces casi me da por reír al pensar en lo sencillo que ha sido. Si existiera un manual sobre cómo derrocar gobiernos, yo sería la estrella. O quizá podría escribirlo yo mismo. No estoy seguro de cuál sería el primer paso, ya que en realidad no puedes obligar a un país a que intente invadir a otro, ni poner a un hatajo de idiotas al mando de algo que ya existe, pero sin duda animaría a cualquier aspirante a líder a que se hiciera con enormes cantidades de dinero por cualquier medio.

No obstante, la fascinación por el dinero no basta. Tienes que poseerlo y estar en disposición de imponer tu voluntad sobre los demás. Mi falta de formación política no ha sido un problema a la hora de conseguir aliados. De hecho, diría que uno de mis principales méritos es el de haberlo evitado. Nadie confía en los políticos. ¿Por qué iban a hacerlo? Wallis se ha pasado años haciendo promesas vacías con la esperanza de que alguna de ellas se hiciera realidad, y no hay ninguna posibilidad de que eso ocurra. Yo, por mi parte, ofrezco la idea de algo más. Sin garantías, simplemente ese atisbo de esperanza de que el cambio puede llegar. En este momento ni siquiera importa en qué puede consistir el cambio. Están tan desesperados que no les importa. Ni siquiera se les ocurre preguntar.

Quizá la clave sea mantener la calma mientras los demás se dejan llevar por el pánico. Ahora odian tanto a Wallis que casi se podría decir que me ha cedido la presidencia, y nadie se queja. Yo no digo nada, no hago nada; simplemente exhibo una sonrisa amable mientras todo el mundo a mi alrededor se sume en la histeria. Con una mirada a ese cobarde que tengo al lado, no queda duda de que quedo mejor en lo alto de la tarima o dándole la mano a un primer ministro. Y Wallis está tan desesperado por tener a su lado a alguien que cuente con el favor de la gente que estoy seguro de que, con solo llegar a un par de acuerdos tácitos con él, tendré el control de todo.

Este país es mío. Me siento como un niño con un juego de ajedrez, jugando una partida que sabe que ganará. Soy más listo, más rico y estoy mucho más cualificado a los ojos de un país que me adora por motivos que nadie parece capaz de definir. Cuando alguien se pare a pensarlo, ya no importará. Puedo hacer lo que quiera, y no hay nadie que me pueda detener. Así pues, ¿ahora qué?

Creo que es hora de dejar que se hunda el sistema. Esta lastimosa República ya se ha venido abajo y apenas funciona. La cuestión, en el fondo, es… ¿con quién me debo aliar? ¿Cómo puedo hacer que esto se convierta en algo que me pida el pueblo?

Tengo una idea. A mi hija no le gustará, pero, en realidad, eso no me preocupa. Ya es hora de que demuestre su utilidad.

Cerré el libro de golpe, confundida y frustrada. ¿Me estaba perdiendo algo? ¿Dejar que el sistema se hunda? ¿Imponer su voluntad sobre los demás? ¿Es que la estructura de nuestro país no era fruto de una necesidad, sino un capricho?

Me planteé seguir buscando en el libro qué era lo que le había ocurrido a su hija, pero ya estaba tan desorientada que decidí no hacerlo. Preferí salir al balcón, con la esperanza de que el aire fresco me ayudara a asimilar lo que acababa de leer.

Miré al cielo, intentando procesar aquellas palabras, pero ni siquiera sabía por dónde empezar. Suspiré y dejé vagar la mirada por los jardines, hasta que un brillo blanco me llamó la atención. Maxon estaba paseando a solas. Por fin estaba en casa. Llevaba la camisa por fuera, y no llevaba ni abrigo ni corbata. ¿Qué hacía ahí fuera tan tarde? Vi que tenía en la mano una de sus cámaras. Él también debía de estar pasando una mala noche.

Dudé un momento, pero… ¿con quién más podía hablar de aquello?

—¡Chis!

Él se giró de golpe, buscando el lugar de origen del siseo. Volví a hacerlo, agitando los brazos hasta que me vio. De pronto apareció una sonrisa en su rostro, y me devolvió el saludo. Me tiré de la oreja, esperando que pudiera verlo. Él hizo lo mismo. Le señalé a él, y luego a mi habitación. Él asintió, y me mostró un dedo para indicarme que tardaría un minuto. Asentí de nuevo y volví a mi habitación, al tiempo que él entraba en palacio.

Me puse una bata y me pasé los dedos por el cabello, intentando aparentar tranquilidad. No estaba segura del todo de cómo hablarle de aquello, porque se trataba, básicamente, de preguntarle a Maxon si su cargo se basaba en un montaje mucho menos altruista de lo que se hacía creer a la gente. Cuando ya empezaba a preguntarme por qué tardaría tanto, llamó a la puerta.

Corrí a abrirla y me encontré con el objetivo de su cámara, que hizo un clic y captó mi sonrisa sorprendida. Mi expresión se transformó en algo que expresaba lo poco que me gustaba ser víctima de aquellas bromitas, y él también capturó aquella otra imagen, divertido.

—Eres un bobo. Pasa —le ordené, agarrándole del brazo.

Él se dejó.

—Lo siento, no he podido evitar la tentación.

—Te has tomado tu tiempo —le regañé, sentándome al borde de la cama.

Tomó asiento a mi lado, separándose un poco para que pudiéramos estar cara a cara.

—He tenido que pasar por mi habitación —dijo, dejando la cámara sobre mi mesita de noche y agitando mi frasquito con el céntimo dentro. Hizo un ruidito que era casi como una risa y se giró hacia mí de nuevo, sin explicarme el porqué del rodeo.

—Bueno. ¿Y qué tal tu viaje?

—Raro —confesó—. Acabamos yendo a las zonas rurales de Nueva Asia. Mi padre dijo que había alguna disputa localizada, pero cuando llegamos todo estaba bien. —Sacudió la cabeza—. La verdad es que no tiene sentido. Pasamos unos días paseando por viejas ciudades e intentando hablar con los nativos. Mi padre está bastante decepcionado con mi dominio del idioma e insiste en que estudie más. Como si no tuviera bastante que hacer estos días —dijo, con un suspiro.

—Es algo raro.

—Supongo que sería algún tipo de prueba. Últimamente me va poniendo pruebas, y no siempre sé cuándo llegan. Quizá quería evaluar mis aptitudes para la toma de decisiones o para enfrentarme a lo inesperado. No estoy seguro —añadió, encogiéndose de hombros—. En cualquier caso, si era una prueba, no la he superado. —Jugueteó con los dedos un instante—. También quería hablarme de la Selección. Supongo que le parecería que me iría bien distanciarme, para tomar perspectiva o algo así. La verdad es que estoy algo cansado de que todo el mundo decida por mí algo que se supone que depende de mí.

Estaba segura de que la idea de perspectiva que tenía el rey suponía hacer que Maxon se olvidara de mí. Había visto cómo les sonreía a las otras chicas en las comidas y cómo las saludaba por los pasillos. Conmigo nunca lo había hecho. De pronto me sentí incómoda y no supe qué decir.

Y al parecer, Maxon tampoco.

Decidí que no era el momento de preguntarle por el diario. Hablaba de aquellas cosas con tanta humildad —de cómo gobernaba, del tipo de rey que quería ser— que no podía exigirle unas respuestas que quizá ni siquiera tuviera. En el fondo no podía dejar de pensar que sabía más de lo que me contaba, pero debía averiguar más antes de preguntarle.

Maxon se aclaró la garganta y se sacó una tira de cuentas del bolsillo.

—Como te decía, caminamos por una serie de pueblos y ciudades, y en la tienda de una anciana vi esto. Es azul —dijo, subrayando lo evidente—. Me parece que te gusta el azul.

—Me encanta el azul —susurré.

Me quedé mirando la pulserita. Unos días atrás, Maxon estaba paseando por el otro extremo del mundo, vio aquello en una tienda… y le hizo pensar en mí.

—No encontré nada para nadie más, así que me gustaría que no se lo dijeras a nadie —dijo. Asentí—. De todos modos, tampoco eres de las que van por ahí presumiendo —añadió.

No podía dejar de mirar la pulsera. Era muy sencilla, de unas piedras pulidas que, en realidad, no eran ni semipreciosas. Alargué la mano y pasé un dedo por encima de una de aquellas cuentas ovaladas. Maxon agitó la pulsera con la mano, para hacerme reír.

—¿Quieres que te ayude a ponértela?

Asentí y le ofrecí la muñeca en la que no tenía el botón de Aspen. Maxon apoyó las frías piedras sobre mi piel y ató la cinta que las mantenía unidas.

—Preciosa —dijo.

Y ahí aparecía de nuevo la esperanza, abriéndose paso entre tantas preocupaciones.

De pronto todo lo que me pesaba en el corazón se tornaba liviano, y volvía a echarle de menos. Quería borrarlo todo desde Halloween, volver a aquella noche, y quedarme con aquellas dos personas que bailaban en el salón. Y, por otra parte, al mismo tiempo, el corazón se me venía abajo. Si volviéramos a estar en Halloween, no tendría motivos para dudar de su regalo.

Aunque me creyera que era todo lo que mi padre decía que era, todo lo que Aspen decía que no era…, no podía ser… Kriss era mejor.

Estaba tan agotada, tensa y confundida que me puse a llorar.

—¿America? —preguntó, vacilante—. ¿Qué te pasa?

—Es que no lo entiendo.

—¿Qué es lo que no entiendes? —preguntó, en voz baja, y se me ocurrió pensar que había aprendido mucho últimamente sobre cómo tratar a una chica que llora.

—A ti —confesé—. La verdad es que ahora mismo me tienes muy confundida. —Me sequé una lágrima de un lado del rostro y, muy suavemente, Maxon me acercó la mano y me secó las del otro lado.

De algún modo, resultaba extraño sentir su contacto de nuevo. Pero al mismo tiempo era algo tan familiar que habría sido raro que no lo hubiera hecho. Cuando ya no había lágrimas que limpiar, dejó la mano allí, envolviéndome la cara.

—America —dijo, decidido—, si alguna vez quieres saber algo sobre mí, sobre lo que me importa o lo que soy, lo único que tienes que hacer es preguntarme.

Parecía tan sincero que a punto estuve de preguntar, de rogarle que me lo dijera todo: si se había planteado la posibilidad de estar con Kriss desde el principio, si sabía lo de los diarios, o qué era lo que tenía aquella pulserita para que le hubiera hecho pensar en mí.

Pero ¿cómo podía saber que me decía la verdad? Y, ahora que me iba dando cuenta de que era la opción más firme, ¿qué pasaba con Aspen?

—No sé si estoy preparada para eso.

Tras un momento de reflexión, Maxon me miró.

—Lo entiendo. Bueno, eso creo. Pero deberíamos hablar en serio de algunas cosas muy pronto. Y cuando estés lista, aquí me tienes.

No me presionó; se puso en pie y esbozó una mínima reverencia a modo de despedida antes de coger su cámara y dirigirse hacia la puerta. Se giró a mirarme una última vez antes de desaparecer por el pasillo. Me sorprendió lo mucho que me dolía verle marchar.

Capítulo 25

—¿Clases particulares? —preguntó Silvia—. ¿Quieres decir varias a la semana?

—Claro —respondí.

Por primera vez desde mi llegada, estaba profundamente agradecida a Silvia. Sabía que no podría resistirse ante la idea de tener a alguien dispuesto a escuchar todo lo que tenía que decir, y si aquello me suponía un trabajo extra, me iría bien para estar ocupada.

Pensar en Maxon, en Aspen, en el diario y en las chicas se me hacía demasiado pesado. El protocolo era algo que no tenía vuelta de hoja. Los pasos para presentar una proposición de ley eran invariables. Ese tipo de cosas sí podía llegar a aprenderlas.

Silvia me miró, aún algo sorprendida, y al momento me mostró una gran sonrisa. Me dio un abrazo y exclamó:

—Oh, esto es fantástico. Por fin una de vosotras entiende lo importante que es esto. —Se separó, pero siguió agarrándome con los brazos extendidos—. ¿Cuándo quieres empezar?

—¿Ahora?

—Déjame ir a buscar unos libros —respondió, pletórica.

Me impliqué de lleno en el estudio, agradecida por cada palabra, concepto y estadística que me metía en la cabeza. Cuando no estaba con Silvia, estaba leyendo algún texto en las innumerables horas que pasaba en la Sala de las Mujeres; cualquier cosa menos pasar el rato con las otras chicas.

Trabajé mucho, y no veía la hora de que las cinco tuviéramos una nueva clase conjunta.

Cuando llegó, Silvia empezó por preguntarnos qué era lo que más nos apasionaba. Yo escribí que mi familia, la música y, luego, como si fuera algo inevitable, la justicia.

—El motivo por el que os lo pregunto es porque la reina siempre suele presidir algún comité de algún tipo, algo en beneficio del país. La reina Amberly, por ejemplo, impulsó un programa para formar a las familias para que puedan hacerse cargo de cualquier miembro discapacitado físico o mental. Muchos acaban en la calle cuando las familias no saben qué hacer con ellos, y el número de Ochos va creciendo alarmantemente. Las estadísticas de estos últimos diez años han demostrado que su programa ha ayudado a reducir esa cifra, lo que ha contribuido a la seguridad de la población en general.

—¿Y nosotras tenemos que idear un programa de ese tipo? —preguntó Elise, algo nerviosa.

—Sí, ese será vuestro nuevo proyecto —respondió Silvia—. En el *Capital Report* de dentro de dos semanas se os pedirá que presentéis vuestra idea y que propongáis cómo podría ponerse en marcha.

A Natalie se le escapó un gritito ahogado. Celeste puso la mirada en el cielo. Kriss tenía aspecto de estar pensando ya en algo. Su entusiasmo inmediato me puso algo nerviosa.

Recordé que Maxon había hablado de una eliminación inminente. Daba la impresión de que Kriss y yo teníamos una ligera ventaja, pero, aun así, era preocupante.

—¿De verdad servirá esto para algo? —preguntó Celeste—. La verdad es que preferiría aprender algo que realmente nos fuera útil.

Era evidente que aquel tono de preocupación escondía que la idea la aburría o la intimidaba.

Silvia parecía consternada.

—¡Claro que os será útil! La que se convierta en princesa estará al cargo de un proyecto filantrópico.

Celeste murmuró algo y se puso a juguetear con un bolígrafo. No soportaba que deseara tanto el cargo pero ninguna de sus responsabilidades.

«Yo sería mejor princesa que ella», pensé. Y en aquel momento me di cuenta de que aquello no era falso del todo. No tenía sus contactos ni el saber estar de Kriss, pero al menos estaba más implicada. ¿O es que eso no importaba?

Por primera vez en mucho tiempo, me sentía entusiasmada. Ahí tenía un proyecto que me permitiría demostrar lo único que me distanciaba de las otras. Estaba decidida a volcarme en ello y, con un poco de suerte, crearía algo que valiera la pena. A lo mejor acabaría perdiendo la competición; quizá ni siquiera me interesara ganar. Pero si no llegaba a ser princesa, al menos me acercaría todo lo posible, y haría las paces con la Selección.

Imposible. Por mucho que lo intentara, no se me ocurría ni una idea para mi proyecto filantrópico. Pensé, leí y volví a pensar. Les pregunté a mis doncellas, pero no me dieron ninguna idea. Le habría consultado a Aspen, pero hacía días que no sabía de él. Supuse que sería especialmente precavido, ahora que Maxon estaba en palacio.

Lo peor era que parecía claro que Kriss estaba ya enfrascada en su presentación. Se ausentaba mucho de la Sala de las Mujeres para ir a leer; y cuando estaba presente, permanecía absorta en alguna lectura o tomaba notas sin parar. Maldición.

Cuando llegó el viernes, sentí que me moría al darme cuenta de que solo me quedaba una semana y que seguía sin perspectivas en el horizonte. Durante el *Report*, Gavril explicó la estructura del programa siguiente, explicando que, tras unos anuncios breves, el resto de la noche se dedicaría a nuestras presentaciones.

Un sudor frío me cubrió la frente.

Pillé a Maxon mirándome. Levantó la mano y se tiró de la oreja, y yo no estaba segura de qué hacer. No es que quisiera decirle que sí, pero tampoco quería que pensara que me lo quitaba de encima. Me tiré del lóbulo, y él pareció aliviado.

Nerviosa, esperé a que se presentara, retorciéndome el cabello entre los dedos y caminando por la habitación, arriba y abajo.

Maxon llamó suavemente y luego entró, como solía hacer. Le recibí de pie, con la sensación de que necesitaba un ambiente algo más formal de lo habitual. Tenía claro que aquello era ridículo, pero tampoco podía evitarlo.

—¿Cómo estás? —me preguntó, cruzando la habitación.

—¿La verdad? Nerviosa.

—Es por lo guapo que estoy, ¿verdad?

Puso una cara simpática y me reí.

—Debería apartar la mirada —dije, siguiéndole la broma—. De hecho, es más bien por ese proyecto filantrópico.

—Oh —soltó, sentándose en mi mesa—. Si quieres puedes practicar presentándomelo a mí primero. Kriss lo ha hecho.

Sentí que me deshinchaba. Claro. Cómo no.

—Aún no tengo ni la idea —confesé, sentándome frente a él.

—Ah. Bueno, imagino que eso es lo que te tiene tan nerviosa.

Le miré, dejando claro que no tenía ni idea de hasta qué punto.

—¿Qué es lo más importante para ti? Tiene que haber algo que realmente te toque la fibra y que a las demás se les pase por alto —dijo Maxon, acomodándose en la silla, con una mano sobre la mesa.

¿Cómo podía estar tan tranquilo? ¿No veía lo nerviosa que estaba yo?

—Llevo toda la semana dándole vueltas y no se me ha ocurrido nada.

Soltó una risita.

—Pensaba que para ti sería más fácil que para las demás. Tú te has enfrentado a más dificultades que las otras cuatro juntas.

—Exactamente, pero nunca he sabido cómo cambiar nada de eso. Ese es el problema. —Me quedé con la mirada fija sobre la mesa, recordando Carolina con toda claridad—. Lo recuerdo todo... Los Sietes que se lesionan con esos trabajos por días tan duros y que de pronto son degradados a Ochos porque ya no pueden trabajar. Las chicas que recorren las calles al límite del toque de queda, metiéndose en las camas de tipos solitarios por cuatro chavos. Los niños que nunca tienen lo que necesitan (suficiente comida, calefacción, cariño) porque sus padres se pasan la vida trabajando. Recuerdo mis peores días perfectamente. Pero pensar en algo para ponerle remedio... —Meneé la cabeza—. ¿Qué podría decir?

Le miré, esperando encontrar una respuesta en sus ojos. Pero no la había.

—Está muy bien expresado —dijo, y se calló.

Pensé en todo lo que le había dicho y en su respuesta. ¿Quería decir que sabía más de los planes de Gregory de lo que yo pensaba? ¿O que se sentía culpable por tener tanto mientras otros tenían tan poco? Suspiró.

—En realidad no esperaba hablar de eso esta noche.

—¿Qué es lo que tenías *in mente*?

Maxon me miró como si estuviera loca.

—Hablar de ti, por supuesto.

—¿De mí? —dije, pasándome el pelo tras la oreja—. ¿De qué, exactamente?

Cambió de posición, ladeando la silla para que estuviéramos más cerca e inclinando el cuerpo hacia delante, como si fuera un secreto.

—Pensé que, una vez que vieras que Marlee estaba bien, las cosas cambiarían. Estaba seguro de que podrías volver a sentir algo por mí. Pero no ha ocurrido. Incluso esta noche, que has accedido a verme, te muestras muy distante.

Así que se había dado cuenta.

Pasé los dedos por la mesa, sin mirarle a los ojos.

—No es exactamente que tenga un problema contigo. Es con la situación. —Me encogí de hombros—. Pensé que lo sabías.

—Pero después de lo de Marlee...

Levanté la cabeza.

—Después de lo de Marlee han seguido pasando cosas. De pronto empiezo a entender lo que significaría ser princesa, y un minuto después dejo de entenderlo. No soy como las otras chicas. Soy la que procede de la casta más baja; y quizá Elise fuera una Cuatro, pero su familia es muy diferente a la mayoría de los Cuatros. Tienen tantas propiedades que me sorprende que aún no hayan pagado para ascender. Y tú te has criado en este entorno. Para mí es un gran cambio.

Asintió, sin perder aquella paciencia infinita que tenía.

—Eso lo entiendo, America. En parte ese es el motivo por el que he querido darte tiempo. Pero tú también tienes que pensar en mí.

—Lo hago.

—No, así no. No como parte de la ecuación. Ponte en mi lugar. No me queda mucho tiempo. El proyecto filantrópico será el detonante de otra eliminación. Supongo que eso ya te lo habrás imaginado.

Bajé la cabeza. Claro que lo había pensado.

—¿Y qué debo hacer cuando solo quedéis cuatro? ¿Darte más tiempo? Cuando solo queden tres, se supone que tengo que escoger. Si solo quedáis tres y tú sigues con tus dudas sobre si quieres aceptar o no la responsabilidad, el trabajo, si me quieres a mí... ¿Qué debo hacer entonces?

Me mordí el labio.

—No lo sé.

Maxon meneó la cabeza.

—Eso no puedo aceptarlo. Necesito una respuesta. Porque no puedo enviar a casa a alguien que desee realmente esto, que me quiera a mí, si al final tú te vas a echar atrás.

—Entonces —respondí, tras coger aire—, ¿tengo que darte una respuesta ahora mismo? Ni siquiera sé qué es a lo que tengo que responder. Si digo que deseo quedarme, ¿quiere decir eso que quiero ser la elegida? Porque eso no lo sé. —Sentí que se me tensaban los músculos, como si se prepararan para salir corriendo.

—No tienes que decir nada ahora, pero cuando llegue el día del *Report* tendrás que saber si quieres esto o no lo quieres. No me gusta tener que darte un ultimátum, pero yo tengo que jugármela, y no parece que te importe mucho. —Suspiró antes de proseguir—. La verdad es que no quería que la conversación fuera por ahí. Quizá debería irme —dijo, y su tono dejaba claro que esperaba que le pidiera que se quedara, que todo iba a arreglarse.

—Sí, creo que será mejor —susurré.

Agitó la cabeza, irritado, y se puso en pie.

—Muy bien —dijo, y atravesó la habitación con pasos rápidos y furiosos—. Iré a ver qué hace Kriss.

Capítulo 26

B ajé a desayunar más bien tarde. No quería arriesgarme a encontrar a Maxon ni a ninguna de las chicas a solas. Pero antes de que llegara a las escaleras, Aspen se acercó por el pasillo. Resoplé de nervios, y él miró alrededor antes de aproximarse.

—¿Dónde has estado? —le pregunté, en voz baja.

—Trabajando, Mer. Soy soldado. No puedo controlar cuándo me toca servicio. Ya no me ponen de guardia en tu habitación.

Quise preguntarle por qué, pero no era el momento.

—Necesito hablar contigo.

Se quedó pensando un momento.

—A las dos, ve hasta el final del pasillo de la planta baja, más allá del pabellón de la enfermería. Puedo ir a verte allí, pero no mucho rato.

Asentí. Él me hizo una rápida reverencia y siguió su camino antes de que alguien pudiera vernos hablar. Bajé las escaleras, pero no me sentía nada satisfecha.

Quería gritar. El sábado tocaba pasarse todo el día en la Sala de las Mujeres: una sentencia, una completa injusticia. Cuando llegaban visitas, querían ver a la reina, no a nosotras. Cuando una de nosotras se convirtiera en princesa, probablemente aquello cambiaría, pero de momento yo estaba allí, sin poder hacer nada, viendo cómo Kriss repasaba su presentación. Las otras también estaban leyendo cosas, notas o informes, y me estaba poniendo enferma, hasta el punto de la náusea. Necesitaba una idea, y rápido. Estaba segura de que Aspen me ayudaría a encontrarla y tenía que empezar aquella misma noche, fuera como fuera.

Como si leyera mis pensamientos, Silvia, que había estado recibiendo visitas con la reina, pasó a verme.

—¿Cómo está mi alumna estrella? —me preguntó, bajando la voz lo suficiente para que las otras no la oyeran.

—Genial.

—¿Cómo va tu proyecto? ¿Necesitas ayuda para perfilar algún detalle?

¿Perfilar? ¿Cómo iba a perfilar algo inexistente?

—Va estupendo. Le va a encantar, estoy segura —mentí.

Ella ladeó la cabeza.

—Lo llevas un poco en secreto, ¿no?

—Un poco. —Sonreí.

—Está bien. Últimamente has trabajado de una forma sensacional. Estoy segura de que será fantástico —dijo, dándome una palmadita en el hombro antes de abandonar la sala.

Tenía un problema. Y grande.

Los minutos pasaban tan despacio que era como una tortura. Poco antes de las dos me excusé y recorrí el pasillo. En el extremo había un sofá tapizado bajo un enorme ventanal. Me senté a esperar. No vi ningún reloj, pero el tiempo no parecía avanzar. Por fin, por una esquina, apareció Aspen.

—Ya era hora. —Suspiré.

—¿Qué pasa? —preguntó él, que se situó junto al sofá, adoptando una pose formal.

«Mucho. Muchas cosas de las que no te puedo hablar.»

—Nos han asignado una tarea, y no sé qué hacer. No se me ocurre nada, estoy nerviosísima y no puedo dormir —dije, a la carrera.

Él chasqueó la lengua.

—¿De qué va la tarea? ¿Diseño de tiaras?

—No —repuse, lanzándole una mirada de frustración—. Tenemos que pensar en un proyecto, algo bueno para el país. Como el trabajo de la reina Amberly con los discapacitados.

—¿Es eso lo que tan nerviosa te tiene? —preguntó, sacudiendo la cabeza—. ¿Qué tiene eso de estresante? Parece divertido.

—Yo también pensaba que lo sería. Pero no se me ocurre nada. ¿Tú qué harías?

Aspen se quedó pensando un momento.

—¡Ya lo sé! Haría un programa de intercambio de castas —dijo, con un brillo de emoción en los ojos.

—¿Un qué?

—Un programa de intercambio de castas. La gente de las castas altas intercambian su sitio con los de las castas bajas, para que sepan lo que es.

—No creo que eso funcione, Aspen, por lo menos no para este proyecto.

—Es una gran idea —insistió—. ¿Te imaginas a alguien como

Celeste rompiéndose las uñas al hacer un inventario en un almacén? Le iría muy bien.

—¿Y a ti ahora qué te pasa? ¿No hay Doses de origen entre los guardias? ¿No son tus amigos?

—A mí no me pasa nada —replicó, a la defensiva—. Soy el mismo de siempre. Eres tú la que se ha olvidado de lo que es vivir en una casa sin calefacción.

—No se me ha olvidado —le contesté, levantando la cabeza—. Estoy intentando pensar en un proyecto que sirva para evitar cosas así. Aunque me echen, puede que al final alguien ponga en práctica mi idea, así que necesito que sea buena. Quiero ayudar a la gente.

—No te olvides, Mer —me imploró Aspen, con un brillo de vehemencia en los ojos—. Este Gobierno no hizo nada cuando no teníais nada para comer. Dejaron que azotaran a mi hermano en la plaza. Toda la palabrería del mundo no podrá deshacer lo que somos. Nos dejaron en un rincón para que nunca pudiéramos salir por nosotros mismos, y no tienen ninguna prisa en sacarnos de allí. No les interesa, Mer.

Resoplé y me quedé callada.

—¿Adónde vas ahora?

—Me vuelvo a la Sala de las Mujeres —respondí, poniéndome en marcha.

Aspen me siguió.

—¿De verdad estamos discutiendo por una tontería de proyecto?

—No —dije, girándome hacia él—. Estamos discutiendo porque tú tampoco lo pillas. Ahora yo soy una Tres. Y tú eres un Dos. En lugar de amargarnos la vida con lo que nos han dado, ¿por qué no ves la ocasión que tienes? Puedes cambiar la vida de tu familia. Probablemente podrías cambiar muchas vidas. Y lo único que quieres es dejar claro tu enfado. Eso no va a llevarnos a ningún sitio.

Aspen no dijo nada, y yo me fui. Intenté no enfadarme con él por poner pasión en lo que quería. En cualquier caso, ¿no era esa una cualidad admirable? Pero me hizo pensar tanto en la inamovilidad de las castas que la situación empezó a ponerme furiosa.

No había nada que pudiera cambiar aquello. Así pues, ¿por qué molestarse?

Toqué el violín. Me di un baño. Intenté dormir una siesta. Me pasé parte de la tarde sentada en la habitación, en silencio. Me senté en el balcón.

Nada de todo aquello tenía importancia. Estaba acercándose peligrosamente la fecha de exposición del proyecto, y aún no tenía nada preparado.

Me pasé horas tendida en la cama, intentando dormir, aunque no lo logré. No dejaba de recordar las palabras de rabia de Aspen, su enfrentamiento constante con lo que le había tocado vivir. Pensé en Maxon y en su ultimátum, en su lucha constante con la vida que le había tocado llevar. Y entonces me pregunté si todo aquello tenía alguna importancia, puesto que estaba claro que me iría a casa enseguida, en cuanto me presentara el viernes sin ningún proyecto que proponer.

Suspiré y eché atrás las mantas. Había estado evitando leer el diario de Gregory otra vez; me preocupaba que me aportara más preguntas que respuestas. Pero también podía ser que encontrara en él algo que me orientara, algo de lo que pudiera hablar en el *Report*.

Además, aunque pudiera evitar leerlo, tenía que saber qué era lo que le había sucedido a su hija. Estaba bastante segura de que se llamaba Katherine, así que hojeé el libro en busca de cualquier mención, pasando por alto todo lo demás, hasta que encontré una fotografía de una chica junto a un hombre que parecía mucho mayor. A lo mejor eran imaginaciones mías, pero daba la impresión de haber llorado.

Por fin, hoy, Katherine se ha casado con Emil de Monpezat de Swendway. Ha lloriqueado durante todo el camino hasta la iglesia, hasta que le he dejado claro que, si no se recomponía para la ceremonia, tendría que vérselas conmigo después. Su madre no está contenta, y supongo que Spencer está disgustado ahora que se da cuenta de lo poco que le apetecía a su hermana pasar por esto. Pero Spencer es listo. Creo que entrará en razón enseguida, en cuanto vea las posibilidades que le he abierto. Y Damon siempre apoya cualquiera de mis decisiones; ojalá pudiera extraer lo que sea que lleva dentro e inyectárselo al resto de la población. Desde luego, los jóvenes tienen mérito. Es precisamente la generación de Spencer y de Damon la que más me ha ayudado a llegar hasta aquí. Su entusiasmo es inquebrantable, y a la gente le gusta mucho más escucharlos a ellos que a algún anciano vetusto que insiste en que nos hemos metido por el mal camino. No dejo de preguntarme si no habrá un medio para silenciarlos para siempre sin empañar mi nombre.

En cualquier caso, la coronación está prevista para mañana. Ahora que Swendway ha conseguido como aliada a la poderosa Unión Norteamericana, podré tener lo que deseo: una corona. Creo que es un trato justo. ¿Por qué conformarme con ser el presidente Illéa cuando puedo ser el rey Illéa? Por medio de mi hija he adquirido categoría de realeza.

Todo está en su sitio. Pasado mañana no habrá vuelta atrás.

La vendió. El muy cerdo vendió a su hija a un hombre al que ella aborrecía, solo para conseguir todo lo que quería.

Me venían ganas de cerrar el libro de nuevo, de acabar con aquello. Pero hice un esfuerzo por seguir hojeándolo, leyendo pasajes al azar. En un punto se trazaba un esquema del sistema de castas, originalmente pensado para que tuviera seis niveles en lugar de ocho. En otra página hacía planes para cambiar el apellido a la gente y distanciarlos así de su pasado. En un párrafo dejaba claro que tenía pensado castigar a sus enemigos situándolos en lo más bajo de la escala, y premiar a los leales colocándolos arriba.

Me pregunté si mis antepasados sencillamente no tendrían nada que ofrecer, o si habían opuesto resistencia. Esperaba que fuera lo segundo.

¿Cuál sería mi apellido real? ¿Lo sabría papá?

Toda la vida me habían hecho creer que Gregory Illéa era un héroe, la persona que había salvado el país cuando estábamos al borde del olvido. Estaba claro que no era más que un monstruo sediento de poder. ¿Cómo debía de ser, para manipular a la gente sin pensárselo lo más mínimo? ¿Qué tipo de hombre sería, si sacrificó a su hija en su propio beneficio?

Miré las anotaciones anteriores con una nueva perspectiva. En ninguna decía que quisiera ser un gran hombre de familia; solo afirmaba que quería parecerlo. De momento, le seguiría el juego a Wallis. Estaba usando a los coetáneos de su hijo para ganar apoyos. Estaba haciéndose su montaje desde el principio.

Me sentí asqueada. Me puse en pie y empecé a caminar arriba y abajo, intentando asimilar todo aquello.

¿Cómo habían conseguido que aquella historia quedara olvidada? ¿Cómo es que nadie hablaba de los antiguos países? ¿Dónde estaba toda esa información? ¿Por qué no la conocía nadie?

Abrí los ojos y levanté la mirada al techo. Me parecía imposible. Seguro que habría gente a quien no le pareciera bien, y ellos les habrían contado la verdad a sus hijos. Y a lo mejor sí que se la habían contado. A menudo me preguntaba por qué papá nunca me dejaba hablar del viejo libro de historia que tenía oculto en su habitación, por qué la historia que sí conocía sobre Illéa no aparecía impresa en ningún lado. Quizá fuera porque, si se hubiera puesto por escrito que Illéa había sido un héroe, la gente se hubiera rebelado. Pero si siempre había sido una cuestión de debate, en el que uno pensaba que las cosas eran de un modo y otro las negaba, ¿cómo iba a saber nunca nadie la verdad?

Me pregunté si Maxon conocía todo aquello.

De pronto me vino un recuerdo a la mente. No hacía tanto tiempo, Maxon y yo nos habíamos dado nuestro primer beso. Había sido tan inesperado que yo me había echado atrás, lo cual le hizo sentirse incómodo. Cuando me di cuenta de que quería que me besara, le sugerí que simplemente borráramos aquel recuerdo e introdujéramos uno nuevo.

«America, no creo que podamos cambiar la historia», me había dicho. A lo que yo respondí: «Claro que podemos. Además, ¿quién más va a saberlo, aparte de ti y de mí?».

Lo había dicho a modo de broma. Por supuesto, si hubiéramos acabado juntos, nos acordaríamos de lo que había ocurrido realmente, sin importarnos lo tonto que era. En realidad, nunca llegamos a reemplazar aquel recuerdo con una historia que sonara mejor.

Pero todo aquello de la Selección era un espectáculo. Si a Maxon y a mí nos preguntaran algún día por nuestro primer beso, ¿le diríamos la verdad a alguien? ¿O nos guardaríamos aquel pequeño detalle, aquel secreto entre los dos? Cuando muriéramos, nadie se enteraría, y aquel breve momento tan importante en nuestras vidas desaparecería con nosotros. ¿Podía ser tan simple? ¿Se trataba simplemente de contar una historia a una generación y repetirla hasta que la aceptaran como hecho probado? ¿Cuántas veces le había preguntado yo a alguien mayor que mamá o papá sobre lo que sabían o lo que habían visto sus padres? ¿Qué sabían los mayores? Había sido arrogante por mi parte no pensar siquiera en lo que pudieran explicar. Me sentí una tonta.

Pero lo importante no era cómo me sintiera yo. Lo importante era decidir qué iba a hacer al respecto.

Había pasado toda mi vida atrapada en un agujero creado en nuestra sociedad; y como me encantaba la música, nunca me había quejado. Pero quería estar con Aspen, y como él era un Seis, las cosas se complicaban mucho. Si años atrás Gregory Illéa no hubiera diseñado con tanta frialdad las leyes de nuestro país, cómodamente sentado en su escritorio, Aspen y yo no habríamos discutido, y yo nunca habría pensado en Maxon. Maxon no sería ni siquiera príncipe. Marlee tendría las manos intactas, y ella y Carter no vivirían en una habitación en la que apenas cabía su cama. Gerad, mi encantador hermanito pequeño, podría estudiar ciencias, si eso era lo que le gustaba, en lugar de verse abocado a dedicarse al mundo del arte, que no le apasionaba en absoluto.

Para conseguir una vida cómoda en una casa bonita, Gregory Illéa le había robado a la mayor parte del país la capacidad de siquiera intentar conseguir aquello mismo. Maxon decía que, si quería saber quién era, solo tenía que preguntarle. Antes me asustaba enfrentarme a la posibilidad de que él también fuera así, pero tenía que saberlo. Si esperaba que tomara la decisión de si quería seguir en la Selección o volverme a casa, necesitaba saber de qué pasta estaba hecho.

Me puse las zapatillas y la bata, y salí de la habitación, dejando atrás a un guardia anónimo.

—¿Está bien, señorita? —preguntó.

—Sí. Volveré enseguida.

Daba la impresión de que quería decir algo más, pero me fui demasiado rápido como para darle opción. Subí las escaleras hasta el tercer piso. A diferencia de otras plantas, había guardias en el rellano que me impedían llegar siquiera a la puerta de Maxon.

—Necesito hablar con el príncipe —dije, intentando mostrarme decidida.

—Es muy tarde, señorita —repuso el guardia de la izquierda.

—A Maxon no le importará —le aseguré.

El de la derecha se sonrió ligeramente.

—No creo que desee recibir ninguna visita ahora mismo, señorita.

Arrugué la frente, pensativa, mientras intentaba intuir a qué se refería.

Estaba con otra chica.

Era de suponer que sería Kriss, sentada en su habitación, hablando, riendo o quizás olvidando su norma de no besar.

Una doncella dobló la esquina con una bandeja en las manos y pasó a mi lado para bajar por las escaleras. Me eché a un lado, intentando decidir si debía dar un empujón a los guardias para abrirme paso o abandonar. En el momento en que iba a abrir la boca de nuevo, el guardia se me adelantó:

—Debe volver a la cama, señorita.

Habría querido gritarles o hacer algo, porque me sentía impotente. Pero eso no serviría de nada, así que me fui. Oí que uno de los guardias —el que hacía muecas— murmuraba algo cuando me alejé, y eso no hizo más que empeorar mi estado de ánimo. ¿Se estaba riendo de mí? ¿Le daba pena? No necesitaba su compasión. Ya me sentía suficientemente mal.

Cuando llegué de nuevo al segundo piso, me sorprendió ver allí a la doncella que había pasado a mi lado, arrodillada como si estuviera poniéndose bien el zapato, aunque era evidente que no era eso ni nada parecido. Cuando me acerqué levantó la cabeza, recogió la bandeja y se me acercó.

—No está en su habitación —susurró.

—¿Quién? ¿Maxon?

Asintió.

—Pruebe abajo.

Sonreí, y meneé la cabeza en un gesto de sorpresa.

—Gracias.

La doncella se encogió de hombros.

—No está en ningún sitio donde no pudiera encontrarle si le busca. Además —dijo, con una mirada de admiración—, a nosotros nos gusta usted.

Se alejó, dirigiéndose enseguida hacia el primer piso. Me pregunté a qué se refería exactamente con ese «nosotros», pero de momento me bastaba con aquella sencilla demostración de amabilidad. Me quedé allí un momento, dejando un espacio entre las dos, y luego me dirigí abajo.

El Gran Salón estaba abierto pero vacío, al igual que el comedor. Miré en la Sala de las Mujeres, pensando que sería un lugar extraño para una cita, pero tampoco estaban allí. Les pregunté a los guardias de la puerta, y estos me aseguraron que Maxon no había salido a los jardines, así que miré en algunas de las bibliotecas y salones hasta que por fin supuse que Kriss y él debían de haberse separado ya, o que habrían vuelto a la habitación de él.

Resignada, giré una esquina y me dirigí a la escalera de atrás, que estaba más cerca que la principal. No vi nada, pero al acercarme oí claramente un susurro. Me aproximé más poco a poco; no quería molestar, y tampoco estaba del todo segura de dónde procedía aquel sonido.

Otro susurro.

Una risita traviesa.

Un cálido suspiro.

Los sonidos se hicieron más claros, y por fin no tuve dudas respecto de dónde procedían. Di un paso más adelante, miré a la derecha y vi a una pareja abrazándose entre las sombras. Cuando por fin los ojos se me adaptaron a la luz y conseguí distinguir lo que veía, me quedé impresionada.

El cabello rubio de Maxon era inconfundible, incluso en la oscuridad. ¿Cuántas veces lo había visto así en la penumbra de los jardines? Pero lo que no había visto antes, ni había podido imaginarme, era el aspecto de aquel cabello entre los largos dedos de Celeste, con las uñas pintadas de rojo.

Maxon estaba aprisionado entre la pared y el cuerpo de Celeste. Ella tenía la mano contra el pecho de él, y con la pierna lo rodeaba; la raja de su vestido la dejaba bien a la vista, teñida de un tono azul en la oscuridad del pasillo.

Ella se echó atrás un poco, para caer de nuevo lentamente sobre su cuerpo, jugando con él.

Me quedé esperando a que él le dijera que se apartara, que ella no era lo que él quería. Pero no lo hizo. Al contrario, la besó. Ella se regodeó en el beso y volvió a soltar una risita. Maxon le susurró algo al oído, y Celeste se le acercó y volvió a besarle, con más fuerza, más profundamente que antes. Se le cayó el tirante del vestido, dejándole al descubierto el hombro y un trozo enorme de la piel de su espalda. Ninguno de los dos se molestó en recolocarlo en su sitio.

Yo estaba helada. Habría querido gritar, pero tenía un nudo en la garganta. De todas las chicas…, ¿por qué tenía que ser ella?

Los labios de Celeste se deslizaron desde la boca de Maxon hasta su cuello. Soltó otra risita repugnante y le besó otra vez. Maxon cerró los ojos y sonrió. Ahora que Celeste ya no lo tapaba, lo veía perfectamente. Quería salir corriendo de allí. Quería desaparecer, evaporarme, pero me quedé allí plantada.

Así que cuando Maxon abrió los ojos, me vio.

Mientras Celeste trazaba dibujos con sus besos en su cuello, él y yo nos quedamos mirándonos. Su sonrisa había desaparecido, de pronto se había quedado petrificado. Aquella mirada de asombro me hizo por fin coger fuerzas para moverme. Celeste no se había dado cuenta, así que retrocedí en silencio, sin respirar siquiera.

Cuando ya no podían oírme, eché a correr, pasando a toda velocidad junto a todos los guardias y mayordomos que trabajaban hasta tarde. Las lágrimas empezaron a asomar antes de que pudiera llegar a la escalera principal.

Subí a toda prisa y me dirigí a mi habitación. Dejé atrás al guardia, que parecía preocupado, y entré. Me senté en la cama, de cara al balcón. En el silencio de mi habitación, sentí el dolor en mi interior. Qué tonta, America, qué tonta.

Me iría a casa. Olvidaría que todo aquello había ocurrido. Y me casaría con Aspen.

Aspen era el único con el que podía contar.

No pasó mucho rato hasta que llamaron a mi puerta. Maxon entró sin esperar respuesta. Cruzó la estancia como una exhalación, aparentemente tan furioso como yo.

Antes de que pudiera decirme una palabra, ataqué.

—Me has mentido.

—¿Qué? ¿Cuándo?

—¿Cuándo no? ¿Cómo puede ser que la misma persona que hablaba de proponerme matrimonio se ponga a hacer esas cosas en un pasillo con alguien como ella?

—Lo que yo haga con ella no tiene absolutamente nada que ver con lo que siento por ti.

—Estás de broma, ¿no? ¿O es que, al ser un futuro rey, tengo que suponer que es aceptable que te dejes sobar por alguna chica semi-desnuda cada vez que te apetezca?

Maxon parecía herido.

—No, eso no es así.

—¿Y por qué ella? —pregunté, levantando la vista al techo—. ¿Por qué, de todas las mujeres del planeta, ibas a quererla a ella?

Cuando le miré en busca de una respuesta, él meneó la cabeza y paseó la mirada por la habitación.

—Maxon, Celeste es una actriz, un fraude. Deberías ver que de-bajo de todo ese maquillaje y de ese sujetador de realce que lleva no hay más que una chica que quiere manipularte para conseguir todo lo que desea.

Maxon reprimió una risa.

—De hecho, lo veo perfectamente.

Verlo tan tranquilo me sorprendió.

—Entonces, ¿por qué…?

Pero ya tenía mi respuesta.

Lo sabía. Claro que lo sabía. Había crecido en aquel ambiente. Probablemente los diarios de Gregory le servían de lectura de cabe-cera. Había sido una tonta por esperar otra cosa. ¡Qué simple había sido! Yo, pensando todo el tiempo que si había alguien que se adap-tara mejor al papel de princesa, sería Kriss. Era encantadora y pa-ciente, y un millón de cosas que yo no era. Pero la veía junto a un Maxon diferente. Para el hombre que él tendría que ser si quería se-guir las huellas de Gregory Illéa, la única chica posible era Celeste. Nadie más disfrutaría tanto pisoteando a todo un país.

—Bueno, pues ya está —dije, haciendo borrón y cuenta nueva con un movimiento de las manos—. Querías que tomara una deci-sión, y aquí la tienes: ya no puedo más. Dejo la Selección, dejo todas estas mentiras, y sobre todo te dejo a ti. Dios, no puedo creerme lo tonta que he sido.

—Tú no dejas nada, America —se apresuró a contradecirme, con una mirada que decía más que sus palabras—. Lo dejarás cuando yo diga que lo dejas. Ahora mismo estás contrariada, pero no lo dejas.

Me llevé las manos al cabello, sintiendo que, en cualquier mo-mento, podía arrancármelo de raíz.

—Pero ¿qué te pasa? ¿Es que no lo quieres ver? ¿Qué te hace pensar que se me olvidará lo que acabo de ver? Odio a esa chica. Y tú la estabas besando. No quiero saber nada de ti.

—¡Por Dios, nunca me dejas decir ni una palabra!

—¿Qué podrías decir para explicar algo así? Envíame a casa. No quiero seguir aquí.

Nuestra conversación había ido tan rápida que su silencio de pronto resultó incómodo.

—No.

Estaba furiosa. ¿No era eso exactamente lo que quería de mí?

—Maxon Schreave, no eres más que un crío que tiene entre manos un juguete que no quiere pero que no puede soportar ceder a otro niño.

Maxon respondió en voz baja:

—Entiendo que estés enfadada, pero...

Le di un empujón.

—¡Estoy más que enfadada!

Maxon mantuvo la calma.

—America, no me llames crío. Y no me empujes.

Volví a empujarle.

—¿Ah, no? ¿Y qué vas a hacer para evitarlo?

Maxon me agarró de las muñecas, torciéndome el brazo detrás de la espalda, y vi la rabia en sus ojos, lo cual me alegró. Quería que me provocara. Quería tener un motivo para hacerle daño. En aquel momento habría podido hacerle pedazos con mis propias manos.

Pero no estaba enfadado. En lugar del enfado, sentí aquella cálida corriente de electricidad que echaba tanto de menos. Su cara estaba a unos centímetros de la mía, y sus ojos buscaban los míos, quizá preguntándose cómo lo recibiría, o quizá sin importarle lo más mínimo. Aunque todo aquello era una locura, lo deseaba igualmente. Mis labios se abrieron antes de darme cuenta siquiera de lo que estaba sucediendo.

Agité la cabeza, confusa, y di un paso atrás en dirección al balcón. Él no hizo ningún esfuerzo para retenerme. Respiré hondo un par de veces y luego me giré hacia él.

—¿Me vas a enviar a casa? —le pregunté, en voz baja.

Maxon negó con la cabeza, sin poder o sin querer decir palabra.

Me arranqué su pulsera de la muñeca y la tiré al suelo.

—Entonces vete —murmuré.

Me giré hacia el balcón y esperé unos momentos hasta oír el clic de la puerta al cerrarse. En cuanto Maxon se hubo ido, me dejé caer al suelo y me eché a llorar.

Celeste y él se parecían mucho. Toda su vida era una ficción. Y yo sabía que Maxon se pasaría el resto de la vida engatusando a la opinión pública para que pensaran que era maravilloso, al tiempo que los tenía a todos atados de pies y manos. Igual que Gregory.

Me quedé sentada en el suelo, con las piernas cruzadas bajo la bata. Estaba muy disgustada con Maxon, pero más aún conmigo misma. Tendría que haber luchado más duro. Debía haber hecho más. No debería estar ahí, sentada, derrotada.

Me sequé las lágrimas y analicé la situación. Había acabado con Maxon, pero seguía allí. Había acabado con la competición, pero, aun así, tenía que hacer una presentación. Quizás Aspen pensara que no era lo suficientemente fuerte como para ser princesa —y estaba en lo cierto—, pero tenía fe en mí. Eso lo sabía. Y también mi padre. Y Nicoletta.

Ya no me interesaba ganar. Así pues, ¿qué podía hacer para salir de allí con un buen golpe de efecto?

Capítulo 27

*C*uando Silvia me preguntó qué necesitaría para mi presentación, le dije que quería una mesita para poner unos libros y un caballete para un póster que estaba dibujando. Le hizo especial ilusión saber lo del póster. Era la única que tenía experiencia en trabajos de arte y diseño.

Me pasé horas escribiendo mi presentación en fichas, para que no se me olvidara nada, y puse puntos en algunos libros para sacar citas. Además, ensayé frente al espejo para aprenderme bien las partes que me preocupaban. Intenté no pensar demasiado en lo que estaba haciendo, pues entonces todo el cuerpo me empezaba a temblar.

Le pedí a Anne que me confeccionara un vestido que me diera aspecto inocente, lo cual le hizo levantar las cejas.

—Lo dice como si hasta ahora le hubiera hecho salir por ahí en lencería fina —bromeó.

Chasqueé la lengua.

—No, no quiero decir eso. Ya sabes que todos los vestidos que me habéis hecho me han encantado. Solo quiero dar una imagen… angelical.

Ella sonrió.

—Supongo que ya se nos ocurrirá algo.

Debieron de trabajar como locas, porque el día del *Report* no vi ni a Anne, ni a Mary, ni a Lucy hasta una hora antes del inicio del programa, cuando llegaron a toda prisa con el vestido. Era blanco, vaporoso y ligero, y estaba decorado con una larga tira verde y un adorno de tul azul a la derecha. La parte inferior caía de tal modo que parecía una nube, y la cintura imperio le daba un toque de elegancia y formalidad. Me venía perfecto. Era, con mucho, el que más me gustó de todos los que me habían diseñado, y estaba encantada de lucirlo aquel día precisamente. Quizá sería el último de sus vestidos que tendría ocasión de ponerme.

Me había costado mantener mi plan en secreto, pero lo había conseguido. Cuando las chicas me preguntaron qué estaba haciendo, simplemente les dije que era una sorpresa. Eso me valió más de una mirada escéptica, pero no me importó. Les pedí a mis doncellas que no tocaran las cosas de mi escritorio, ni siquiera para limpiar, y obedecieron, dejando mis notas boca abajo.

Nadie lo sabía.

La persona a la que más ganas tenía de contárselo era a Aspen, pero me contuve. Por una parte tenía miedo de que me convenciera de no hacerlo; por otra, me temía que se mostrara demasiado entusiasta.

Mientras mis doncellas se esmeraban para ponerme guapa, me miré al espejo y supe que aquello era algo que tenía que hacer sola. Y mejor así. No quería que nadie —ni mis doncellas, ni las otras chicas, ni Aspen, sobre todo— se metieran en problemas por mi culpa.

Lo único que quedaba por hacer era poner las cosas en orden.

—Anne, Mary, ¿podríais ir a prepararme un té?

Ellas se miraron.

—¿Las dos? —preguntó Mary.

—Sí, por favor.

No parecían convencidas, pero hicieron una reverencia y se fueron. En cuanto salieron, me giré hacia Lucy.

—Siéntate conmigo —le pedí, llevándola al banquito acolchado en el que estaba sentada yo. Ella obedeció, y yo le pregunté, simplemente—: ¿Eres feliz?

—¿Señorita…?

—Últimamente pareces triste. Me preguntaba si te encuentras bien.

Ella bajó la cabeza.

—¿Tan obvio es? —Un poquito —admití, pasándole el brazo por los hombros y acercándola a mí.

Ella suspiró y me apoyó la cabeza en el hombro. Me alegré muchísimo de que olvidara por un momento las barreras invisibles que había entre las dos.

—¿Alguna vez ha deseado algo que no pudiera conseguir?

Solté una risita sarcástica.

—Lucy, antes de llegar aquí era una Cinco. Hay tantas cosas que no podía tener que si hiciera una lista sería tan larga…

Una lágrima solitaria le rodó por la mejilla. Resultaba raro; normalmente me lo habría ocultado.

—No sé qué hacer. Estoy atrapada.

Erguí el cuerpo e hice que me mirara a la cara.

—Lucy, quiero que sepas que estoy segura de que puedes hacer lo que quieras, ser lo que seas. Creo que eres una chica asombrosa.

Ella sonrió tímidamente.

—Gracias, señorita.

Sabía que no teníamos mucho tiempo.

—Escucha, necesito que hagas algo por mí. No estaba segura de si podía contar con las otras, pero confío en ti.

Aunque parecía confusa, cuando respondió supe que lo decía de verdad:

—Lo que sea.

Fui a uno de los cajones y saqué una carta.

—¿Le podrías dar esto al soldado Leger?

—¿Al soldado Leger?

—Me gustaría darle las gracias por lo amable que ha sido, y he pensado que resultaría inapropiado darle una carta personalmente, ya sabes. —Era una excusa muy pobre, pero era el único modo de explicarle a Aspen el porqué de lo que iba a hacer y de despedirme de él. Suponía que no me quedaría mucho tiempo en el palacio tras aquella noche.

—Me encargaré de que le llegue antes de una hora —dijo, decidida.

—Gracias —respondí.

Las lágrimas amenazaban con aparecer, pero las contuve. Estaba asustada, pero había demasiados motivos para actuar como tenía previsto.

Todos nos merecíamos algo mejor. Mi familia, Marlee y Carter, Aspen, incluso mis doncellas; todos estábamos atrapados en nuestras vidas debido a los planes de Gregory Illéa. Pensaría en ellos.

Cuando entré en el plató del *Report*, tenía bajo el brazo un montón de libros marcados y una carpeta con mi póster. La estructura era la misma de siempre —los asientos del rey, la reina y Maxon a la derecha, cerca de la puerta, y los de las chicas de la Selección a la izquierda—, pero, en el centro, en el lugar en el que solía haber una tarima donde se subía a hablar el rey o unas sillas para las entrevistas, habían dejado un espacio para las presentaciones. Vi una mesita y mi caballete, pero también una pantalla en la que supuse que alguna haría un pase de diapositivas. Era impresionante. Me pregunté quién sería la que había logrado los recursos necesarios para montar todo aquello.

Me fui hasta la última silla —junto a la de Celeste, por desgracia— y coloqué mi carpeta al lado. Apoyé los libros sobre las rodillas. Natalie también traía unos libros; y Elise estaba releyendo sus notas una y otra vez. Kriss miraba al techo y parecía estar recitando su presentación mentalmente. Celeste estaba comprobando su maquillaje.

Silvia estaba allí, como solía ocurrir cuando teníamos que hablar de algo que nos hubiera encargado ella, y aquel día estaba con los nervios a flor de piel. Probablemente aquella fuera nuestra tarea más complicada, y el resultado diría mucho de ella.

Respiré hondo. No había pensado en Silvia. Pero ahora ya era demasiado tarde.

—¡Están preciosas, señoritas, fantástico! —dijo, al acercarse—. Ahora que están todas aquí, quiero explicarles unas cuantas cosas. En primer lugar, el rey se pondrá en pie y hará unos cuantos anuncios; luego Gavril desarrollará el tema de la noche: la presentación de sus proyectos filantrópicos.

Silvia, que era como una máquina inalterable y nunca perdía la calma, estaba agitada. De hecho, daba botecitos mientras hablaba.

—Bueno, ya sé que han estado practicando. Tienen ocho minutos; y si alguien les hace alguna pregunta después, Gavril les dará paso. Recuerden mantener la compostura. ¡El país las está mirando! Si se pierden, respiren hondo y sigan adelante. Van a estar estupendas. Ah, y saldrán en el orden en que están sentadas, así que, Lady Natalie, usted es la primera; y Lady America será la última. ¡Buena suerte, chicas!

Silvia se alejó para hacer las últimas comprobaciones. Intenté calmarme. La última. Seguramente sería mejor así. Natalie debía de estar más nerviosa al ser la primera. La miré y vi que estaba sudando. Intentar concentrarse con aquella presión sería una tortura. No pude evitarlo y miré también a Celeste. Ella no sabía si la había visto con Maxon, y no dejaba de preguntarme por qué no se lo había contado nunca a nadie. El hecho de que lo guardara en secreto me hacía pensar que no era la primera vez.

Aquello lo hacía aún peor.

—¿Nerviosa? —le pregunté, mientras ella se quitaba algo que se le había quedado pegado en una uña.

—No. Esto es una estupidez, y en realidad no le importa a nadie. No veo la hora de que acabe. Y yo soy modelo —dijo, mirándome por fin—. Se me da bien ponerme delante de las cámaras.

—Desde luego parece que eres una experta en posar —murmuré.

Era evidente que aquello le hizo pensar, intentando decidir si era un insulto o no. Acabó levantando la vista y girándose hacia el otro lado.

Justo en aquel momento entró el rey, con la reina al lado. Hablaban entre susurros, y parecía que se trataba de algo muy importante. Un momento más tarde entró Maxon, ajustándose los puños de la camisa mientras se dirigía a su sitio. Vestido con aquel traje tenía un aspecto inocente y limpio; tuve que recordarme a mí misma lo que sabía de él.

Me miró. No iba a dejarme intimidar, así que le mantuve la mirada. Entonces, con timidez, Maxon levantó la mano y se tiró de la oreja. Negué lentamente con la cabeza, con una expresión que dejaba claro que, si dependía de mí, nunca más volveríamos a hablar.

Cuando empezaron las presentaciones, un sudor frío me recorrió todo el cuerpo. La propuesta de Natalie fue corta, y no estaba muy bien documentada.

Afirmaba que todo lo que hacían los rebeldes era deleznable y que habría que acabar con ellos para mantener la seguridad en las provincias de Illéa. Cuando acabó, todas la miramos sin decir nada. ¿Cómo es posible que no supiera que todo lo que hacían los rebeldes ya se consideraba ilegal?

La reina, en particular, puso una cara terriblemente triste cuando Natalie se sentó.

Elise propuso un programa para relacionar a los miembros de las castas más altas con gente de Nueva Asia, mediante una especie de intercambio de cartas. Sugería que aquello ayudaría a reforzar los vínculos entre los países y que ayudaría a poner fin a la guerra. Yo no tenía claro que aquello sirviera de algo, pero al menos servía para recordar por qué ella aún seguía en la Selección. La reina le preguntó si conocía a alguien en Nueva Asia que pudiera estar dispuesto a participar en el programa, y Elise le aseguró que sí.

La presentación de Kriss fue espectacular. Quería reformar el sistema de educación pública. Aquella era una idea que les gustaba tanto a Maxon como a la reina. Como esta era hija de un maestro, habría pensado en ello toda la vida. Usó la pantalla para mostrar imágenes del colegio de su provincia al que la habían enviado sus padres. En los rostros de los profesores se reflejaba el agotamiento, y en una fotografía se veía un aula en la que cuatro niños estaban sentados en el suelo, puesto que no había suficientes sillas. La reina hizo decenas de preguntas, y Kriss las respondió enseguida. Recurriendo a copias de viejos informes económicos que habíamos leído, incluso había encontrado una fuente a la que recurrir para pedir prestado el dinero necesario para poner el proyecto en marcha, y aportó ideas para la posterior financiación del sistema.

Cuando se sentó, vi que Maxon le sonreía y asentía. Ella respondió ruborizándose y se quedó mirando el encaje de su vestido. Me parecía una crueldad que jugara así con ella, teniendo en cuenta su relación íntima con Celeste. Pero ya no era asunto mío. Que hiciera lo que le diera la gana.

La presentación de Celeste fue interesante, aunque algo tendenciosa. Sugirió que se estableciera un salario mínimo para algunas de las castas más bajas. Sería en una escala progresiva, de acuerdo con la formación. No obstante, para obtener esa formación, los Cincos, Seises y Sietes tendrían que cursar estudios…, que tendrían que pagar…, lo que beneficiaría sobre todo a los Treses, que eran los únicos autorizados para dar clases. Como Celeste era una Dos, no tenía ni idea de lo que tendríamos que trabajar para conseguir pagar aquello. Nadie dispondría de tiempo suficiente para lograr los diplomas necesarios, con lo que nunca obtendrían esa prestación. A primera vista parecía una buena idea, pero era imposible que funcionara.

Celeste regresó a su sitio, y yo me eché a temblar al ponerme en pie. Por un momento me planteé fingir que me desmayaba. Pero tenía que hacerlo. Lo malo es que no quería afrontar lo que vendría después.

Coloqué mi póster —un diagrama de las castas— en el caballete, y puse mis libros en orden sobre la mesa. Cogí aire y agarré mis fichas con fuerza, aunque, una vez lanzada, observé con sorpresa que ni siquiera me hacían falta.

—Buenas noches, Illéa. Hoy me presento ante ustedes no como parte de la Élite, no como Tres ni como Cinco, sino como ciudadana, como una igual. Según la casta a la que cada cual pertenezca, la visión de cómo funciona nuestro país puede ser diferente. Desde luego, a mí me ha pasado. Pero hasta hace poco no he comprendido hasta dónde llegaba mi amor por Illéa.

»A pesar de haber crecido en un hogar en el que a veces faltaba la comida o la electricidad, a pesar de ver que a gente a la que yo amaba la forzaban a vivir en una situación que habían adquirido al nacer, con muy pocas esperanzas de que aquello cambiara, a pesar de ver la distancia que me separaba de otras personas debido a un simple número, aunque no fuéramos tan diferentes —miré a las chicas—, sigo queriendo a nuestro país.

Sabía que ahí venía el cambio de ficha, y lo hice automáticamente, sin mirarlas.

—Lo que propongo no sería sencillo. Podría ser incluso doloroso, pero de verdad creo que beneficiaría a todo nuestro reino. —Cogí aire—. Creo que deberíamos eliminar las castas.

Oí más de una respiración entrecortada. Decidí no hacer caso.

—Sé que hubo una época, cuando nuestro país acababa de nacer, en que la asignación de estos números ayudó a organizar algo que estaba a punto de desaparecer. Pero ya no somos ese país. Ahora somos mucho más. Permitir que personas sin talento tengan privilegios desmesurados y poner cortapisas a las que podrían ser algunas de las mentes más brillantes del mundo simplemente por mantener un sistema de organización arcaico es cruel, y lo único que hace es impedirnos sacar lo mejor de nosotros mismos.

Hice referencia a una encuesta de una de las viejas revistas de Celeste, que había consultado después de que hubiéramos hablado de crear un ejército de voluntarios, en la que el sesenta y cinco por ciento de la gente pensaba que era buena idea. ¿Por qué eliminar la posibilidad de algunos de labrarse un futuro? También cité un viejo informe que habíamos estudiado sobre la estandarización de exámenes en las escuelas públicas. El artículo era tendencioso, y afirmaba que solo el tres por ciento de Seises y Sietes reflejaban coeficientes de inteligencia altos; y al tratarse de un porcentaje tan bajo, estaba claro que habían decidido dejarlos donde estaban. Defendí que debería darnos vergüenza que esas personas estuvieran obligadas a pasarse la vida cavando zanjas cuando podían estar haciendo operaciones de corazón.

Por fin llegó el final de aquella dura prueba:

—Quizá nuestro país tenga su riqueza mal repartida, pero no podemos negar su potencial. Lo que me da miedo es que, si no cambiamos algo, ese potencial se quede estancado. Y quiero demasiado a mi país como para permitir que eso ocurra. Tengo demasiadas esperanzas puestas en él como para permitir que suceda. —Tragué saliva, aliviada al menos de haber llegado al final—. Gracias por su tiempo —añadí, y me giré ligeramente hacia la familia real.

La cosa iba mal. La expresión de Maxon volvía a ser pétrea, como el día en que habían azotado a Marlee. La reina apartó la vista, evidentemente decepcionada. El rey, en cambio, se me quedó mirando.

Sin parpadear siquiera, se dirigió a mí:

—¿Y cómo sugieres que eliminemos las castas? —me desafió—. ¿Así, de pronto, las quitamos y ya está?

—Oh…, no sé.

—¿Y no crees que eso provocaría altercados? ¿Un caos total? ¿Que permitiría que los rebeldes se aprovecharan de la confusión de la gente?

Aquello no lo había pensado a fondo. Lo único que tenía claro era lo injusto que era el sistema.

—Creo que la creación de las castas ya creó una confusión considerable, y aun así lo superamos. De hecho —dije, recurriendo a mi montón de libros—, aquí tengo una descripción.

Hojeé el diario de Gregory en busca de la página indicada.

—¿Ya hemos cortado? —rugió.

—Sí, majestad —respondió alguien.

Levanté la vista y vi que las luces que solían indicar el funcionamiento de las cámaras se habían apagado. Con algún gesto que me había pasado por alto, el rey había puesto punto final al *Report*. Se puso en pie.

—Poned las cámaras apuntando al suelo —ordenó, y los técnicos obedecieron. Se lanzó hacia mí y me arrancó el diario de las manos—. ¿De dónde has sacado esto? —me gritó.

—¡Padre, padre! —exclamó Maxon, agitado, mientras se acercaba.

—¿De dónde ha sacado esto? ¡Respóndeme!

—Se lo di yo —confesó Maxon—. Estábamos consultando lo que era eso de Halloween. Salía en los diarios de Gregory Illéa, y pensé que le gustaría leer algo más.

—Idiota —le espetó el rey—. Sabía que tenía que haberte hecho leer esto antes. Estás perdido. ¡No tienes ni idea de lo que te espera!

Oh, no. Oh, no, no, no.

—Ella se va esta noche —ordenó el rey Clarkson—. Ya la he aguantado bastante.

Intenté echarme atrás, distanciarme todo lo que pudiera del rey sin que se diera cuenta. Incluso procuré no hacer demasiado ruido al respirar. Me giré hacia las chicas y, por algún motivo, miré a Celeste. Esperaba encontrarme con su sonrisa, pero estaba nerviosa. Nunca habíamos visto al rey tan alterado.

—No puedes enviarla a casa. Eso lo decido yo, y yo digo que se queda —respondió Maxon sin alterarse.

—Maxon Calix Schreave, yo soy el rey de Illéa, y yo digo…

—¿No podrías dejar de ser rey aunque solo sea cinco minutos, y ser simplemente mi padre? —gritó Maxon—. Eso me corresponde a mí. Tú tienes que tomar tus decisiones, y yo quiero tomar las mías. ¡De aquí no se va ninguna chica si yo no lo digo!

Vi que Natalie se agarraba a Elise. Ambas parecían estar temblando.

—Amberly, llévate esto y devuélvelo a su sitio —dijo el rey, poniéndole el libro en las manos a la reina. Ella se quedó allí, asintió, pero no se movió—. Maxon, quiero verte en mi despacho.

Miré a Maxon; y quizá solo me lo imaginara, pero me dio la impresión de ver una sombra de pánico en el fondo de sus ojos.

—O… —propuso el rey— podría hablar directamente con ella.

—No —protestó Maxon, levantando una mano—. Eso no será necesario. Señoritas —añadió, girándose hacia nosotras—, ¿por qué no van todas arriba? Hoy les enviaremos la cena a sus habitaciones.

—Hizo una pausa—. America, a lo mejor deberías prepararte y recoger tus cosas. Por si acaso.

El rey sonrió, y su sonrisa adquirió un aire siniestro, tras aquella explosión de rabia.

—Excelente idea. Tú primero, hijo.

Miré a Maxon, que parecía derrotado. Me sentí avergonzada. Él abrió la boca para decir algo, pero al final meneó la cabeza y emprendió la marcha.

Kriss se retorcía las manos de los nervios, mirando a Maxon. No podía culparla. Había algo amenazador en todo aquello.

—¿Clarkson? —dijo la reina Amberly, sin levantar la voz—. ¿Qué hay de lo otro?

—¿El qué? —preguntó él, irritado.

—La noticia —le recordó ella.

—Ah, sí —dijo él, y retrocedió hacia nosotras. Estaba tan cerca que decidí retirarme a mi silla, por miedo a quedarme sola en medio otra vez. El rey Clarkson habló con voz firme y tranquila—: Natalie, no hemos querido decírtelo antes del *Report*, pero hemos recibido malas noticias.

—¿Malas noticias? —preguntó, agarrándose nerviosa el collar.

El rey se acercó.

—Sí, siento mucho tu pérdida, pero parece que los rebeldes se han llevado a tu hermana esta mañana.

—¿Qué? —dijo ella, en un susurro.

—Han encontrado sus restos esta tarde. Lo sentimos —añadió, y tuve que admitir que en su voz se detectaba algo próximo a la empatía, aunque más que una emoción genuina sonaba a una entonación bien ensayada.

Enseguida volvió junto a Maxon, apremiándolo a salir por la puerta mientras Natalie estallaba en un grito desesperado. La reina fue corriendo a su lado, acariciándole el cabello e intentando calmarla. Celeste, que nunca había sido demasiado cariñosa, abandonó el estudio en silencio, y Elise la siguió, anonadada. Kriss se quedó e intentó consolar a Natalie, pero en cuanto quedó claro que no podía hacer gran cosa, también se fue. La reina le dijo a Natalie que les habían puesto protección a sus padres, por lo que pudiera pasar, y que podría ir al funeral si quería, y no se separó de ella en ningún momento.

Todo se había quedado a oscuras tan rápido que me sentí paralizada en mi silla.

Cuando apareció aquella mano frente a mi cara, me sobresalté tanto que eché la cabeza atrás.

—No te haré daño. Solo quiero ayudarte —dijo Gavril, y el broche de su solapa brilló, reflejando la luz.

Le di la mano, sorprendida de lo que me temblaban las piernas.

—Debe de quererte mucho —observó Gavril, en cuanto me puse en pie.

No podía mirarle a la cara.

—¿Qué te hace pensar eso?

Gavril suspiró.

—Conozco a Maxon desde que era un niño. Nunca le había plantado cara a su padre de ese modo.

Gavril se alejó para decirle al equipo de rodaje que no dijeran una palabra de todo lo que habían oído aquella noche.

Me acerqué a Natalie. No es que la conociera tanto, pero estaba segura de que amaba a su hermana como yo quería a May; y no podía imaginarme el dolor que estaría sintiendo.

—Natalie, lo siento muchísimo —susurré.

Ella asintió. Era lo máximo que podía hacer.

La reina me miró con simpatía, sin saber muy bien cómo expresar toda su tristeza.

—Y… perdóneme usted también, majestad. No quería… Yo solo…

—Lo sé, querida.

Con lo que estaba pasando Natalie, no podía esperar más despedidas, así que le hice una última reverencia a la reina y abandoné el estudio lentamente, intentando asimilar el desastre del que yo misma era la responsable.

Capítulo 28

$\mathcal{L}$o último que me esperaba cuando atravesé el umbral de mi puerta eran los aplausos de mis doncellas.

Me quedé allí un momento, conmovida por su apoyo y reconfortada por las expresiones de orgullo de sus rostros. Cuando ya no podían hacerme sonrojar más, Anne me cogió de las manos.

—Bien dicho, señorita —dijo ella, apretándomelas suavemente, y en sus ojos vi tanta alegría que por un momento no me sentí tan mal.

—¡No me puedo creer que haya hecho eso! ¡Nunca hay nadie que nos defienda! —añadió Mary.

—¡Maxon tiene que escogerla! —gritó Lucy—. Es la única que me da esperanza.

Esperanza.

Necesitaba pensar, y el único lugar donde podía hacerlo a gusto eran los jardines. Aunque mis doncellas insistían en que me quedara, salí dando un rodeo, por una escalera trasera en el otro extremo del pasillo. Aparte de algún guardia, la planta baja estaba desierta y tranquila. Yo esperaba que el palacio estuviera bullendo de actividad, teniendo en cuenta todo lo que había ocurrido en la última media hora.

Cuando pasé por el pabellón de la enfermería, la puerta se abrió de golpe y fui a chocar contra Maxon, que dejó caer una caja de metal cerrada. Murmuró algo tras nuestro choque, aunque no había sido tan fuerte.

—¿Qué estás haciendo fuera de tu habitación? —preguntó, mientras se agachaba lentamente a recoger la caja. Observé que llevaba su nombre en un lado. Me pregunté qué guardaría en la enfermería.

—Iba a los jardines. Estoy intentando decidir si he hecho una estupidez o no.

A Maxon parecía que le costaba mantenerse en pie.

—Oh, ya te puedo asegurar yo que sí; ha sido una estupidez.

—¿Necesitas ayuda?

—No —se apresuró a responder, evitando mirarme a los ojos—. Me voy a mi habitación. Y te sugiero que tú hagas lo mismo.

—Maxon —dije, con un tono de súplica que hizo que se viera obligado a mirarme—. Lo siento mucho. Estaba enfadadísima, y quería… Ya ni siquiera lo sé. Y tú eras el que decías que ser un Uno tenía sus privilegios, que podías cambiar las cosas.

Él puso la mirada en el cielo.

—Tú no eres una Uno —dijo, y se hizo el silencio—. Y aunque lo fueras, ¿acaso no te das cuenta de cómo hago yo las cosas? Poco a poco y en silencio. Así es como tiene que ser de momento. No puedes plantarte en la televisión quejándote de cómo funcionan las cosas y esperar tener el apoyo de mi padre, ni el de nadie.

—¡Lo siento! —dije, llorando—. Lo siento mucho.

Él se quedó en silencio un momento.

—No estoy seguro de que…

Oímos los gritos al mismo tiempo. Maxon se giró y dio unos pasos, y yo le seguí, intentando entender de qué se trataba. ¿Alguien que se peleaba? Cuando llegamos más cerca de la intersección con el pasillo principal y las puertas que daban a los jardines, vimos a un grupo de guardias que llegaban a la carrera.

—¡Den la alarma! —gritó alguien—. ¡Han atravesado las puertas!

—¡Preparen armas! —exclamó otro guardia, imponiéndose al ruido general.

—¡Avisen al rey!

Y entonces, como un enjambre de abejas, una nube de algo rápido y pequeño atravesó el pasillo. Un guardia fue alcanzado y cayó de espaldas, y al caer contra el mármol la cabeza le hizo un ruido muy desagradable. La sangre que le manaba del pecho me hizo soltar un chillido.

Maxon me apartó instintivamente, pero no demasiado rápido. Quizás él también estuviera en estado de shock.

—¡Alteza! —le gritó un guardia que llegó corriendo a nuestra altura—. ¡Tiene que bajar inmediatamente!

Cogió a Maxon con decisión, le dio la vuelta y lo sacó de allí a empujones. Él gritó y dejó caer la caja metálica otra vez. Miré hacia la mano del guardia y, por el grito que había emitido Maxon, pensé que encontraría en ella un cuchillo y que se lo habría clavado en la espalda. Pero lo único que vi fue un grueso anillo de peltre alrededor de su dedo pulgar. Recogí la caja por el asa que tenía a un lado, esperando no estropear lo que hubiera dentro, y corrí hacia el guardia que intentaba sacarnos de allí.

—No lo conseguiré —dijo Maxon.

Me giré y vi que estaba sudando. Le pasaba algo grave.

—Sí, señor —dijo el guardia, muy serio—. Por aquí.

Tiró de Maxon y rodeó una esquina que parecía llevar a un rincón sin salida. Me preguntaba si iba a dejarnos allí, pero entonces accionó algún mecanismo invisible en la pared, y se abrió otra de las misteriosas puertas del palacio. Allí dentro estaba tan oscuro que yo no veía adónde daba; pero Maxon entró, agachándose, sin pensarlo.

—Dígale a mi madre que America y yo estamos a salvo. Haga eso antes que ninguna otra cosa —ordenó.

—Por supuesto, señor. Volveré a buscarle yo mismo cuando todo esto acabe.

Sonó la sirena. Me pregunté si llegaría a tiempo para que se salvara todo el mundo.

Maxon asintió y la puerta se cerró, sumiéndonos en la más completa oscuridad. El refugio era tan hermético que ni siquiera se oía la sirena de la alarma. Oí que Maxon frotaba la pared con la mano, hasta que dio con un interruptor que encendió una luz tenue. Miré alrededor y examiné aquel espacio.

Había unos estantes con un montón de paquetes de plástico oscuro y otro estante con unas cuantas mantas finas. En el centro del minúsculo espacio había un banco de madera en el que quizá podrían sentarse cuatro personas, y en la esquina contraria un pequeño lavabo y lo que parecía un váter muy espartano. En una pared había unos ganchos, pero no había nada colgado en ellos; y toda la salita olía al metal del que parecían estar hechas las paredes.

—Al menos este es uno de los buenos —dijo Maxon, tambaleándose hasta sentarse en el banco.

—¿Qué te pasa?

—Nada —dijo en voz baja, y apoyó la cabeza sobre sus brazos.

Me senté a su lado, dejando la caja de metal en el banco y paseando de nuevo la mirada por el refugio.

—Supongo que son rebeldes sureños, ¿no?

Maxon asintió. Intenté respirar más despacio y borrar de mi mente lo que acababa de ver. ¿Sobreviviría aquel guardia? ¿Podía sobrevivir alguien a algo así?

Me pregunté hasta dónde habrían podido penetrar los rebeldes en el tiempo que habíamos tardado en ocultarnos. ¿Habría sonado la alarma lo suficientemente rápido?

—¿Estamos seguros aquí?

—Sí. Este es uno de los refugios para los criados. Si un ataque los pilla en la cocina o en el almacén, allí están bastante seguros. Pero los que están por ahí haciendo sus tareas a veces no tienen tiempo de llegar hasta allí. Esto no es tan seguro como el gran refugio de la familia real, donde hay provisiones para vivir un tiempo, pero las de aquí también valen para un apuro.

—¿Y los rebeldes lo saben?

—Es posible —dijo, haciendo una mueca al erguir un poco el cuerpo—. Pero no pueden entrar en estos refugios una vez que están ocupados. Solo hay tres modos de salir: o alguien que tenga llave abre desde fuera, o se usa la llave desde dentro —Maxon se llevó la mano al bolsillo, dejando claro que podría sacarnos de allí en caso necesario—, o hay que esperar dos días. A las cuarenta y ocho horas las puertas se abren automáticamente. Los guardias comprueban todos los refugios una vez que ha pasado el peligro, pero siempre es posible que se dejen uno, y sin este mecanismo de apertura retardada alguien podría quedar atrapado aquí dentro para siempre.

Tardó un rato en decir todo aquello. Era evidente que algo le dolía, pero parecía que intentaba distraerse con las palabras. Se inclinó hacia delante y luego soltó un soplido de dolor.

—¿Maxon?

—Ya no..., ya no puedo aguantarlo más. America, ¿me ayudas con el abrigo?

Extendió el brazo, y yo le ayudé a quitarse el abrigo por una manga. Lo dejó caer tras él y se puso a abrirse los botones. Quise ayudarle, pero me detuvo, cogiéndome las manos con las suyas.

—Por ahora has demostrado que se te da fatal guardar secretos. Pero este es uno que tienes que llevarte a la tumba. Y yo a la mía. ¿Lo entiendes?

Asentí, aunque no estaba muy segura de qué quería decir. Maxon me soltó la mano y, muy despacio, le desabroché la camisa. Me pregunté si alguna vez se habría imaginado que yo pudiera estar haciendo algo así. No tenía problema en admitir que yo sí. La noche de Halloween me había echado en la cama y había soñado con un momento así. Me lo había imaginado muy diferente, pero, aun así, sentí un escalofrío.

Había estudiado música desde pequeña, y además había vivido rodeada de artistas. Una vez había visto una escultura que tenía siglos de antigüedad y que mostraba a un atleta lanzando un disco. En aquel tiempo pensé que solo un artista podría haber hecho que el cuerpo de un hombre resultara tan bonito. El pecho de Maxon era tan escultural como cualquier obra de arte que hubiera visto antes.

Pero todo cambió cuando le quise quitar la camisa por la espalda. Se le quedó pegada, y se oyó un sonido pringoso y resbaladizo cuando intenté apartarla.

—Despacio —dijo.

Asentí, y me puse detrás de él para intentarlo desde allí.

La parte trasera de la camisa de Maxon estaba empapada de sangre.

Me sobresalté, y me quedé inmóvil un momento. Pero entonces, consciente de que si me quedaba mirando sería aún peor, seguí adelante. Cuando conseguí quitarle la camisa, la colgué de uno de los ganchos, concediéndome un momento para recobrar la compostura.

Me giré y eché un vistazo a la espalda de Maxon. Tenía un corte sangrante en el hombro que seguía hasta la cintura, y se cruzaba con otro que también sangraba, y que a su vez se cruzaba con otro ya cerrado; debajo de este había otro convertido en una antigua cicatriz. Parecía que tenía al menos seis cortes recientes en la espalda, por encima de otros demasiado numerosos como para contarlos.

¿Cómo podía haber ocurrido algo así? Maxon era el príncipe. Era miembro de la familia real; estaba por encima de todos los demás, a veces incluso de la ley. ¿Cómo podía ser que hubiera acabado lleno de cicatrices?

Entonces recordé la mirada del rey aquella noche. Y el esfuerzo de Maxon por ocultar su miedo. ¿Cómo podía hacerle un hombre algo así a su hijo?

Volví a girarme, buscando hasta que encontré un trapito. Me fui al lavabo y me alegré al ver que el grifo funcionaba, aunque el agua estaba helada.

Me recompuse y me acerqué, intentando mantener la calma por él.

—Esto puede que te escueza un poco —le advertí.

—No pasa nada —murmuró—. Estoy acostumbrado.

Cogí el trapito mojado y fui limpiándole la herida desde el hombro, de arriba abajo. Él se encogió un poco, pero aguantó en silencio. Cuando pasé a la segunda herida, Maxon empezó a hablar.

—Llevo años preparándome para esta noche, ¿sabes? Esperando el día en que tuviera la fuerza necesaria para plantarle cara.

Maxon calló un momento, y algunas cosas adquirieron por fin sentido: por qué alguien que trabajaba sentado a una mesa tenía aquellos músculos, por qué siempre parecía estar vestido y listo para ponerse en marcha, por qué le enfurecía que una chica le llamara niño y le diera empujones.

Me aclaré la garganta.

—¿Y por qué no lo has hecho?

Hizo una pausa.

—Tenía miedo de que, si me resistía, fuera a por ti.

Tuve que parar un momento; estaba demasiado sobrecogida como para hablar siquiera. Las lágrimas amenazaban con asomar, pero intenté mantener el tipo. Estaba segura de que llorando solo empeoraría las cosas.

—¿Lo sabe alguien?

—No.

—¿Ni el médico? ¿O tu madre?

—El médico lo sabe, pero no puede decir nada. Y yo nunca se lo diría a mi madre, ni le daría motivo para que sospechara. Sabe que mi padre es severo conmigo, pero no quiero que se preocupe. Y puedo soportarlo.

Seguí limpiándole las heridas.

—Con ella no es así —precisó enseguida—. Supongo que con mi madre se porta mal de otro modo, pero no así.

—Hmm —repliqué, no muy segura de qué decir.

Seguí limpiando, y Maxon reprimió un lamento.

—Vaya, eso pica.

Aparté el trapito un momento y él recuperó la respiración normal. Al cabo de un momento hizo un gesto con la cabeza, y volví a la tarea.

—Entiendo a Carter y a Marlee más de lo que te crees —dijo, intentando quitarle hierro al asunto—. Estas cosas tardan mucho en curarse, especialmente si has decidido ocuparte tú solo de ellas.

Me quedé inmóvil un momento, sorprendida. A Marlee la habían azotado quince veces seguidas. Pensé que, de tener que escoger, preferiría eso a los azotes que había recibido Maxon, recibidos por sorpresa.

—¿Y los otros por qué te los dio? —pregunté, y al momento me mordí la lengua—. No me hagas caso. Soy una maleducada.

Él encogió el hombro sano.

—Por cosas que hice o que dije. Por cosas que sé.

—Cosas que yo sé —añadí—. Maxon, lo siento… —Me quedé sin respiración, y sentí que estaba al borde del llanto. Era como si le hubiera azotado yo misma.

No se giró, pero echó la mano atrás y me cogió la rodilla.

—¿Cómo vas a acabar de curarme si te pones a llorar?

Solté una risita débil entre lágrimas y me limpié la cara. Acabé de limpiarle, intentando hacerle el mínimo daño posible.

—¿Crees que habrá vendas por ahí? —pregunté, paseando la mirada por la habitación.

—En la caja.

Mientras él se reponía, abrí los cierres de la caja y observé la abundancia de material.

—¿Por qué no tienes las vendas en tu habitación?

—Por puro orgullo. Estaba decidido a no necesitarlas nunca más.

Suspiré en silencio. Leí las etiquetas y encontré una solución desinfectante, algo que parecía un analgésico y vendas.

Me coloqué a sus espaldas y me preparé para aplicárselas.

—Puede que esto te duela.

Asintió. Cuando el medicamento entró en contacto con su piel, soltó un gruñido y luego calló de nuevo. Intenté ir lo más rápidamente posible, para que le resultara lo menos incómodo posible.

Le apliqué el ungüento en las heridas, y estaba claro que le fue bien. La tensión de los hombros fue reduciéndose a medida que iba avanzando. Yo también me sentí mejor; de algún modo, era como si estuviera reparando, en parte, todo el mal que le había causado.

Soltó una breve risita socarrona.

—Sabía que al final se descubriría mi secreto. Llevo años intentando buscarme una buena excusa. Esperaba encontrar algo creíble antes de la boda, porque sabía que mi esposa las vería, pero aún no sé qué podría decir. ¿Alguna idea?

Me quedé pensando un momento.

—La verdad siempre funciona.

Asintió.

—No es mi opción preferida. Al menos no para esto.

—Creo que ya estoy.

Maxon se giró y arqueó la espalda un poco, y luego se giró hacia mí, con expresión de agradecimiento.

—Está perfecto, America. Mejor que todas las veces que me lo he hecho yo.

—Me alegro.

Se me quedó mirando un momento y se hizo el silencio. ¿Qué podíamos decirnos?

Los ojos se me iban a su pecho, y tenía que dejar de mirarle.

—Voy a lavarte la camisa —decidí.

Me fui al rincón y me puse a frotarle la camisa; el agua se fue poniendo roja antes de escaparse por el desagüe. Sabía que no saldría toda, pero al menos así tenía algo que hacer.

Cuando acabé, la escurrí y la colgué de nuevo en un gancho. Me giré, y vi que Maxon me miraba.

—¿Por qué nunca me haces las preguntas que te quiero responder?

No pensé que pudiera tomar asiento a su lado en el banco sin sentir la tentación de tocarle. Así que me senté en el suelo, frente a él.

—No sabía que fuera así.

—Así es.

—Bueno, ¿qué es lo que no te estoy preguntando y que quieres responderme?

Soltó un suspiro y se inclinó hacia delante, apoyando los codos sobre las rodillas.

—¿No quieres que te explique lo de Kriss y lo de Celeste? ¿No crees que te lo mereces?

Capítulo 29

$\mathcal{M}$e crucé de brazos.

—He oído la versión de Kriss sobre lo ocurrido, y no creo que exagere en nada. En cuanto a Celeste, preferiría no volver a hablar de ella nunca más.

Se rio.

—Qué tozuda. Eso lo echaré de menos.

Me quedé callada un minuto.

—Así pues, ¿ya está? ¿Estoy fuera?

Maxon se quedó pensando.

—Ahora ya no estoy seguro de que pueda pararlo. ¿No es eso lo que querías?

—Estaba furiosa —dije, en un susurro, meneando la cabeza—. Estaba enfadadísima.

Aparté la mirada; no quería llorar. Aparentemente Maxon había decidido que debía escuchar lo que tenía que decirme, quisiera o no. Por fin me tenía atrapada, y tendría que oír todo lo que quería contarme.

—Pensé que eras mía —dijo. Levanté los ojos y me encontré con que él tenía la vista puesta en el techo—. Si hubiera podido proponerte matrimonio en la fiesta de Halloween, lo habría hecho. Se supone que tengo que hacerlo en una ceremonia oficial, con mis padres, invitados y cámaras, pero pedí permiso para preguntártelo en privado cuando estuviéramos preparados, y celebrar una recepción después. Eso nunca te lo conté, ¿verdad?

Maxon me miró, y yo sacudí la cabeza muy levemente. Él esbozó una sonrisa amarga al recordarlo.

—Tenía mi discurso preparado, todas las promesas que quería hacerte. Probablemente se me habría olvidado todo y habría quedado como un idiota. Aunque… aún me acuerdo. —Suspiró—. Te lo ahorraré. —Hizo una breve pausa—. Cuando me rechazaste a empujones, me entró el pánico. Pensaba que esta locura de concurso ya se había acabado, y de pronto me encontré como si estuviera de nuevo en el primer día de la Selección, solo que esta vez mis opciones eran más limitadas. Y solo una semana antes había estado viendo a todas esas chicas, buscando a alguna que te superara, que pudiera gustarme más, y no lo había conseguido. Estaba desesperado.

»Entonces apareció Kriss, tan humilde, cuyo único deseo era hacerme feliz, y me pregunté cómo es que se me había pasado eso por alto. Sabía que era agradable, y desde luego es muy atractiva; pero además tenía otras virtudes de las que no me había dado cuenta. Supongo que, sencillamente, no le había prestado atención. ¿Qué motivo tenía para hacerlo, si ya te tenía a ti?

Me rodeé el cuerpo con los brazos, como si intentara esconderme. Me tenía, pero ya no. Yo solita lo había estropeado todo.

—¿La quieres? —le pregunté, tímidamente. No quería verle la cara, pero el largo silencio me hizo comprender que había algo profundo entre los dos.

—Es diferente a lo que teníamos tú y yo. Es más tranquil…, más estable. Puedo ponerme en sus manos, y no tengo dudas de su entrega. Como puedes ver, en mi mundo hay muy pocas certezas. Por eso es agradable encontrar a alguien como ella.

Asentí, evitando el contacto visual. Lo único en que podía pensar era que hablaba de él y de mí en pasado, y que no tenía más que elogios para Kriss. Ojalá tuviera algo malo que decir de ella, algo que la hiciera perder puntos; pero no lo tenía. Kriss era una dama. Desde el principio lo había hecho todo bien, y me sorprendía que, aun así, él se hubiera decantado por mí. Kriss era la candidata perfecta.

—Y entonces, ¿por qué Celeste? —pregunté, mirándolo por fin—. Si Kriss es tan maravillosa…

Maxon asintió, aparentemente avergonzado. Había sido él quien había querido hablar de aquello, así que ya debía de tener algo pensado. Se puso en pie, estirando la espalda con timidez, y empezó a recorrer el pequeño espacio que nos separaba.

—Como sabes, mi vida está llena de tensiones que prefiero no compartir. Vivo en un estado de estrés constante. Estoy siendo observado y juzgado constantemente. Mis padres, nuestros asesores…; siempre estoy en el punto de mira, y ahora estáis vosotras aquí —dijo, señalándome—. Estoy seguro de que alguna vez te habrás sentido atrapada por culpa de tu casta, pero imagínate cómo me siento yo. He visto muchas cosas, America, y sé muchas cosas; y no creo que sea capaz de cambiarlas.

»Estoy seguro de que sabes que se supone que mi padre debe retirarse dentro de unos años, cuando vea que estoy preparado para gobernar, pero ¿crees que alguna vez dejará de mover los hilos? Eso no va a ocurrir mientras viva. Y sé que es un hombre terrible, pero no quiero que muera… Es mi padre.

Asentí.

—Y hablando de eso, ha metido mano en la Selección desde el principio. Si te fijas en quién ha quedado, está muy claro. —Empezó a pasar lista a las chicas con los dedos—. Natalie es extremadamente maleable, y eso la convierte en la favorita de mi padre, ya que piensa que yo tengo demasiado carácter. El hecho de que le guste tanto hace incluso que me cueste no aborrecerla.

»Elise tiene contactos en Nueva Asia, pero no estoy muy seguro de que eso sirva de nada. Esa guerra… —Se quedó pensando y sacudió la cabeza. Había algo sobre aquella guerra que no quería compartir conmigo—. Y es tan… Ni siquiera sé cómo definirlo. Desde el principio sabía que no quería una chica que dijera que sí a todo, o que se limitara a mostrarme su adoración. Intento contradecirla, y ella me da la razón. ¡Siempre! Es exasperante. Es como si no tuviera sangre en las venas.

Respiró hondo. No me había dado cuenta de todo lo que suponía aquello para él. Siempre se había mostrado muy paciente con nosotras. Por fin me miró a mí.

—Tú eras la que yo quería. La única que quería. A mí padre no le emocionaba la idea; pero, en aquel momento, aún no habías hecho nada para disgustarle. Mientras estuviste callada, no le importó que siguieras aquí. De hecho, no le habría importado que te eligiera, si mostrabas buenos modales. Pero ahora ha usado tus últimas acciones para dejar claro que no tengo criterio, e insiste en tomar la decisión final personalmente. —Meneó la cabeza—. Pero eso es otro asunto. Las otras (Marlee, Kriss y Celeste) las escogieron los asesores. Marlee era una de las favoritas, al igual que Kriss. —Suspiró—. Kriss sería una buena opción. Ojalá me hubiera dejado acercarme más a ella, aunque solo sea porque aún no sé si hay… química entre nosotros. Me gustaría hacerme una idea al menos. Y Celeste. Tiene muchas influencias y es famosa. Queda bien en pantalla. Parece que queda bien que la elegida sea alguien de un nivel parecido al mío. Me gusta, aunque solo sea por su tenacidad. Al menos tiene carácter. Pero ya sé que es una manipuladora y que está intentando sacar el máximo partido a esta situación. Sé que, cuando me abraza, es la corona en lo que está pensando. —Cerró los ojos, como si estuviera a punto de decir lo peor de todo—. Ella me utiliza, así que no me siento culpable utilizándola.

No me sorprendería que la hubieran animado a que se lanzara a mis brazos. Puedo entender las reservas de Kriss. Y desde luego preferiría estar entre tus brazos, pero apenas me hablas siquiera…

»¿Tan terrible es que desee disfrutar de un momento, de quince minutos de vida, sin que eso importe? ¿Sentirme bien? ¿Fingir por un rato que alguien me quiere? Puedes juzgarme si quieres, pero no me puedo disculpar por desear un poco de normalidad en mi vida.

Me miró profundamente a los ojos, aguardando mis reproches, pero esperando al mismo tiempo que no llegaran.

—Lo entiendo.

Pensé en Aspen, abrazándome fuerte y haciéndome promesas. ¿No había hecho yo exactamente lo mismo? Vi que Maxon le daba vueltas a la cabeza, preguntándose hasta qué punto lo entendía. Pero no podía compartir con él mi secreto. Aunque todo hubiera acabado para mí, no podía permitir que me viera con otros ojos.

—¿La escogerías? A Celeste, quiero decir.

Se sentó a mi lado, acercándose lentamente. No podía imaginarme lo mucho que le dolería la espalda.

—Si tuviera que hacerlo, la preferiría a ella antes que a Elise o a Natalie. Pero eso no ocurrirá a menos que Kriss decida que quiere marcharse.

Asentí.

—Kriss es una buena elección. Será mucho mejor princesa de lo que podría serlo yo.

Maxon chasqueó la lengua.

—Es menos peligrosa. Dios sabe qué podría pasarle al país contigo al mando.

Me reí, porque tenía razón.

—Probablemente lo llevaría a la ruina.

Maxon prosiguió, sin dejar de sonreír.

—Aunque quizá necesite que lo lleven a la ruina.

Nos quedamos allí sentados, en silencio, un rato. Me pregunté cómo sería nuestro mundo en ruinas. No podríamos liberarnos de la familia real —¿cómo íbamos a hacer nuestra transición?—, pero quizá pudiéramos cambiar la manera de gestionar algunas cosas. Los cargos podrían ser por elección, no heredados. Y las castas… La verdad es que me gustaría que nos libráramos de ellas.

—¿Me darás un capricho?

—¿Qué quieres decir?

—Bueno, esta noche yo he compartido contigo muchas cosas que me cuestan mucho admitir. Me preguntaba si querrías responderme una pregunta.

Su expresión era tan sincera que no podía negarme. Esperaba no lamentarlo, pero se había mostrado más sincero conmigo de lo que me merecía.

—Claro. Lo que sea.

Tragó saliva.

—¿Alguna vez me has querido?

Maxon me miró a los ojos, y me pregunté si podía leer en mi mirada. Todas las emociones que había reprimido por no estar segura de ellas, todos los sentimientos a los que nunca había querido poner nombre. Bajé la cabeza.

—Sé que cuando pensé que eras responsable de lo que le hicieron a Marlee, me quedé destrozada. No porque hubiera ocurrido, sino porque no quería pensar que tú eras de ese tipo de personas. Sé que cuando hablas de Kriss o cuando pienso en cómo besabas a Celeste… me pongo tan celosa que apenas puedo respirar. Y sé que cuando hablamos en Halloween, pensaba en nuestro futuro juntos. Y era feliz. Sé que, si me lo hubieras pedido, te habría dicho que sí. —Aquellas últimas palabras fueron solo un susurro, casi me costaba pronunciarlas—. También sé que nunca he sabido cómo te sentías al quedar con otras chicas, o por ser príncipe. Incluso con todo lo que me has contado esta noche, creo que hay partes de ti que siempre te guardarás…

—Pero, con todo eso…

Asentí. No podía decirlo en voz alta. Si lo hacía, ¿cómo iba a poder irme de allí?

—Gracias —susurró—. Al menos ahora puedo estar seguro de que, por un breve momento del tiempo que pasamos juntos, sentimos lo mismo.

Noté los ojos irritados, que amenazaban con llenarse de lágrimas. En realidad nunca me había dicho que me quería, ni tampoco lo estaba diciendo ahora. Pero aquellas palabras se acercaban mucho.

—He sido una tonta —dije, recuperando el aliento. Me había resistido mucho a llorar, pero ahora ya no podía—. He dejado que la corona me asustara y no me permitiera quererte. Me decía a mí misma que, en realidad, no me importabas. No dejaba de pensar que me habías mentido o que me habías engañado, que no confiabas en mí ni te importaba lo suficiente. Quise creer que no era importante para ti.

Me quedé mirando su atractivo rostro.

—Solo con mirarte la espalda queda claro que harías cualquier cosa por mí. Y yo lo he echado a perder. Lo he echado todo a perder…

Me abrió los brazos, y me dejé caer entre ellos. Maxon me abrazó en silencio, pasándome las manos por el cabello. Deseé poder borrar todo lo demás y aferrarme a aquel momento, a aquel breve instante en que él y yo sabíamos lo mucho que significábamos el uno para el otro.

—Por favor, no llores, querida. Si pudiera, haría lo que fuera para que no lloraras nunca más.

—No volveré a verte nunca —dije, respirando a trompicones—. Es todo culpa mía.

Me agarró con más fuerza.

—No, yo debería haber sido más abierto.

—Y yo más paciente.

—Yo debería haberte propuesto matrimonio aquella noche, en tu habitación.

—Y yo debería haberte dejado que lo hicieras.

Chasqueó la lengua. Levanté la mirada, sin saber muy bien cuántas sonrisas más me podría dedicar. Maxon me limpió las lágrimas de las mejillas con los dedos, y se quedó ahí, mirándome a los ojos. Yo hice lo mismo; deseaba recordar aquel momento.

—America… No sé cuánto tiempo nos queda juntos, pero no quiero pasármelo lamentando las cosas que no hicimos.

—Yo tampoco —dije, y me giré hacia la palma de su mano y se la besé. Luego le besé las puntas de cada uno de sus dedos.

Él coló la mano por entre mi pelo y acercó sus labios a los míos.

Echaba de menos aquellos besos, tan serenos, tan seguros. Sabía que, en toda mi vida, si me casaba con Aspen o con cualquier otro, nadie me haría sentir así. No es que yo hiciera que su mundo fuera mejor. Es que yo era su mundo. No era una explosión; eran fuegos artificiales. Era una llamarada, ardiendo lentamente de dentro afuera.

Nos fuimos dejando caer, hasta que acabé en el suelo, con Maxon encima de mí. Me fue rozando con la nariz por el borde de la mandíbula, el cuello, el hombro, y recorrió el camino de vuelta cubriéndolo de besos hasta llegar otra vez a mis labios. Yo no dejaba de pasarle los dedos por entre el cabello. Era tan suave que casi me hacía cosquillas en las palmas de las manos.

Al cabo de un rato sacamos las mantas y nos hicimos una cama improvisada. Él me abrazó prolongadamente, mirándome a los ojos. Podríamos habernos pasado años así; al menos yo.

Cuando la camisa de Maxon estuvo seca, se la puso, tapándose las manchas con el abrigo, y volvió a acurrucarse a mi lado. Cuando los dos nos cansamos, nos pusimos a hablar. No quería perder ni un minuto durmiendo, y tenía la impresión de que él tampoco.

—¿Crees que volverás con él? ¿Con tu ex?

No quería hablar de Aspen en aquel momento, pero me lo pensé.

—Es una buena elección. Listo, valiente, y quizá la única persona del planeta más tozuda que yo.

Maxon soltó una risita. Yo tenía los ojos cerrados, pero seguí hablando.

—No obstante, pasará un tiempo antes de que pueda pensar en eso.

—Mmm.

El silencio se prolongó. Maxon frotó el pulgar contra mi mano.

—¿Podré escribirte? —preguntó.

Me lo quedé pensando.

—A lo mejor deberías esperar unos meses. Quizá ni me eches de menos.

Él reprimió una risa.

—Si me escribes…, tendrás que contárselo a Kriss.

—Tienes razón.

No dejó claro si con eso quería decir que se lo diría o que simplemente no me escribiría, pero la verdad era que en aquel momento no quería saberlo.

No podía creerme que todo aquello estuviera pasando por culpa de un libro.

De pronto me sobresalté y abrí los ojos de golpe. ¡Un libro!

—Maxon, ¿y si los rebeldes norteños están buscando los diarios?

Él cambió de posición, aún adormilado.

—¿Qué quieres decir?

—Aquel día en que hui del palacio y los vi pasar. A una chica se le cayó una bolsa llena de libros. El tipo que iba con ella también llevaba muchos. Están robando libros. ¿Y si andan buscando uno en particular?

Maxon abrió los ojos y frunció el ceño.

—America…, ¿qué había en ese diario?

—Muchas cosas. Explicaba básicamente cómo Gregory Illéa estafó al país, cómo impuso las castas a la gente. Era terrible, Maxon.

—Pero la emisión del *Report* se cortó —dijo él—. Aunque fuera eso lo que buscan, es imposible que sepan lo que había o lo que hay en el diario. Créeme, después de tu numerito, mi padre se asegurará de que esas cosas estén aún más protegidas.

—Ya está —dije, tapándome la cara y reprimiendo un bostezo—. Ya lo sé…

—No —respondió él—. No le des más vueltas. Por lo que sabemos, simplemente les gusta mucho mucho la lectura.

Hice una mueca ante aquel intento de chiste.

—Estaba convencida de que no podía empeorar aún más las cosas.

—Chis —dijo él, acercándose aún más y cogiéndome con sus fuertes brazos—. Ahora no te preocupes de eso. Deberías dormir.

—Pero no quiero —murmuré, aunque al mismo tiempo me pegué un poco más a él.

Maxon volvió a cerrar los ojos, sin soltarme.

—Yo tampoco. Incluso en los días buenos, dormir me pone nervioso.

Aquello me dolía. No podía imaginarme su estado de constante preocupación, especialmente teniendo en cuenta que la persona que le provocaba aquella tensión era su propio padre.

Me soltó la mano y metió la suya en el bolsillo. Entreabrí los ojos, pero él seguía teniéndolos cerrados. Los dos estábamos a punto de dormirnos. Volvió a encontrar mi mano y me puso algo en la muñeca. Reconocí el tacto de la pulsera que me había comprado en Nueva Asia.

—La llevo todo el rato en el bolsillo. Es de un romanticismo patético, ¿verdad? Iba a quedármela, pero quiero que conserves algo mío.

Me colocó la pulsera sobre la de Aspen, y sentí que el cierre me presionaba contra la piel.

—Gracias. Me hace muy feliz.

—Entonces yo también soy feliz.

No dijimos nada más.

Capítulo 30

*E*l crujido de la puerta me despertó. La luz que entró del exterior era tan intensa que tuve que taparme los ojos.

—¿Alteza? —preguntó alguien—. ¡Oh, Dios mío, le he encontrado! —gritó—. ¡Está vivo!

Se creó un alboroto a nuestro alrededor, y empezaron a llegar guardias y criados.

—¿No pudo llegar al refugio de abajo, alteza? —preguntó uno de los guardias. Le miré la placa con el nombre. Markson. No estaba segura, pero parecía uno de los oficiales de la guardia.

—No. Un soldado dijo que avisaría a mis padres. Le ordené que lo hiciera enseguida —repuso Maxon, peinándose con la mano. Por un momento en su rostro se reflejó el dolor que le causaba aquel simple movimiento.

—¿Qué soldado?

Maxon suspiró.

—No me dijo su nombre —dijo, y me miró, buscando confirmación.

—A mí tampoco. Pero llevaba un anillo en el pulgar. Era gris, como de peltre, o algo así.

El soldado Markson asintió.

—Ese era Tanner. No ha sobrevivido. Hemos perdido a veinticinco guardias y a doce personas del servicio.

—¿Qué? —exclamé, tapándome la boca.

Aspen.

Recé por que estuviera a salvo. La noche anterior estaba tan nerviosa que no se me había ocurrido siquiera preocuparme por él.

—¿Y mis padres? ¿Y el resto de la Élite?

—Todos están bien, señor. Aunque su madre ha estado muy nerviosa.

—¿Ya ha salido? —Nos dispusimos a marcharnos del refugio, con Maxon delante de mí.

—Todos han salido. Nos hemos dejado alguno de los refugios secundarios y estábamos haciendo un repaso; esperábamos encontrarles, a usted y a Lady America.

—Oh, Dios —exclamó Maxon—. Iré a verla enseguida —dijo, pero de pronto se quedó paralizado.

Seguí la trayectoria de su mirada y vi el panorama de destrucción. En la pared habían garabateado otra vez el mismo mensaje:

YA VENIMOS

Habían cubierto las paredes de los pasillos con aquella amenaza, una y otra vez, con todos los medios que habían podido encontrar. Aparte de eso, habían destrozado muchas cosas. Hasta entonces nunca había visto el efecto de los ataques sobre la planta baja; solo lo había podido comprobar en los pasillos próximos a mi habitación. Unas manchas enormes en las alfombras marcaban los lugares donde había muerto alguien, quizás alguna doncella indefensa, o un aguerrido guardia. Las ventanas estaban rotas, y en su lugar quedaban unos afilados dientes de cristal. Muchas lámparas estaban rotas, y otras parpadeaban, negándose a rendirse. En las paredes había enormes agujeros, y eso hizo que me preguntara si habrían visto a gente huyendo a los refugios, si habían ido de caza tras ellos. ¿Hasta qué punto habíamos estado cerca de la muerte Maxon y yo la noche anterior?

—¿Señorita? —dijo un guardia, devolviéndome a la realidad—. Nos hemos tomado la libertad de contactar con todas las familias. Parece que el ataque contra la familia de Lady Natalie ha sido un intento de poner fin a la Selección. Están atentando contra los familiares para obligarlas a abandonar.

—No —exclamé, llevándome las manos a la boca.

—Ya hemos enviado guardias de palacio para protegerlos. El rey ha ordenado explícitamente que ninguna de las chicas abandone el palacio.

—¿Y si quieren hacerlo? —le rebatió Maxon—. No podemos retenerlas aquí contra su voluntad.

—Por supuesto, señor. Tendrá que hablar con el rey. —El guardia parecía incómodo; no sabía cómo gestionar aquella diferencia de opiniones.

—No tendrán que proteger a mi familia mucho tiempo —dije yo, intentando reducir la tensión—. Háganles saber que volveré a casa muy pronto.

—Sí, señorita —repuso el guardia, con una reverencia.

—¿Mi madre está en su habitación? —preguntó Maxon.

—Sí, señor.

—Dígale que voy a verla. Y puede retirarse.

Volvimos a quedarnos solos.

Maxon me cogió la mano.

—No te vayas enseguida. Despídete de tus doncellas y de las chicas, si quieres. Y come algo. Sé lo mucho que te gusta la comida de aquí.

—Lo haré —dije, sonriendo.

Maxon se humedeció los labios, casi sin saber qué hacer. Ya estaba. Aquello era una despedida.

—Me has cambiado para siempre. Y nunca te olvidaré.

Le pasé la mano por el pecho, alisándole el abrigo.

—No te tires de la oreja con ninguna otra. Eso es mío —respondí, con una sonrisa tensa.

—Hay un montón de cosas que son tuyas, America.

Tragué saliva.

—Tengo que irme.

Asintió.

Maxon me dio un beso rápido en los labios y se fue a toda prisa por el pasillo. Me quedé mirando hasta que desapareció de mi vista. Luego me volví a mi habitación.

Cada paso de la escalera principal era una tortura, tanto por lo que había dejado atrás como por lo que me temía encontrarme. ¿Y si tocaba el timbre y Lucy no se presentaba? ¿O Mary? ¿O Anne? ¿Y si miraba a la cara a cada soldado y no encontraba ninguna que fuera la de Aspen?

Llegué al segundo piso, dejando atrás el rastro de la destrucción. Aún era reconocible; el lugar más bonito que había visto nunca, incluso en ruinas. No podía imaginarme el tiempo y el dinero que costaría reparar aquello. Los rebeldes eran muy contundentes en sus acciones. Al acercarme a mi habitación, reconocí el sonido de un llanto. Lucy.

Suspiré, contenta de saber que estaba viva, pero aterrada al pensar en cuál podía ser la causa de su llanto. Respiré hondo y giré la esquina, entrando en mi habitación.

Con el rostro enrojecido y los ojos hinchados, Mary y Anne estaban recogiendo los fragmentos de cristal de las puertas balconeras. Vi a Mary, que contenía el llanto, intentando respirar hondo y calmarse. En un rincón, Lucy lloraba sobre el pecho de Aspen.

—Chis —decía él, consolándola—. La encontrarán, lo sé.

Estaba tan aliviada que me eché a llorar.

—Estáis bien. Estáis todos bien —exclamé.

Aspen soltó un enorme suspiro y relajó los tensos hombros.

—¿Señorita? —dijo Lucy. Un segundo más tarde estaba corriendo hacia mí y, tras ella, Mary y Anne, que me envolvieron en abrazos.

—Oh, esto es absolutamente incorrecto —dijo Anne, sin soltarme.

—Por Dios bendito, deja eso ahora —replicó Mary.

Estábamos tan contentas de estar sanas y salvas, que nos dio la risa.

Tras ellas, Aspen se puso en pie y nos observó en silencio con una sonrisa en los labios, evidentemente aliviado de verme allí.

—¿Dónde estaba? Han buscado por todas partes —dijo Mary, llevándome hasta la cama para que me sentara, aunque estaba hecha un lío, con el edredón hecho jirones, las almohadas rajadas y las plumas cayendo por todas partes.

—En uno de los refugios secundarios que habían pasado por alto. Maxon también está bien.

—Gracias a Dios —dijo Anne.

—Me ha salvado la vida. Yo iba de camino a los jardines cuando llegaron. Si hubiera estado fuera...

—Oh, señorita —exclamó Mary.

—No se preocupe por nada —intervino Anne—. Arreglaremos la habitación en un abrir y cerrar de ojos, y tenemos un fantástico vestido nuevo para cuando esté lista. Y podemos...

—Eso no será necesario. Me voy a casa hoy. Me pondré algo sencillo y me iré dentro de unas horas.

—¿Qué? —respondió Mary, sin aliento—. Pero ¿por qué?

Me encogí de hombros.

—No ha ido bien. —Miré a Aspen, pero no supe leer en la expresión de su rostro. Lo único que podía ver en él era el alivio que sentía al verme con vida.

—La verdad es que yo pensaba que ganaría usted —soltó Lucy—. Desde el principio. Y después de todo lo que dijo anoche... No puedo creerme que se vaya a casa.

—Te lo agradezco mucho, pero no pasa nada. A partir de ahora, haced lo que podáis para ayudar a Kriss. Por favor, hacedlo por mí.

—Claro —dijo Anne.

—Lo que usted diga —la secundó Mary.

Aspen se aclaró la garganta.

—Señoritas, si me conceden un momento... Si Lady America se va hoy, necesito repasar algunas medidas de seguridad. Ya que hemos llegado hasta aquí, hay que cerciorarse de que no le sucede nada hasta su marcha. Anne, quizá podría ir a buscarle toallas limpias y otras cosas. Debería irse a casa como una dama. Mary, ¿algo de comida? —Ambas asintieron—. Y Lucy, ¿necesita descansar?

—¡No! —protestó ella, muy tiesa—. Puedo trabajar.

Aspen sonrió.

—Muy bien.

—Lucy, ve al taller y acaba ese vestido. Nosotras vendremos enseguida a ayudarte —ordenó Anne—. No me importa lo que diga la gente, Lady America. Se va a ir de aquí con estilo.

—Sí, señora —respondí.

Se fueron, y cerraron la puerta tras de sí.

Aspen se acercó. Me giré hacia él.

—Pensé que estarías muerta. Creí que te había perdido.

—Hoy no —dije, sonriendo tímidamente. Ahora que sabía el alcance de todo aquello, el único modo de mantener la calma era bromear sobre el tema.

—Me llegó tu carta. No me puedo creer que no me contaras lo del diario.

—No podía.

Cubrió el espacio que nos separaba y me pasó la mano por el cabello.

—Mer, si no me lo podías enseñar a mí, no deberías haber intentando enseñárselo a todo el país. Y esa historia de las castas… Estás loca, ¿sabes?

—Oh, sí, lo sé —respondí. Bajé la mirada al suelo, pensando en la locura de las últimas veinticuatro horas.

—¿Así que Maxon te ha echado por eso?

Suspiré.

—No exactamente. Es el rey el que me manda a casa. Aunque Maxon se me declarara en este mismo momento, no cambiaría nada. El rey dice que no, así que me voy.

—Vaya. Va a ser raro estar aquí sin ti.

—Ya —dije, resignada.

—Te escribiré —prometió—. Y te puedo enviar dinero si quieres. Tengo mucho. Podemos casarnos cuando vuelva a casa. Sé que pasará un tiempo…

—Aspen —dije, interrumpiéndole. No sabía cómo explicar que me acababan de romper el corazón—. Cuando me vaya, quiero un poco de paz, ¿vale? Necesito recuperarme de todo esto.

Él dio un paso atrás, ofendido.

—Entonces… ¿No quieres que te escriba o te llame?

—Quizá no enseguida —respondí, intentando que no sonara tan

grave—. Solo quiero pasar un tiempo con mi familia y recuperar la normalidad. Después de todo lo que he vivido aquí, no puedo…

—Espera —me interrumpió, levantando una mano. Guardó silencio un momento, leyéndome la cara—. Aún te gusta —dedujo—. Después de todo lo que ha hecho, lo de Marlee, e incluso ahora que no hay esperanza ninguna, sigues pensando en él.

—Él no hizo nada, Aspen. Ojalá pudiera explicarte lo de Marlee, pero di mi palabra. No estoy resentida con Maxon. Y sé que ha acabado. Es lo mismo que sentía cuando tú rompiste conmigo.

Resopló, incrédulo, echando la cabeza atrás como si no pudiera creerse lo que estaba oyendo.

—Lo digo en serio. Cuando me dejaste, la Selección se convirtió en mi salvavidas, porque sabía que al menos me daría un tiempo para superar lo que sentía por ti. Y entonces te presentaste aquí, y todo cambió. Fuiste tú el que cambiaste las cosas cuando me dejaste en la casa del árbol; y seguías pensando que, si querías, podías conseguir que las cosas volvieran a como estaban antes. No funciona así. Dame la oportunidad de ser yo quien te escoja.

A medida que las palabras iban saliéndome por la boca, supe que aquello explicaba en parte por qué las cosas estaban tan mal. Había querido a Aspen tanto tiempo que estábamos dando por supuestas muchas cosas. Pero ahora todo era diferente. No era como cuando aún éramos dos don nadie de Carolina. Habíamos visto demasiadas cosas como para fingir que volveríamos a ser los de antes, sin más.

—¿Por qué no ibas a escogerme, Mer? ¿No soy tu único candidato? —preguntó, con un tono de voz cada vez más triste.

—Sí. ¿Eso no te molesta? No quiero ser la chica con la que acabas solo porque la única otra opción ya no está disponible y porque tú nunca has considerado a ninguna otra. ¿De verdad quieres que sea tuya solo por descarte?

—No me importa cómo sea, Mer —replicó, convencido.

De pronto se me echó encima y me cogió la cara con las manos. Me besó con pasión, intentando hacerme recordar lo que era para mí.

Pero yo no pude devolverle el beso.

Cuando por fin se rindió, me echó la cabeza atrás, intentando escrutar mi rostro para averiguar qué es lo que sucedía.

—¿Qué está pasando, America?

—¡Que tengo el corazón roto! ¡Eso es lo que pasa! ¿Cómo crees que me siento? Ahora mismo estoy muy confundida, y tú eres lo único que me queda, y no me quieres lo suficiente como para dejarme respirar.

Me eché a llorar. Él pareció calmarse.

—Lo siento, Mer —murmuró—. Es que no paro de pensar que te he perdido por un motivo u otro, y el instinto me dice que luche por ti. Es lo único que sé hacer.

Miré al suelo, intentando recomponerme.

—Puedo esperar —decidió—. Cuando estés lista, escríbeme. Sí que te quiero lo suficiente como para dejarte respirar. Después de lo de anoche, me conformo con eso. Por favor, respira.

Me acerqué a él y dejé que me abrazara, pero la sensación fue diferente. Yo siempre había pensado que Aspen estaría presente en mi vida en todo momento, y por primera vez me pregunté si de verdad sería así.

—Gracias —susurré—. Ten cuidado, Aspen. No te hagas el héroe. Cuídate mucho.

Él dio un paso atrás, asintiendo, pero no dijo nada. Me besó en la frente y se dirigió a la puerta.

Me quedé allí un buen rato, sin saber muy bien qué hacer, esperando que mis doncellas, una vez más, vinieran a darme el empujón que necesitaba.

Capítulo 31

*C*ogí el vestido y lo levanté por el extremo.

—¿No es demasiado formal para la ocasión?

—¡En absoluto! —exclamó Mary.

Era media tarde, pero me habían hecho un vestido de noche. Era morado y muy elegante. Las mangas me llegaban hasta los codos, ya que en Carolina hacía más frío; y sobre el brazo me pusieron una capa con capucha para cuando aterrizara. El cuello alto me protegería del viento, y me habían recogido el pelo con tanta gracia... Nunca me había sentido tan guapa. Me habría gustado ver a la reina Amberly; estaba segura de que a ella también le habría impresionado.

—No quiero alargar las cosas —dije—. Ya es suficientemente duro así. Solo quiero que sepáis que estoy muy agradecida por todo lo que habéis hecho por mí. No solo por ayudarme a acicalarme, a vestirme, sino por pasar tiempo conmigo y preocuparos por mí. Nunca os olvidaré.

—Nosotras tampoco, señorita —prometió Anne.

Asentí y empecé a darme aire con la mano.

—Bueno, ya hemos llorado bastante por hoy. ¿Podéis decirle al conductor que bajo enseguida? Voy a tomarme un momento.

—Por supuesto, señorita.

—¿Sigue siendo improcedente darnos un abrazo? —preguntó Mary, mirándome a mí y luego a Anne.

—¿A quién le importa? —dijo esta, y las tres me rodearon con sus brazos una vez más.

—Cuidaos.

—Usted también, señorita —respondió Mary.

—Siempre fue una dama —añadió Anne.

Se apartaron, pero Lucy no me soltó.

—Gracias —susurró, y observé que estaba llorando—. La echaré de menos.

—Yo también a ti.

Me soltó, y las tres se fueron a la puerta, donde se quedaron una junto a la otra. Me hicieron una última reverencia y se despidieron con la mano.

Tantas veces había deseado poder irme durante las últimas semanas... Y ahora que estaba ahí, a unos segundos de mi partida, tenía miedo de que llegara el momento. Me dirigí al balcón. Miré hacia los jardines, el banco, el lugar donde Maxon y yo nos habíamos encontrado. No sabía por qué, pero sospeché que estaría allí.

No estaba. Tenía cosas más importantes que hacer que quedarse sentado pensando en mí. Toqué la pulsera que llevaba en la muñeca. En cualquier caso, él pensaría en mí de vez en cuando, y eso me reconfortaba. Pasara lo que pasara.

Retrocedí, cerré las puertas del balcón y me dirigí al pasillo. Iba despacio, admirando la belleza del palacio por última vez, aunque estaba ligeramente alterada, con algún espejo roto aquí, con algún marco astillado allá.

Recordaba cuando había bajado por la gran escalera el primer día, confundida y agradecida al mismo tiempo. Entonces éramos muchísimas chicas.

Cuando llegué a la puerta principal, me detuve un momento. Me había acostumbrado tanto a vivir tras aquellas enormes hojas de madera que casi me parecía raro atravesarlas.

Respiré hondo y cogí la manilla.

—¿America?

Me giré. Maxon estaba en el otro extremo del pasillo.

—Eh —dije, con la voz apagada. No pensaba que fuera a verle otra vez.

Él se acercó enseguida.

—Estás absolutamente impresionante.

—Gracias —dije, tocando la tela de mi último vestido.

Se hizo un breve silencio y nos quedamos allí, mirándonos el uno al otro. Quizá fuera aquello nada más: una última ocasión para vernos.

De pronto se aclaró la voz, recordando lo que había venido a decirme.

—He hablado con mi padre.

—¿Ah, sí?

—Sí. Estaba bastante contento al ver que no me habían matado anoche. Como puedes imaginar, la sucesión de la línea dinástica es muy importante para él. Le expliqué que estuve a punto de morir por su arranque de furia, y le dije que había encontrado un refugio gracias a ti.

—Pero yo no…

—Ya lo sé. Pero no hace falta que él lo sepa.

Sonreí.

—Entonces le conté que te dejé las cosas claras en cuanto a algunos aspectos de conducta. Tampoco hace falta que sepa que eso no es cierto; pero podrías actuar como si así fuera, si quisieras.

No sabía por qué debía actuar de ningún modo en particular, ahora que iba a estar en el otro extremo del país, pero asentí.

—Teniendo en cuenta que, por lo que él sabe, te debo la vida, ahora considera que, de algún modo, mi deseo de tenerte aquí puede estar justificado, siempre que muestres una conducta irreprochable y aprendas a estar en tu sitio.

Me lo quedé mirando. No estaba muy segura de estar entendiendo bien lo que decía.

—En realidad, lo justo es dejar que Natalie se vaya. Ella no está hecha para esto; y ahora que su familia está de duelo, el mejor sitio donde puede estar es en su casa. Ya hemos hablado.

Seguía sin creerme lo que estaba oyendo.

—¿Puedo explicártelo?

—Por favor.

Maxon me cogió la mano.

—Te quedarías como miembro de la Selección y seguirías en la competición, pero las cosas serían diferentes. Probablemente mi padre se muestre duro contigo y haga todo lo que pueda para que falles. Creo que hay formas de contrarrestar eso, pero llevará tiempo. Ya sabes lo implacable que es. Tienes que prepararte.

Asentí.

—Creo que puedo hacerlo.

—Hay más. —Maxon miró a la alfombra, intentando ordenar sus pensamientos—. America, no hay duda de que te has ganado mi corazón desde el principio. A estas alturas tienes que saberlo.

Cuando levantó la vista y me miró, pude ver en su interior, donde me vi reflejada.

—Lo sé.

—Pero lo que ahora mismo no tienes es mi confianza.

—¿Qué? —dije, sorprendida.

—Te he mostrado muchos de mis secretos, te he defendido todo lo que he podido. Pero cuando no estás contenta conmigo, actúas con rabia. Me cierras la puerta, me culpas o intentas cambiar todo el país, nada menos.

Vaya. Eso era duro de oír.

—Necesito saber que me puedo fiar de ti. Necesito saber que puedes guardarme los secretos, confiar en mis decisiones y no esconderme cosas. Necesito que seas completamente sincera conmigo y que dejes de cuestionar cada decisión que tomo. Necesito que tengas fe en mí, America.

Me dolió oír todo aquello, pero tenía razón. ¿Qué había hecho yo para demostrarle que podía confiar en mí? Todo el mundo a su alrededor le presionaba para que hiciera cosas. ¿No podía darle mi apoyo, sin más?

Me cogí una mano con la otra, algo incómoda.

—Tengo fe en ti. Y espero que veas que quiero seguir contigo. Pero tú también podrías haber sido más honesto conmigo.

Él asintió.

—Quizás. Y hay cosas que quiero decirte, pero muchas de las cosas que sé son de tal importancia que no puedo compartirlas, si es que hay la mínima posibilidad de que las hagas públicas. Necesito saber que puedes hacerlo. Y necesito que te muestres completamente abierta conmigo.

Cogí aire para responder, pero la respuesta no salió de mi boca.

—Maxon, ahí estás —exclamó Kriss, apareciendo tras una esquina—. Antes no he podido preguntarte si seguía en pie lo de la cena de esta noche.

Maxon no apartó la vista de mí.

—Claro. Cenaremos en tu habitación.

—¡Estupendo!

Eso me dolió.

—¿America? ¿De verdad te vas? —preguntó ella, acercándose. Distinguí un brillo de esperanza en sus ojos.

Miré a Maxon, que parecía decir con su cara: «A esto es a lo que me refiero. Necesito que aceptes las consecuencias de tus acciones, o que confíes en mis decisiones».

—No, Kriss, hoy no.

—Qué bien —dijo ella, con un suspiro, y vino a darme un abrazo.

Me pregunté hasta qué punto ese abrazo me lo daba por estar Maxon delante; pero, en realidad, no importaba. Kriss era mi rival más dura, pero también era la mejor amiga que tenía allí dentro.

—Anoche me preocupé muchísimo por ti. Me alegro de que estés bien.

—Gracias, tuve suerte… —Estuve a punto de añadir «porque Maxon me hizo compañía», pero presumir de algo así probablemente habría arruinado la poca confianza que me había ganado en los últimos diez segundos. Me aclaré la garganta—. Tuve suerte de que los guardias llegaran tan rápido.

—Gracias a Dios. Bueno, te veré más tarde. —Se giró hacia Maxon—. Y a ti te veré esta noche.

La chica se fue por el pasillo, más contenta de lo que la había visto nunca. Supongo que si yo viera al hombre al que amaba poniéndome por delante de su antigua favorita, estaría igual de contenta.

—Sé que no te gusta, pero la necesito. Si tú me dejas tirado, ella es mi mejor opción.

—No importa —respondí, encogiéndome de hombros—. No te dejaré tirado.

Le di un beso rápido en la mejilla y subí las escaleras sin mirar atrás. Unas horas antes pensaba que había perdido a Maxon definitivamente, pero, ahora que sabía lo que significaba para mí, iba a luchar por él. Las otras chicas se quedarían con un palmo de narices.

Mientras subía la gran escalera, me sentí más animada. Probablemente tendría que preocuparme algo más por el desafío que se me presentaba, pero lo único en lo que podía pensar era en cómo lo superaría.

Quizás el rey detectara mi alegría, o quizá simplemente estuviera esperándome, pero lo cierto es que, en cuanto llegué a la segunda planta, me lo encontré en el rellano.

Se me acercó con parsimonia, haciendo alarde de su autoridad. Cuando lo tuve delante, le hice una reverencia.

—Majestad —saludé.

—Lady America. Parece que sigues con nosotros.

—Eso parece.

Un grupo de guardias pasó a nuestro lado, y saludaron sin pararse.

—Hablemos de negocios —dijo, con expresión severa—. ¿Qué te parece mi esposa?

Fruncí la frente, sorprendida del rumbo que tomaba la conversación. Aun así, respondí sinceramente:

—Creo que la reina es admirable. No tengo palabras para decir lo maravillosa que es.

Asintió.

—Es una mujer única. Bella, evidentemente, pero también humilde. Tímida, pero no hasta el punto de la cobardía. Obediente, afable y una gran conversadora. Da la impresión de que, aunque nació en la pobreza, estaba destinada a ser reina. —Hizo una pausa y me miró, observando mi expresión de admiración—. No se puede decir lo mismo de ti.

Intenté mantener la calma.

—No eres más guapa que la mayoría. Pelirroja, algo pálida y supongo que no tienes mal tipo; pero desde luego nada que ver con Celeste. En cuanto a tu carácter... —Cogió aire—. Eres maleducada, tosca; y la única vez que se te ocurre hacer algo en serio, atacas la esencia de nuestro país. Absolutamente irresponsable. Y eso por no hablar de tu porte descuidado. Kriss es mucho más encantadora y agradable.

Apreté los labios, decidida a no llorar. Me recordé a mí misma que todo eso ya lo sabía.

—Y, por supuesto, tenerte en la familia no supone ningún beneficio político. No eres de una casta tan baja que inspire admiración, ni tampoco tienes contactos. Elise, en cambio, resultó muy útil para nuestro viaje a Nueva Asia.

Me pregunté hasta dónde sería verdad eso, si en realidad no llegaron a contactar con su familia. Quizás había algo más que yo no sabía. O tal vez todo aquello fuera una exageración para hacerme sentir poca cosa. Si ese había sido su objetivo, había hecho un gran trabajo.

Sus ojos se plantaron en los míos.

—¿Qué estás haciendo aquí?

Tragué saliva.

—Supongo que tendría que preguntárselo a Maxon.

—Te lo pregunto a ti.

—Él quiere que me quede —dije, con decisión—. Y yo quiero quedarme. Mientras coincidan esas dos cosas, me quedo.

El rey hizo una mueca.

—¿Cuántos años tienes? ¿Dieciséis? ¿Diecisiete?

—Diecisiete.

—Supongo que no sabes mucho sobre hombres; de hecho no deberías, si estás aquí. Déjame que te diga que pueden ser muy inconstantes. No querrás poner en él todo tu afecto, cuando, en cualquier momento, puede pasar algo que lo aparte de ti para siempre.

Hice una mueca de extrañeza; no estaba muy segura de qué quería decir.

—Yo tengo ojos por todo el palacio. Sé que hay chicas que le ofrecen mucho más de lo que te puedes imaginar. ¿Crees que alguien tan vulgar como tú tiene alguna oportunidad, comparada con ellas?

¿Chicas? ¿En plural? ¿Quería decir que había pasado algo más que lo que yo había visto en el pasillo entre Maxon y Celeste? ¿Tan inocentes eran nuestros besos de la noche anterior, comparados con las otras experiencias que estaba teniendo?

Maxon me había dicho que quería ser honesto conmigo. ¿Acaso me ocultaba algo?

Tenía que confiar en él.

—Si eso es cierto, Maxon dejará que me vaya cuando llegue el momento, y, en ese caso, usted no tiene nada de que preocuparse.

—¡Claro que me preocupo! —rugió, y luego bajó la voz—. Si en un arranque de estupidez Maxon acaba escogiéndote a ti, tus tonterías nos pueden costar muy caras. ¡Décadas, generaciones de trabajo perdidas solo porque se te ocurrió hacerte la heroína!

Acercó su rostro al mío hasta tal punto que tuve que dar un paso atrás, pero él se volvió a aproximar, dejando muy poco espacio entre nosotros. Hablaba en voz baja pero con dureza, y daba aún más miedo que cuando gritaba.

—Vas a tener que aprender a controlar esa lengua. Si no, tú y yo seremos enemigos. Y créeme: no te conviene tenerme como enemigo.

Con un dedo cargado de rabia me señalaba la mejilla. Sería capaz de hacerme trizas en aquel mismo momento. Y aunque hubiera alguien cerca, ¿qué iban a hacer? Nadie se atrevería a protegerme del rey.

—Lo entiendo —respondí, intentando mantener un tono sereno.

—Excelente —dijo. De pronto, adoptó una voz alegre—. Entonces te dejaré para que te vuelvas a instalar. Buenas tardes.

Me quedé allí, y hasta que se alejó no me di cuenta de que estaba temblando. Cuando me decía que mantuviera la boca cerrada, supuse que se refería incluso a no mencionarle esa conversación a Maxon. Así que de momento no lo haría. Estaba segura de que aquello era una prueba para saber hasta dónde podía presionarme, y decidí mostrarme inquebrantable.

Mientras le daba vueltas en la cabeza, algo cambió en mi interior. Estaba nerviosa, sí, pero también furiosa.

¿Quién era ese hombre para darme órdenes? Sí, era el rey; pero, en realidad, no era más que un tirano. De algún modo se había convencido de que, manteniendo a todo el mundo a su alrededor oprimido y silenciado, nos hacía un favor a todos. ¿Qué podía tener de bueno verse obligado a vivir en un rincón de la sociedad? ¿Qué podía tener de bueno que todo el mundo en Illéa tuviera límites, todos menos él?

Pensé en Maxon, escondiendo a Marlee en las profundidades de las cocinas. Aunque yo no durara mucho más tiempo allí, sabía que él haría mucho mejor papel que su padre. Al menos era capaz de sentir compasión.

Seguí respirando lentamente y, cuando recuperé la compostura, me puse de nuevo en marcha.

Llegué a mi habitación y me apresuré a apretar el botón de llamada de mis doncellas. Antes de lo que me imaginaba, Anne, Mary y Lucy se presentaron a la carrera, casi sin aliento.

—¿Señorita? —preguntó Anne—. ¿Pasa algo malo?

—No —dije, sonriendo—, a menos que consideres que es malo que me quede.

Lucy soltó un chillido de alegría.

—¿De verdad?

—De verdad.

—Pero ¿cómo? —preguntó Anne—. Pensé que había dicho…

—Lo sé, lo sé. Es difícil de explicar. Lo único que puedo deciros es que me han dado una segunda oportunidad. Maxon me importa, y voy a luchar por él.

—¡Qué romántico! —exclamó Mary.

Lucy se puso a dar palmas.

—¡Chis! —exclamó Anne, para hacer que se callaran.

Había esperado que se alegrara por la noticia, así que no entendía aquella mirada tan seria.

—Si queremos que gane, necesitamos un plan —dijo, con una sonrisa diabólica, y yo la imité.

Nunca había conocido a nadie tan organizado como aquellas chicas. Con ellas de mi lado, sentí que perder era algo imposible.

Agradecimientos

¡*E*i, lector o lectora! ¡Gracias por leer mi libro! Espero que te haya provocado unas sensaciones incontenibles que te lleven a quedarte enviando tuiteos hasta las 3.00. Eso es lo que me ocurre a mí, así que...

A Callaway, el marido más encantador que puede llegar a tener una chica. Gracias por tu apoyo y por lo orgulloso que estás de mí. Contigo es aún mejor. Te quiero.

A Guyden y Zuzu, ¡mamá os quiere un montón! Me encantan las historias que escribo, pero vosotros siempre seréis mi mejor obra.

A mamá, papá y Jody, gracias por ser la familia más rara posible, y por quererme tal como soy.

A Mimi, Papa y Chris, gracias por vuestro cariño y vuestro apoyo, y por mostrarme tanta ilusión a cada paso del proceso.

Al resto de mi familia —son demasiados nombres para pensar siquiera en nombrarlos a todos—, ¡gracias! Sé que, allá donde estéis, siempre vais presumiendo de vuestra sobrina/nieta/prima que escribe libros, y significa mucho para mí teneros ahí en todo momento.

A Elana, gracias prácticamente por todo. Esto no habría sido posible sin ti. *abrazo incómodo*

A Erica, gracias por dejarme llamarte chorrocientas mil veces y por vivir esto con tanta ilusión como yo y, básicamente, por ser alucinante, en general.

A Kathleen, ¡gracias por hacer posible que estos libros también se lean en Brasil, China, Indonesia o donde sea! Aún no me lo puedo creer.

A la gente de HarperTeen: chicos, sois la bomba, y os adoro.

A los de FTW... *celebración con lanzamiento de jamón incluido*

A Northstar, gracias por acoger a la familia Cass.

A Athena, Rebeca y la pandilla de la Christiansburg Panera por hacerme unos chocolates calientes estupendos y por ir metiendo baza por detrás mientras hacía entrevistas por teléfono. ¡Gracias!

A Jessica y Monica… básicamente porque una promesa es una promesa, y porque siempre me hacéis reír.

A vosotros, por seguir a America (y por seguirme a mí) durante todo este tiempo. Me alegráis la vida.

A Dios, por el regalo que es escribir. Sin él estaría perdida.

A mi camita… que es donde voy ahora. Y a los dulces, porque sí.

© DUSTIN COHEN

Kiera Cass

Se graduó en historia por la Universidad de Radford. Creció en Carolina del Sur y en la actualidad vive en Blacksburg (Virginia), con su familia. En su tiempo libre, a Kiera le gusta leer, bailar, hacer vídeos y comer cantidades de pastel.

www.kieracass.com
@kieracass
#laSelección
youtube.com/user/kieracass